A DAMA DAS CAMÉLIAS

ALEXANDRE DUMAS FILHO

A DAMA DAS CAMÉLIAS

Tradução de CAROLINE CHANG

www.lpm.com.br

L&PM POCKET

Coleção **L&PM** POCKET, vol. 341

Texto de acordo com a nova ortografia.

Título original: *La dame aux camélias*

Primeira edição na Coleção **L&PM** POCKET: fevereiro de 2004
Esta reimpressão: novembro de 2019

Capa:Ivan Pinheiro Machado sobre pintura de Toulouse-Lautrec, "Na Cama, O Beijo" (1892)
Tradução: Caroline Chang
Revisão: Jó Saldanha e Renato Deitos

D886d

Dumas filho, Alexandre, 1824-1895.
A Dama das Camélias/ Alexandre Dumas filho; tradução de Caroline Chang. – Porto Alegre: L&PM 2019.
224 p. ; 18 cm. – (Coleção L&PM POCKET; v. 341)

ISBN 978-85-254-1334-5

1.Ficção francesa-romances. I.Título. II.Série.

CDD 843
CDU 840-3
821.133.1-31

Catalogação elaborada por Izabel A. Merlo, CRB 10/329.

Rua Comendador Coruja, 314, loja 9 – Floresta – 90.220-180
Porto Alegre – RS – Brasil / Fone: 51.3225.5777

Pedidos & Depto. comercial: vendas@lpm.com.br
Fale conosco: info@lpm.com.br
www.lpm.com.br

Impresso no Brasil
Primavera de 2019

Alexandre Dumas filho
(1824-1895)

Alexandre Dumas filho nasceu em Paris, em 29 de junho de 1824, fruto bastardo do escritor Alexandre Dumas (autor de *O conde de Monte Cristo*, *Os três mosqueteiros*, *O colar de veludo*, entre outros), que começava a se tornar famoso, e de uma lavadeira dez anos mais velha, Catherine Labay.

Enquanto criança, Alexandre Dumas filho foi educado pela mãe nos arredores de Paris. A distância, prestava culto ao pai, que se tornara tão renomado quanto Victor Hugo e era um dos folhetinistas mais requisitados e profícuos da França. Pai e filho só se conheceriam em 1931.

Mas Alexandre Dumas não abandonou totalmente o filho ilegítimo: afastou-o da mãe, que ele julgava ineficaz para a educação do menino, e inscreveu-o em um colégio interno, onde o jovem acostumou-se com a palavra "bastardo", proferida pelos colegas. A despeito do turbilhão que era a sua vida, Dumas pai fez uma contribuição fundamental para a carreira do filho: introduziu-o à elegante sociedade parisiense da época, aos teatros, aos cafés literários e aos saraus. Já moço, Alexandre Dumas filho era um dândi e um observador da alta sociedade francesa do século XIX, à qual não pertencia de berço, mas que frequentava e com a qual até se identificava, por vezes.

Alexandre começou a se tornar independente do famoso pai, iniciando em um emprego burocrático e publicando poemas em jornais. Em meio a esses ambientes ricos e elegantes conheceu, em 1842, aos dezoito anos, uma jovem de vinte anos, vestida de branco. Era uma famosa cortesã, Marie Duplessis, que tinha clientes como o compositor Franz Liszt e de quem Alexandre tornou-se amante. Ele e Marie romperam em1845, e parte da justificativa pode ser buscada no seguinte trecho de uma carta de Alexandre: "Minha cara Marie, não sou rico o suficiente para amá-la como eu gostaria, nem pobre o suficiente para ser amado como você gostaria que eu fosse".

Seguindo com a sua vida, Alexandre publicou seu primeiro livro de poemas, *Péchés de jeunesse* (Pecados de juventude), financiado pelo pai, e um romance, *Histoire de quatre femmes et d'un perroquet* (A história de quatro mulheres e um papagaio), além de viajar pela Argélia e pela Espanha. Marie Duplessis faleceu em fevereiro de 1847, e essa morte afetou profundamente o escritor iniciante, que decidiu isolar-se para escrever a história do seu romance com a falecida cortesã. O resultado foi *A Dama das Camélias*, romance autobiográfico lançado em 1848 com enorme sucesso. Impulsionado pela fama, Alexandre Dumas filho escreveu romances e ensaios nos quais fazia um ajuste de contas com a sociedade que o humilhara. Em 1851, ele adaptou *A Dama das Camélias* para o teatro, mas a peça foi proibida por imoralidade. A primeira representação aconteceria apenas em fevereiro do ano seguinte.

O êxito teatral fez Alexandre engajar-se cada vez mais na carreira de dramaturgo. Em suas peças, opôs à moral da época uma visão moralista toda sua (critica, por exemplo, o adultério), ao passo que na vida real seguiu os passos do pai, envolvendo-se com inúmeras mulheres, muitas das quais casadas. Embora não fosse republicano, militou pela igualdade do homem e da mulher.

Por vezes sofria de crises nervosas. Em 1864, casou-se com a princesa Naryschkine, com quem já havia tido uma filha. Sua fama de escritor rivalizou internacionalmente com a de Alexandre Dumas pai, e, em 1875, o autor de *A Dama das Camélias* foi recebido por notáveis como Victor Hugo, que acabara de retornar do exílio, como membro da Academia Francesa de Letras – honraria que fora negada ao seu pai, pois os acadêmicos julgavam sua obra por demais frívola.

A partir daí, Alexandre Dumas filho viveu mais tranquilamente, das rendas do sucesso de *A Dama das Camélias*, escrevendo pouco, cuidando dos filhos e travando campanhas políticas, como pela instituição do divórcio. Uma vez viúvo, casou-se novamente com Henriette Régnier, quarenta anos mais nova que ele. Morreu aos 71 anos, em Marly-le-Roy, no dia 27 de novembro.

Algumas de suas outras obras são: *O amigo das mulheres*, *A estrangeira*, *O filho natural*, *Pai pródigo*, *A princesa Georges*, *A dama das pérolas*, *Três homens fortes*, *O processo Clemenceau*, *Cesarina*, *O doutor Servans*, *Questão de dinheiro*, *Francillon*, *A princesa de Bagdá*, *Dionísia*, *As ideias de Mme. Aubray*. Entretanto, é *A Dama das Camélias* a obra-prima do autor, responsável pelo seu renome até hoje. Nesse romance, é contada a história de amor de Armand Duval, um jovem burguês do interior que estuda em Paris, e Marguerite Gautier, a mais cobiçada cortesã da capital francesa. Ao amor dos dois impõem-se a moral da época, os costumes e o desejo da família. Através da história de Armand e Marguerite, Alexandre Dumas filho expõe a hipocrisia da sociedade burguesa, que, acostumada a ver os sentimentos humanos como mercadoria, não consegue distinguir um amor sincero quando vê um. *A Dama das Camélias* foi adaptado para o palco por Giuseppe Verdi, na ópera *La Traviata*.

A DAMA DAS CAMÉLIAS

I

Sou da opinião de que só se pode criar personagens quando já se estudou muito os seres humanos, assim como só se pode falar uma língua na condição de tê-la aprendido a sério.

Não tendo ainda atingido a idade em que se pode inventar, contento-me em relatar.

Exorto o leitor a se convencer da veracidade desta história, da qual todos os personagens, com exceção da heroína, ainda vivem.

Aliás, em Paris há testemunhas da maior parte dos fatos que aqui compilo, e que poderiam confirmá-los, não fosse o meu testemunho o suficiente. Devido a uma circunstância toda especial, apenas eu posso descrevê-los, pois apenas eu fui o confidente dos últimos detalhes sem os quais seria impossível fazer um relato interessante e completo.

Ora, eis como esses detalhes chegaram ao meu conhecimento: no dia 12 do mês de março do ano de 1847, eu vi, na rua Laffitte, um grande cartaz amarelo anunciando um leilão de móveis e de curiosos objetos de valor. Tratava-se de uma venda póstuma. O anúncio não indicava quem era a pessoa morta, mas o leilão aconteceria na rua d'Antin, nº 9, do meio-dia às cinco horas do dia 16.

O anúncio dizia ainda que era possível visitar o apartamento e ver os móveis nos dias 13 e 14.

Sempre fui um amante das curiosidades. Prometi a mim mesmo não perder essa ocasião. Senão para comprar, pelo menos para ver.

No dia seguinte, me dirigi à rua d'Antin, nº 9.

Era cedo, e, entretanto, já havia visitantes no apartamento e até mesmo senhoras que, mesmo vestidas com veludos, cobertas de caxemira e aguardadas à porta por seus elegantes cupês, observavam com estarrecimento, até mesmo com admiração, o luxo que se desfraldava ante seus olhos.

Mais tarde entendi essa admiração e essa surpresa, pois, pondo-me também a examinar, reconheci facilmente que eu estava no apartamento de uma cortesã. Ora, se há algo que as mulheres da alta sociedade desejam ver – e lá havia mulheres da alta roda – é a intimidade dessas mulheres, cujo séquito macula a cada dia os seus, que têm, como as damas da sociedade, o seu assento no *Opéra* e no *Theâtre Italiens* e que esparramam, em Paris, a insolente opulência de sua beleza, de suas joias e de seus escândalos.

Aquela em cuja casa eu me encontrava estava morta: as mulheres mais virtuosas podiam, então, penetrar no seu quarto. A morte purificara o ar daquela esplêndida sarjeta, e, aliás, elas tinham como desculpa – se é que havia necessidade disso – que compareciam a uma venda sem saber à casa de quem vinham. Viram anúncios, queriam examinar aquilo que os cartazes prometiam e fazer suas escolhas com antecipação, nada mais simples. O que não as impedia de procurar, em meio a todas aquelas maravilhas, traços da vida cortesã da qual haviam-lhes feito, sem dúvida, relatos tão estranhos.

Infelizmente, os mistérios haviam sido enterrados com a deusa, e, apesar de toda a boa vontade, aquelas damas encontraram apenas aquilo que fora posto à venda depois da morte, e nada daquilo que se vendia durante a vida da locatária.

De resto, podia-se fazer compras. O mobiliário era magnífico. Móveis de madeira rosa, de jacarandá ou de acaju, vasos de Sèvres e da China, estatuetas de porcelana da Saxônia, cetim, veludos e rendas. Não faltava nada.

Passeei pelo apartamento e segui as curiosas nobres que me haviam precedido. Entraram em um cômodo forrado de tecido persa, e também eu ia adentrar a peça quando elas de lá saíram quase que imediatamente, aos risinhos e como que com vergonha daquela nova curiosidade. De modo ainda mais intenso desejei penetrar naquele aposento. Era o quarto de banho, revestido dos mais minuciosos detalhes, nos quais a prodigalidade da morte parecia se mostrar ao mais alto grau.

Sobre uma grande mesa encostada à parede – uma mesa de três pés de largura por seis de comprimento – brilhavam todos os tesouros de Aucoe e de Odiot*. Uma coleção magnífica, e nenhum daqueles milhares de objetos, se necessários à toalete de uma mulher como aquela em cuja habitação estávamos, era feito de outro metal que não ouro ou prata. Entretanto, aquela coleção fizera-se aos poucos e não fora completada pelo mesmo amor.

Eu, que não me intimidava com a visão do banheiro de uma cortesã, entretinha-me examinando os seus detalhes, fossem quais fossem, e percebi que todos aqueles utensílios magnificamente trabalhados levavam iniciais variadas e de emblemas diversos.

Eu observava todas essas coisas, cada qual me representando uma prostituição da pobre moça, e me dizia que Deus fora clemente com ela, pois não permitira que chegasse à punição usual e havia deixado que morresse com seu luxo e sua beleza, antes da velhice – a primeira morte das cortesãs.

Realmente, o que há de mais triste para ser visto do que a velhice do vício, sobretudo na mulher? Ela não encerra nenhuma dignidade e não inspira interesse algum. Esse eterno arrependimento, não pela má estrada seguida, mas pelos cálculos malfeitos e pelo dinheiro mal-empregado, é uma das coisas mais entristecedoras que se possa ouvir. Conheci uma velha cortesã à qual só restava do seu passado uma filha quase tão bonita quanto fora a mãe, segundo os contemporâneos desta última. Pobre criança, a quem a mãe jamais disse

---

* Jean-Baptiste Claude Odiot (Paris, 1763–Paris, 1850). Ourives muito reputado em toda a Europa, na virada do século XVIII para o século XIX. Recebia encomendas dos mais altos dignatários para seus trabalhos de arte decorativa. (N.T.)

"você é minha filha" a não ser para ordenar que nutrisse a sua velhice assim como ela mesma havia nutrido a infância da moça. Essa criatura chamava-se Louise e, obedecendo à mãe, entregava-se sem vontade, sem paixão, sem prazer, do mesmo modo que teria trabalhado em uma profissão se alguém tivesse pensado em ensinar-lhe uma.

A continuada visão da perversão, uma perversão precoce, alimentada pelo estado permanentemente adoentado da moça, extinguira nela o discernimento que, quem sabe?, Deus lhe dera do bem e do mal, mas que ninguém pensou em desenvolver.

Sempre me lembrarei daquela menina-moça, que passava pelos bulevares quase todos os dias à mesma hora. Sua mãe acompanhava-a sempre, tão assiduamente quanto uma verdadeira mãe acompanharia sua verdadeira filha. Eu era bem jovem na época e pronto a aceitar a moral fácil de meu século. Recordo-me, porém, que a visão dessa escandalosa vigilância inspirava-me desprezo e nojo.

(Acrescente-se a isso que nunca o rosto de uma virgem teve semelhante sentimento de inocência, semelhante expressão de melancólico sofrimento.

Dir-se-ia uma imagem da Resignação.)

Um dia, o rosto dessa moça iluminou-se. Em meio à perversão programada por sua mãe, pareceu à pecadora que Deus lhe permitia uma felicidade. E por que, depois de tudo, Deus, que fizera-lhe fraca, lhe deixaria sem consolo, sob o doloroso peso de sua vida? Portanto, um dia, ela percebeu que estava grávida, e o que nela havia de casto vibrou de alegria. A alma tem estranhos refúgios. Louise correu a contar para a mãe aquela novidade que lhe deixava tão feliz. É vergonhoso dizer, mas não estamos aqui a fazer moralidade por prazer; relatamos um fato verídico, que talvez devêssemos por bem calar, se não acreditássemos que se deve, de tempos em tempos, revelar o martírio desses seres que condenamos sem compreender, que desprezamos sem julgar; é vergonhoso, dizíamos, mas a mãe respondeu à filha que já não tinham o suficiente para duas pessoas e que não teriam o suficiente para três; que crianças como aquela são inúteis, e que uma gravidez é perda de tempo.

No dia seguinte, uma parteira, da qual diremos apenas que era amiga da mãe, foi ver Louise, que permaneceu durante alguns dias de cama, da qual se levantou mais pálida e mais sem forças do que antes.

Três meses depois, um homem tomou-se de pena dela e iniciou sua cura moral e física; mas o último golpe fora violento demais, e Louise morreu em decorrência do falso parto que tivera.

A mãe ainda vive. Como? Sabe Deus.

Essa história me veio à mente enquanto eu contemplava as caixinhas de prata, e um bom tempo decorrera, ao que parecia, em meio a essas reflexões, pois no apartamento só havia eu e um guarda que, da porta, observava com atenção para ver se eu não furtava nada.

Aproximei-me desse bravo homem a quem eu inspirava preocupações tão graves.

– Senhor – disse-lhe –, poderia me dizer o nome da pessoa que morava aqui?

– Senhorita Marguerite Gautier.

Eu conhecia a moça de nome e de vista.

– Como – falei ao guarda –, Marguerite Gautier morreu?

– Sim, senhor.

– E quando foi isso?

– Há três semanas, me parece.

– E por que se permite que visitem o apartamento?

– Os credores pensaram que isso só poderia ajudar o leilão. As pessoas podem ver antecipadamente o efeito que fazem os tecidos e os móveis. O senhor compreende, isso incentiva as vendas.

– Então ela tinha dívidas?

– Oh, sim, senhor.

– Mas as vendas vão cobri-las, sem dúvida?

– Mais do que isso.

– E a quem irá o excedente?
– À sua família.
– Ela tem uma família?
– Ao que parece.
– Muito obrigado.

O guarda, certo das minhas intenções, cumprimentou-me, e eu saí.

"Pobre moça", eu me dizia ao entrar em minha casa. "Deve ter morrido de modo muito triste, pois, no seu mundo, só se tem amigos quando se está bem." E, involuntariamente, eu me compadecia da sorte de Marguerite Gautier.

Isso parecerá ridículo a muitas pessoas, mas tenho uma indulgência inesgotável por cortesãs e sequer me dou o trabalho de discutir essa indulgência.

Um dia, ao ir à prefeitura pegar um passaporte, vi, em uma das salas adjacentes, uma moça sendo levada por dois oficiais. Ignoro o que essa moça fez; tudo o que posso dizer é que ela chorava caudalosas lágrimas ao se abraçar a uma criança de alguns meses, de quem sua prisão a separava. Desde esse dia, eu não soube mais desprezar uma mulher à primeira vista.

II

O leilão estava marcado para o dia 16.

Um dia de intervalo fora deixado entre as visitas e o leilão para dar aos tecelões tempo de retirar as forrações, as cortinas etc.

Eu estava voltando de viagem. Era bem natural que ninguém tivesse me feito saber da morte de Marguerite como uma das grandes notícias que os amigos sempre comunicam àquele que retorna à capital das novidades. Marguerite era bela, mas assim como a requintada vida dessas mulheres causa alvoroço, a morte delas não o faz. São desses sóis que se apagam assim como nasceram, sem brilho. Sua morte, quando elas morrem jovens, é sabida por todos os amantes ao mesmo tempo, pois, em Paris, quase todos os amantes de uma moça reputada convivem com intimidade. Algumas lembranças a respeito dela são trocadas, e a vida de uns e de outros continua sem que esse incidente a perturbe, sequer mesmo com uma lágrima.

Hoje, quando se tem vinte e cinco anos, as lágrimas são uma coisa tão rara que não podem ser concedidas à primeira que aparece. No máximo, os pais que pagam para serem pranteados o são em razão do valor que nisso investem.

Quanto a mim, ainda que o recibo de minha compra não se encontrasse entre os objetos pessoais de Marguerite, essa indulgência instintiva, essa piedade natural que acabo de admitir me fazia pensar na sua morte talvez mais do que ela merecia que eu pensasse.

Eu me lembrava de ter encontrado Marguerite muitas vezes na avenida Champs-Élysées, onde ela ia todos os dias, em um pequeno cupê azul atrelado em dois magníficos cavalos marrom-avermelhados, e de ter percebido nela uma distinção pouco comum às suas semelhantes, distinção que ainda realçava uma beleza verdadeiramente excepcional.

Essas infelizes criaturas estão sempre, quando vão à rua, acompanhadas de alguém.

Como nenhum homem consente em estampar publicamente o amor noturno que tem por elas, como elas têm horror da solidão, levam junto ou aquelas que, menos felizes, não possuem um veículo, ou aquelas velhas elegantes cuja elegância nada justifica e a quem podemos nos dirigir sem receio quando se quer qualquer detalhe que seja sobre a mulher que estão acompanhando.

Não era assim com Marguerite. Ela chegava na Champs-Élysées sempre só, no seu veículo, onde fazia o possível para não chamar a atenção: no inverno, enrolada em uma grande caxemira, no verão, com vestidos bem simples. E, ainda que houvesse em seu local de passeio favorito muitas pessoas conhecidas suas, quando, por acaso, sorria para elas, o sorriso de Marguerite era visível apenas para a pessoa conhecida em questão (uma duquesa sorriria desse modo).

Ela não passeava em círculos na avenida Champs-Élysées, como o fazem e faziam todas as suas colegas. Seus dois cavalos levavam-na rapidamente ao Bois. Lá, descia da condução, caminhava durante uma hora, tornava a subir no cupê e voltava para casa ao trote de sua parelha.

(Todas essas circunstâncias, das quais fui algumas vezes testemunha, desfilavam à minha frente e eu lamentava a morte dessa moça como se lamenta a perda total de uma bela obra.

Ora, era impossível ver uma beleza mais sedutora do que a de Marguerite.)

Alta e magra até quase o exagero, ela possuía ao mais alto grau a arte de fazer desaparecer esse deslize da natureza simplesmente com o arranjo das coisas que vestia. Seu xale de caxemira, cuja ponta chegava ao chão, deixava escapar de cada lado a cauda de um vestido de seda, e o grosso regalo, que escondia as mãos e que ela apoiava contra o peito, era contornado de pregas tão habilmente dispostas que o olho nada tinha a retocar no contorno das linhas, por mais exigente que fosse.

A cabeça – uma maravilha – era o objeto de uma elegância toda especial. Era pequena, e sua mãe, como diria De Musset, parecia tê-la feito assim por tê-la feito com cuidado.

Em uma forma oval de graça indescritível, coloque-se uns olhos negros encimados por sobrancelhas de um arqueado tão puro que parecia pintado; cubra-se esses olhos com grandes cílios que, quando se abaixavam, jogavam sombra sobre o tom róseo das maçãs do rosto; traceje-se um nariz fino, reto, espirituoso, de narinas um pouco abertas por uma aspiração ardente para a vida sensual; desenhe-se uma boca regular, cujos lábios abriam-se graciosamente sobre dentes brancos como leite; adorne-se a pele com aquele aveludado que cobre os pêssegos que mão nenhuma ainda tocou e se terá o conjunto daquela charmosa cabeça.

Os cabelos negros como azeviche, ondulados naturalmente ou não, abriam-se sobre a testa em duas largas mechas e perdiam-se atrás da cabeça, deixando entrever a ponta das orelhas, nas quais brilhavam dois diamantes de valor entre quatro a cinco mil francos cada.

Como é que a vida ardente deixava no rosto de Marguerite a expressão virginal, até pueril, que a caracterizava, eis o que somos forçados a constatar sem compreender.

(Marguerite tinha um retrato maravilhoso pintado por Vidal, o único homem cujo traçado podia reproduzi-la. Eu tive, após a morte dela, esse retrato à minha disposição por alguns dias, e ele era de uma semelhança tão surpreendente que me serviu para fornecer as informações para as quais a minha memória talvez não tivesse sido suficiente.

Entre os detalhes deste capítulo, alguns vieram a mim apenas mais tarde, mas escrevo-os logo para não ter de retornar a eles assim que começar a curiosa história dessa mulher.)

Marguerite assistia a todas as estreias e passava todas as noites em espetáculos ou em bailes. Cada vez que se encenava uma peça nova, podia-se estar certo de vê-la, com três coisas que nunca a abandonavam e que ocupavam sempre a frente de seu camarote térreo: seu binóculo, um saco de balas e um buquê de camélias.

Durante vinte e cinco dias do mês, as camélias eram brancas, e durante cinco dias, eram vermelhas. Nunca se soube a razão dessa variedade de cores, que eu assinalo sem poder explicar e que chamou a atenção dos frequentadores do teatro de sua predileção e dos seus amigos tanto quanto a minha.

Nunca se viu Marguerite com outras flores que não camélias. De forma que na loja da Madame Barjon, sua florista, terminou-se por chamá-la a Dama das Camélias, e este apelido ficou.

Eu sabia, além disso, como todos que vivem em um certo ambiente, em Paris, que Marguerite havia sido a amante dos jovens mais elegantes, que ela o dizia abertamente e que eles mesmos se orgulhavam disso, de modo que amantes e cortesã estavam satisfeitos um com o outro.

Entretanto, depois de mais ou menos três anos, após uma viagem a Bagnères, ela vivia apenas, dizia-se, com um velho duque estrangeiro, muitíssimo rico e que tentara afastá-la o máximo possível de sua vida pregressa, ao que, de resto, ela pareceu aquiescer de bom grado.

Eis o que se contou a respeito.

Na primavera de 1842, Marguerite estava tão fraca, tão mudada, que o médico ordenou-lhe um tratamento de águas, e ela partiu para Bagnères.

Lá, entre os doentes, encontrava-se a filha do referido duque, a qual tinha não apenas a mesma doença, mas ainda o mesmo rosto que Marguerite, a ponto de que podiam ser tomadas por duas irmãs. Só que a jovem duquesa estava no terceiro estágio da tuberculose e, poucos dias após a chegada de Marguerite, sucumbiu.

Uma manhã, o duque, que permanecia em Bagnères assim como se recusa a deixar o solo que envolve uma parte do coração, percebeu Marguerite na curva de uma alameda.

Pareceu-lhe ver passar a sombra de sua filha e, caminhando em direção a ela, tomou-lhe as mãos, beijou-a, aos prantos, e, sem perguntar-lhe quem era, implorou a permissão de ir vê-la e de amar nela a imagem viva de sua filha morta.

Marguerite, sozinha em Bagnères com sua aia e, aliás, sem medo algum de se comprometer, concedeu ao duque o que este pedia.

Encontravam-se em Bagnères pessoas que a conheciam e que foram, oficialmente, advertir o duque sobre a verdadeira posição da senhorita Gautier. Foi um golpe para o velho, pois aí cessava a semelhança com a sua filha, mas era tarde demais. A moça tornara-se uma necessidade para o seu coração, sua única razão, sua única desculpa para ainda viver.

Não fez nenhuma reprimenda, não tinha o direito de fazê-lo, mas perguntou-lhe se ela sentia-se capaz de mudar de vida, oferecendo em troca desse sacrifício todas as compensações que ela pudesse desejar. Ela prometeu que assim o faria.

É preciso dizer que, por essa época, Marguerite, natureza entusiasta, estava doente. O passado parecia-lhe uma das causas principais de sua doença, e uma espécie de superstição fê-la imaginar que Deus lhe deixaria a beleza e a saúde em troca de seu arrependimento e de sua conversão.

Realmente, as águas, os passeios, o cansaço natural e o sono a haviam praticamente restabelecido quando veio o fim do verão.

O duque acompanhou Marguerite até Paris, onde continuou a ir visitá-la, como em Bagnères.

Essa ligação, da qual não se sabia nem a verdadeira origem nem o verdadeiro motivo, causou grande sensação, pois o duque, conhecido por sua grande fortuna, fazia-se conhecer, então, por sua prodigalidade.

Atribuiu-se à libertinagem, frequente nos velhos ricos, essa aproximação do velho duque e da jovem mulher. Supôs-se tudo, menos a verdade.

(Entretanto, o sentimento desse pai por Marguerite tinha uma razão tão casta que qualquer outra relação que não uma relação afetiva pareceria a ele um incesto, e jamais o duque disse a ela uma palavra sequer que sua filha não tivesse podido ouvir.)

Longe de nós o pensamento de fazer de nossa heroína outra coisa que não o que ela era realmente. Diremos, então, que enquanto ela ficou em Bagnères, a promessa feita ao duque não fora difícil de ser mantida, e ela a manteve. Mas, uma vez de volta a Paris, pareceu a essa moça acostumada à vida dissipada, aos bailes e mesmo às orgias, que a solidão, perturbada somente pelas visitas periódicas do duque, a faria morrer de tédio, e os ardentes sopros de sua vida anterior passavam, de uma só vez, por sua cabeça e por seu coração.

Acrescente-se ainda que Marguerite voltara da viagem ainda mais bela do que jamais fora, que ela tinha vinte anos, e que a doença apaziguada, mas não vencida, continuava a dar-lhe desejos febris que são quase sempre o resultado dos males do pulmão.

O duque passou uma grande dor no dia em que seus amigos, incessantemente em vigilância para surpreender um escândalo da parte da jovem mulher com quem, dizia-se, ele se comprometia, vieram lhe dizer e provar que na hora em que tinha certeza de que ele não a iria ver, ela recebia visitas, e que essas visitas muitas vezes prolongavam-se até a manhã seguinte.

Interrogada, Marguerite admitiu tudo ao duque, aconselhando-o, sinceramente, que cessasse de se ocupar consigo, pois ela não se sentia com forças para manter suas promessas e não queria receber por mais tempo os benefícios de um homem que ela enganava.

O duque ficou oito dias sem aparecer, foi tudo o que pôde fazer, e, no oitavo dia, foi suplicar para que Marguerite o admitisse, prometendo aceitá-la tal com ela era, na condição de que pudesse visitá-la, e jurando que, nem que morresse, jamais a criticaria.

Eis em que ponto estavam as coisas três meses após o retorno de Marguerite, ou seja, em novembro ou dezembro de 1842.

III

No dia 16, à uma hora, dirigi-me à rua d'Antin.

Do portão ouviam-se os gritos dos agentes fiscais.

O apartamento estava cheio de curiosos.

Lá estavam todas as celebridades do vício elegante, sub-repticiamente examinadas por algumas damas que usavam, ainda uma vez, o pretexto do leilão para ter o direito de ver de perto mulheres com as quais jamais teriam ocasião de se encontrar, e cujos fáceis prazeres talvez invejassem em segredo.

A madame duquesa de F... se acotovelava com a senhorita A..., um dos mais tristes exemplares das nossas modernas cortesãs; a madame marquesa de T... hesitava em comprar um móvel cujo preço era disputado por madame D..., a mulher adúltera mais elegante e mais conhecida de nossa época; o duque d'Y..., que passa em Madrid como arruinado em Paris, em Paris como arruinado em Madrid, e que, feitas as contas, não gasta sequer a sua renda, conversando com madame M..., uma das nossas mais espirituosas condessas que, de tempos em tempos, escreve o que pensa e assina o que escreve, trocava olhares confidenciais com madame de N..., esta bela frequentadora da Champs-Élysées, quase sempre vestida de rosa ou de azul e que faz puxar seu carro por dois grandes cavalos negros, que Tony lhe vendeu por dez mil francos e... que ela pagou; enfim, a senhorita R..., que faz com seu único talento o dobro do que as damas da sociedade fazem com seu dote e o triplo do que as outras fazem com os seus amores, viera, apesar do frio, fazer umas comprinhas, e não era das menos observadas.

Poderíamos citar ainda as iniciais de muitas pessoas reunidas nesse salão, muito surpresas por se encontrarem juntas, mas recearíamos cansar o leitor.

Digamos apenas que todo mundo era de uma alegria hilária, e que entre todas aquelas que lá se encontravam, muitas haviam conhecido a morta e não pareciam se lembrar dela.

Ria-se alto; os comissários gritavam aos brados; os negociantes, que haviam invadido os bancos bem em frente às mesas do leilão, tentavam, em vão, impor o silêncio, para tratar dos negócios tranquilamente. Nunca uma reunião foi mais agitada, mais barulhenta.

Insinuei-me humildemente no meio daquele triste tumulto enquanto pensava que ele acontecia perto do quarto onde expirara a pobre criatura cujos móveis eram vendidos para quitar dívidas. Tendo ido mais para examinar do que para comprar, eu observava as caras dos fornecedores que promoviam o leilão e cujas feições se alegravam sempre que um objeto chegava a um preço que eles não esperavam.

Pessoas honestas que haviam especulado com a prostituição daquela mulher, que tiveram um ganho de 100% sobre ela, que perseguiram-na com promissórias nos últimos momentos de vida e que iam, após sua morte, recolher os frutos de seus honráveis cálculos (ao mesmo tempo que os juros de seu vergonhoso crédito).

Como tinham razão os velhos, que tinham um só Deus para os negociantes e para os ladrões!

Vestidos, caxemiras, joias eram vendidos com uma rapidez inacreditável. Nada daquilo me interessava, e eu continuava esperando.

De repente, ouvi gritarem:

– Um volume perfeitamente encadernado, com refilamento dourado, intitulado *Manon Lescaut**. Há algo escrito na primeira página. Dez francos.

– Doze – disse uma voz depois de um silêncio bem longo.

– Quinze – disse eu.

Por quê? Não faço a menor ideia. Sem dúvida por este *algo escrito*.

– Quinze – repetiu o comissário.

– Trinta – disse o primeiro inflacionário, em um tom que parecia desafiar alguém a oferecer mais.

Aquilo se transformava em uma luta.

– Trinta e cinco! – gritei, agora no mesmo tom.

– Quarenta.

– Cinquenta.

– Sessenta.

---

* Romance de autoria de Antoine François Prévost d'Exiles, conhecido como Abbé Prévost (1697-1763). Publicada em 1731, a obra conta a história do envolvimento de Manon, uma linda prostituta, e o senhor Des Grieux, um jovem de uma reputada família francesa, sendo o amor sempre o móvel dos personagens. Nos moldes da narrativa do século XVIII, a história é contada como uma confissão de Des Grieux ao narrador-testemunha, e sucedem-se inúmeras peripécias com os dois amantes, inclusive a proibição do relacionamento por parte da família do moço, a deportação de Manon à América e a morte desta. (N.T.)

– Cem.

Admito que, se eu quisesse causar impressão, teria obtido pleno êxito, pois, naquele leilão, um grande silêncio se fez, e me olharam para saber quem era aquele senhor que parecia tão decidido a possuir aquele volume.

Parece que o tom dado à minha última palavra convenceu o meu antagonista; ele preferiu abandonar o combate que apenas teria servido para me fazer pagar por aquele volume o dobro de seu valor e, inclinando-se, me disse muito educadamente, ainda que um pouco tarde:

– Eu cedo, senhor.

Como ninguém mais fez oferta alguma, o livro me foi concedido.

(Temendo um novo embate que meu amor-próprio teria, talvez, sustentado, mas que certamente deixaria o meu bolso em péssimo estado, fiz registrarem o meu nome, colocarem de lado aquele volume e desci. Devo ter dado muito o que pensar àquela gente que, testemunha daquela cena, se perguntou, sem dúvida, com que objetivo eu pagara cem francos por um livro que se encontrava em toda parte por dez ou quinze francos no máximo.

Uma hora depois, mandei buscar a minha compra).

Na primeira página estava escrita à pena e com uma caligrafia elegante a dedicatória do donatário daquele livro. A dedicatória continha apenas as seguintes palavras:

Manon a Marguerite, Humildade.

Estava assinada: Armand Duval.

O que queria dizer aquela palavra, *Humildade*?

Manon reconhecia em Marguerite, na opinião daquele senhor Armand Duval, uma superioridade de libertinagem ou de coração?

A segunda interpretação era a mais provável, pois a primeira teria sido apenas uma franqueza impertinente que Marguerite não teria aceito, independente de sua opinião sobre si mesma.

Saí novamente e não mais me ocupei com o livro até a noite, quando me deitei.

É verdade, *Manon Lescaut* é uma história comovente da qual nenhum detalhe me é desconhecido, e, entretanto, quando me encontro com aquele volume na minha mão, minha simpatia por ele sempre me atrai, abro-o e, pela centésima vez, vibro com a heroína de Abbé Prévost. Ora, essa heroína é de tal forma verdadeira, que parece que a conheci. Naquelas novas circunstâncias, o tipo de comparação feita entre ela e Marguerite atraía-me inesperadamente à leitura, e minha indulgência se acresceu de piedade, quase amor, pela pobre moça a cuja herança eu devia aquele volume. Manon morrera em um deserto, é verdade, mas nos braços do homem que a amava com todas as forças de sua alma, que, morta, cavou um buraco, regou-o de lágrimas e lá enterrou o seu coração; enquanto que Marguerite, pecadora como Manon, e talvez convertida como ela, morrera no seio de um luxo suntuoso, se era para acreditar naquilo que eu vira, na cama de seu passado, mas também no meio daquele deserto afetivo, bem mais árido, bem mais vasto, bem mais impiedoso que aquele em que Manon fora enterrada.

(Marguerite, na verdade, como eu ficara sabendo por alguns amigos informados das últimas circunstâncias de sua vida, não viu sentar-se à sua cabeceira nenhum consolo de verdade, durante os dois meses que durou sua lenta e dolorosa agonia.

Depois de Manon e de Marguerite, meu pensamento dirigiu-se para aquelas que eu conhecia e que eu via se encaminharem, cantando, na direção de uma morte quase sempre invariável.

Pobres criaturas! Se é errado amá-las, é bem menos errado lamentá-las. Vós chorais o cego que nunca viu os raios do sol, o surdo que nunca ouviu os acordes da natureza, o mudo que nunca pôde dar voz à sua alma e, sob um falso pretexto de pudor, não quereis lamentar esta cegueira do coração, esta surdez da alma, este mutismo da consciência que enlouquecem a infeliz aflita e que a fazem, contra a vontade, incapaz de ver bem, de ouvir o Senhor e de falar a língua pura do amor e da fé.

Hugo fez *Marion Delorme*, Musset fez *Bernerette,* Alexandre Dumas fez *Fernande*, os pensadores e os poetas de todos os tempos levaram à cortesã a oferenda de sua misericórdia, e algumas vezes um grande homem as reabilitou com seu amor e até mesmo com o seu nome. Se insisto deste modo neste ponto, é que entre aqueles que vão me ler, muitos, talvez, estejam já prontos para rejeitar este livro, no qual temem encontrar apenas uma apologia do vício e da prostituição, e a idade do autor contribui sem dúvida para motivar essa suspeita. Que aqueles que pensam assim percebam seu engano ou que continuem, se apenas este receio os retém.

Estou simplesmente convencido de um princípio segundo o qual, para a mulher a quem a educação não ensinou o bem, Deus abre quase sempre dois caminhos que a conduzem a ele. Esses caminhos são a dor e o amor. São difíceis. Aquelas que neles se engajam sangram os pés, machucam as mãos, mas, ao mesmo tempo, deixam no acostamento da estrada os enfeites do vício e chegam ao fim com aquela nudez da qual não se enrubesce em frente ao Senhor.

Aqueles que encontram essas viajantes intrépidas devem apoiá-las e dizer a todos que as encontraram, pois, tornando-as públicas, mostram o bom caminho.

Não se trata simplesmente de pôr, na entrada da vida, dois potes, um com a inscrição *Caminho do bem* e o outro com a advertência *Caminho do mal*, e de dizer àqueles que se apresentam: “Escolham”. É preciso, como Cristo, mostrar caminhos que levem da segunda estrada à primeira aqueles que se deixaram tentar pelos desvios, e o início desses caminhos não pode ser doloroso demais, nem parecer de todo impenetrável.

O cristianismo está aí, com sua maravilhosa parábola do filho pródigo, para nos aconselhar a indulgência e o perdão. Jesus estava cheio de amor por essas almas feridas pelas paixões dos homens e cujas chagas ele adorava tratar, tirando o bálsamo necessário para curá-las das suas próprias chagas. Assim, dizia ele à Madalena: “Muito te será devolvido porque muito amaste”, sublime perdão que devia despertar uma fé sublime.

Por que nos faríamos mais rígidos que Cristo? Por que, ao nos agarrarmos obstinadamente às opiniões deste mundo que se mostra duro para parecer forte, rejeitaríamos, junto com ele, almas que sangram o mais das vezes de ferimentos por onde, como o sangue ruim de um doente, se espalha o mal de seu passado, esperando apenas que uma mão amiga os trate e devolva-lhes a convalescença do coração?

É à minha geração que me dirijo, àqueles para quem as teorias do senhor Voltaire não mais existem, àqueles que, como eu, compreendem que a humanidade se encontra, há quinze anos, em um dos seus mais audaciosos fulgores. A ciência do bem e do mal foi aprendida para todo o sempre; a fé se reconstrói, o respeito das coisas santas nos foi devolvido, e, se o mundo não se faz de todo bom, ele, pelo menos, se mostra melhor. Os esforços de todos os homens inteligentes tendem para o mesmo objetivo, e todas as grandes vontades se atrelam ao mesmo princípio: sejamos bons, sejamos jovens, sejamos verdadeiros! O mal é apenas uma vaidade, tenhamos orgulho do bem, e sobretudo não desesperemos. Não desprezemos a mulher que não é nem mãe, nem filha, nem esposa. Não restrinjamos a estima à família, a indulgência ao egoísmo. Já que o céu se alegra mais com o arrependimento de um pecador do que com cem justos que jamais pecaram, tentemos alegrar o céu. Ele pode nos retribuir com juros e correções. Deixemos na nossa passagem a esmola de nosso perdão àqueles que os desejos terrenos perderam, que talvez uma esperança divina salvará, e, como dizem as boas senhoras quando recomendam um remédio, se não faz bem, também não faz mal algum.

É verdade, deve parecer bem ousado de minha parte querer extrair grandes resultados do pequeno assunto de que trato. Mas sou daqueles que creem que tudo está nas coisas mínimas. A criança é pequena e encerra o homem. O cérebro é estreito e abriga o pensamento. O olho é apenas um ponto e abraça léguas e léguas).

IV

Dois dias depois, o leilão estava completamente terminado. Rendera cento e cinquenta mil francos.

Os credores dividiram entre si dois terços, e a família, composta por uma irmã e um pequeno sobrinho, herdou o resto.

Essa irmã arregalara os olhos grandes quando o negociante lhe escreveu informando que ela herdara cinquenta mil francos.

Fazia seis ou sete anos que essa jovem moça não via a sua irmã, que desaparecera um dia sem que ninguém soubesse, nem por ela própria e nem através de outros, o menor detalhe sobre sua vida desde o momento de seu desaparecimento.

Ela chegou, então, às pressas a Paris, e foi grande a surpresa daqueles que conheciam Marguerite quando viram que sua única herdeira era uma moça gorda e camponesa que até então nunca havia deixado a aldeia.

Ficou rica de uma hora para a outra, sem saber de que fonte provinha aquela inesperada fortuna.

Voltou, me disseram depois, à sua cidadezinha no campo levando da morte da irmã uma grande tristeza, que era compensada, no entanto, pelo depósito a quatro e meio porcento de juros que acabara de fazer.

Todas essas circunstâncias, recorrentes em Paris, a cidade-mãe do escândalo, começavam a ser esquecidas, e eu praticamente não lembrava de que modo tomara parte nesses acontecimentos, quando um novo incidente me fez conhecer toda a vida de Marguerite e saber detalhes tão tocantes que fui tomado pela vontade de escrever esta história, e a escrevo.

Fazia três ou quatro dias que o apartamento, despojado de todos os seus móveis vendidos, estava para alugar, quando alguém bateu em minha porta, uma manhã.

Meu empregado, ou, melhor, o porteiro que me servia de criado, foi abrir e me trouxe uma carta, informando-me que a pessoa que a entregara desejava falar comigo.

Passei os olhos sobre o cartão e nele li as seguintes palavras: *Armand Duval*.

Tentei lembrar onde vira este nome e recordei-me da primeira folha do volume de *Manon Lescaut*.

O que podia querer comigo a pessoa que dera aquele livro a Marguerite? Mandei que fizessem entrar logo aquele que esperava.

Vi, então, um rapaz loiro, alto, pálido, vestindo uma roupa de viagem que ele parecia não tirar há dias e sequer ter tido o esforço de escovar ao chegar em Paris, pois estava coberta de poeira.

Senhor Duval, muito tocado, nenhum esforço fez por esconder sua emoção, e foi com lágrimas nos olhos e tremor nas mãos que me disse:

– Senhor, me perdoe, eu suplico, por minha visita e por minha roupa. Mas, além do fato de que entre jovens não se faz cerimônia, eu desejava tanto ver-lhe hoje que sequer perdi tempo de ir ao hotel, para onde enviei as minhas malas, e corri para sua casa, temendo, mesmo assim, embora seja bem cedo, não encontrá-lo.

Eu pedi que o senhor Duval se sentasse próximo ao fogo, o que ele fez, tirando de seu bolso um lenço com o qual escondeu o rosto, por um momento.

– Provavelmente não compreende – retomou, suspirando tristemente – o que quer do senhor este visitante desconhecido, a tal hora, em um tal traje e chorando de tal modo. Venho, muito simplesmente, pedir-lhe um imenso favor.

– Fale, estou à sua disposição.

– O senhor assistiu ao leilão de Marguerite Gautier?

Mediante essas palavras, a emoção sobre a qual o jovem homem triunfara por um instante foi mais forte, e ele foi forçado a levar as mãos aos olhos.

– Devo parecer muito ridículo – acrescentou –, perdoe-me ainda isto e acredite que jamais esquecerei a paciência com a qual se dispõe a me escutar.

– Senhor – respondi –, se o serviço que lhe pareço capaz de prestar pode acalmar um pouco a sua presente amargura, diga-me, rápido, de que modo posso servir-lhe e encontrará em mim um homem feliz em poder ajudar.

A dor do senhor Duval era simpática, e, sem me dar conta, eu quis ser agradável.

Ele me disse, então:

– Comprou algo no leilão de Marguerite?

– Sim, um livro.

– *Manon Lescaut*?

– Exatamente.

– Ainda tem esse livro?

– Está no meu quarto de dormir.

Armand Duval, ao receber esta notícia, pareceu aliviado de um grande peso e me agradeceu como se eu já tivesse começado a prestar-lhe um serviço, guardando aquele volume.

Nesse momento me levantei, fui ao meu quarto pegar o livro e entreguei-o a ele.

– É exatamente este – falou, olhando a dedicatória da primeira página e folheando –, é exatamente este.

E duas grossas lágrimas caíram sobre as páginas.

– Pois bem, senhor – ele disse levantando os olhos para mim sem sequer tentar esconder que havia chorado e que estava prestes a chorar ainda mais –, tem muito apreço por este livro?

– Por quê?

– Porque peço que o ceda para mim.

– Perdoe a minha curiosidade – falei –, mas então foi o senhor que o deu a Marguerite Gautier?

– Eu mesmo.

– O livro é seu. Fique com ele. Alegra-me poder devolvê-lo.

– Mas – retomou o senhor Duval com um certo embaraço –, no mínimo tenho de dar-lhe a quantia que foi paga por ele.

– Permita-me dá-lo de presente. O preço de um único lote em um leilão como aquele é uma bagatela, e não me lembro mais quanto paguei por este aqui.

– Pagou cem francos.

– É verdade – falei, envergonhado também. – Como sabe?

– Muito simples: eu esperava chegar a Paris em tempo para o leilão de Marguerite, mas só cheguei esta manhã. Eu precisava muito ter um objeto que viesse dela e corri à casa do comissário encarregado do leilão para pedir-lhe a permissão de consultar a lista dos objetos vendidos e os nomes dos compradores. Vi que este volume fora comprado pelo senhor, me decidi a pedir-lhe que o cedesse para mim, ainda que o preço que pagou por ele me fizesse temer que o senhor também tivesse uma lembrança qualquer relacionada a este volume.

Falando assim, Armand parecia evidentemente temer que eu tivesse conhecido Marguerite como ele conhecera.

Apressei-me em tranquilizá-lo:

– Conheci a senhorita Gautier apenas de vista – disse-lhe. – Sua morte me causou a impressão que sempre causa em um jovem homem a morte de uma bela mulher que ele tinha prazer de encontrar. Eu quis comprar algo no leilão e me obstinei a oferecer o melhor preço por este volume, não sei por que, pelo prazer de irritar um senhor que o disputava furiosamente e que parecia me desafiar. Portanto, repito: este livro está à sua disposição, e novamente peço que o aceite, para não tomá-lo de mim como o tomei de um comissário, e para que fique entre nós o compromisso de um conhecimento mais longo e de relações mais íntimas.

– Está bem – disse Armand estendendo-me a mão e apertando a minha –, aceito e lhe serei grato por toda a minha vida.

Eu bem tinha vontade de interrogar Armand quanto a Marguerite, pois a dedicatória do livro, a viagem do rapaz, seu desejo de possuir aquele volume atiçavam a minha curiosidade, mas eu temia que, questionando meu visitante, parecesse que eu recusara o seu dinheiro apenas para ter o direito de me imiscuir nos seus problemas.

Dir-se-ia que ele adivinhava os meus pensamentos, pois falou:

– Leu este volume?

– Todo ele.

– O que achou das duas linhas que escrevi?

– Logo compreendi que aos seus olhos a pobre moça a quem o senhor deu este volume estava acima da categoria normal, pois eu não queria ver nessas linhas apenas um cumprimento banal.

– E tinha toda razão. Essa moça era um anjo. Veja – me disse –, leia esta carta.

E estendeu um pedaço de papel que parecia ter sido lido e relido várias vezes.

Abri-o, e eis o que continha:

Meu querido Armand, recebi a sua carta, você ficou bom e eu agradeço a Deus. Sim, meu amigo, estou doente, e doente de uma dessas doenças que não perdoam. Mas o interesse que você ainda tem por mim diminui bastante o meu sofrimento. Certamente não viverei tempo suficiente para segurar a mão que escreveu a gentil carta que acabo de receber e cujas palavras me curariam, se algo pudesse me curar. Não o verei, pois estou muito perto da morte, e centenas de léguas separam você de mim, pobre amigo! A sua Marguerite de antigamente está bem mudada, e que você não a torne a ver talvez seja melhor do que vê-la tal como ela está. Você me pergunta se eu o perdoo. Oh, de todo o coração, querido, pois o mal que você quis me fazer nada mais era do que uma prova do amor que tinha por mim. Faz um mês que estou na cama, e tenho tanto apreço à sua estima que cada dia escrevo o diário da minha vida, desde o momento em que nos separamos até o momento em que não mais terei forças para escrever.

Se o interesse que tem por mim é verdadeiro, Armand, na sua volta, vá à casa de Julie Duprat. Ela lhe entregará o diário. Nele você encontrará a razão e a explicação daquilo que se passou entre nós. Julie é boa para mim. Conversamos sobre você muitas vezes. Ela estava comigo quando a sua carta chegou. Choramos ao lê-la.

Caso você não mandasse notícias, ela estava encarregada de entregar-lhe estes papéis quando de sua chegada na França. Não fique agradecido. Este retorno cotidiano aos únicos momentos felizes de minha vida me faz um bem enorme, e se você encontra nesta leitura a explicação do passado, eu mesma encontro nela um contínuo alívio.

Queria deixar para você alguma coisa que me trouxesse sempre à sua mente, mas tudo se encontra na minha casa, e nada me pertence.

Compreende, meu amigo? Vou morrer e do meu quarto ouço caminhar no salão o guarda que os meus credores lá colocaram para que nada seja levado e para que nada me reste, caso eu não morra. Espero que eles aguardem pelo meu fim para iniciar a venda.

Oh, os homens são impiedosos! Ou, talvez me engano, é Deus que é justo e inflexível.

Pois bem, meu amado, você virá ao meu leilão e comprará alguma coisa, pois, se eu separar para você a menor coisa que seja, e se alguém souber disso, serão capazes de acusá-lo por desvio de objetos confiscados.

Triste a vida que eu deixo!

Deus seria bom, se permitisse que eu o visse novamente antes de morrer! Segundo todas probabilidades, adeus, meu amigo. Perdoe-me se não escrevo mais longamente, mas aqueles que dizem que me curarão me esgotam com sangrias, e minha mão se recusa a escrever mais.

MARGUERITE GAUTIER

Realmente, as últimas palavras estavam quase ilegíveis.

Entreguei a carta a Armand, que sem dúvida acabava de relê-la em pensamento assim como eu a lera no papel, pois me disse, ao tomá-la de volta:

– E quando penso – retomou – que ela morreu sem que eu a pudesse rever, e que jamais a verei novamente. Quando penso que ela fez por mim o que uma irmã não teria feito, não me perdoo por tê-la deixado morrer assim. Morta! Morta! Pensando em mim, escrevendo e dizendo o meu nome, pobre querida Marguerite!

E Armand, dando livre curso aos seus pensamentos e às suas lágrimas, me estendia a mão e continuava:

– Me tomariam por uma criança se me vissem lamentar assim por tal morte. É que não saberiam o que fiz esta mulher sofrer, o quanto fui cruel, o quanto ela foi boa e resignada. Pensei que cabia a mim perdoá-la e, hoje, me acho indigno do perdão que ela me concede. Oh! Eu daria dez anos da minha vida para chorar uma hora a seus pés.

É sempre difícil consolar uma dor que não se conhece, e, no entanto, eu estava tomado por uma simpatia tão viva por este jovem, ele me fazia o confidente de sua desgraça com tanta franqueza, que pensei que minhas palavras não lhe seriam indiferentes e disse:

– O senhor não tem parentes, amigos? Tenha paciência, vá vê-los, e eles o consolarão, pois eu, eu posso apenas lamentar.

– É verdade – disse ele levantando-se e caminhando a grandes passos pelo meu quarto –, aborreço-o. Desculpe-me, não pensei que a minha dor significasse pouco para o senhor e que o importuno com algo que não pode e não deve interessar-lhe em nada.

– Engana-se quanto ao sentido de minhas palavras. Estou à sua disposição. Apenas ressinto-me da minha incapacidade de acalmar a sua amargura. Se a minha companhia e a de meus amigos podem distraí-lo, se, enfim, tem necessidade de mim naquilo que for, quero que saiba o prazer que terei em ser-lhe agradável.

– Perdão, perdão! – disse-me ele. – A dor exagera as sensações. Deixe-me ficar alguns minutos ainda, o tempo de secar os olhos, para que os curiosos da rua não olhem como uma curiosidade este grande garoto que chora. Acaba de me deixar muito feliz dando-me este livro. Não saberei nunca como pagar o que lhe devo.

– Conceda-me um pouco da sua amizade – disse a Armand – e me diga a causa de sua tristeza. Nos consolamos, contando aquilo que sofremos.

– Tem razão. Mas hoje tenho muita necessidade de chorar e direi apenas palavras sem nexo. Um dia lhe contarei esta história, e verá se tenho razão de sentir a falta da pobre moça. E, agora – acrescentou esfregando uma última vez os olhos e olhando-se no espelho –, diga-me que não me acha tolo demais e me permita voltar a vê-lo.

O olhar daquele rapaz era bom e doce. Estive prestes a abraçá-lo.

Quanto a ele, seus olhos começaram novamente a velar-se em lágrimas. Ele percebeu que eu estava vendo e desviou o olhar de mim.

– Vamos lá – disse-lhe –, coragem.

– Adeus – falou então.

E, fazendo um esforço inaudito para não chorar, ele mais fugiu de minha casa do que foi embora.

Levantei a cortina da janela e o vi subir no cabriolé que o esperava à porta. Apenas entrou no carro e se desmanchou em lágrimas, escondendo o rosto com o lenço.

V

Um bom tempo passou sem que eu ouvisse falar de Armand, mas, em compensação, várias vezes se falou de Marguerite.

Não sei se percebem, basta que o nome de uma pessoa, que nos parecia desconhecido, ou pelo menos indiferente, seja pronunciado uma vez em nossa presença para que detalhes venham pouco a pouco se agrupar ao redor deste nome e ouçamos, então, todos os amigos falarem de uma coisa da qual jamais haviam feito objeto de conversa conosco. Descobrimos, então, que aquela pessoa quase nos tocava. Percebemos que ela passou várias vezes em nossa vida sem ser percebida; encontramos, nos acontecimentos que nos são contados, uma coincidência, uma afinidade real com certos acontecimentos de nossa própria existência. Não era exatamente aí o que tinha acontecido comigo e Marguerite, pois eu a havia visto e encontrado e conhecia os seus hábitos. Entretanto, desde aquele leilão, o nome dela voltou tão frequentemente aos meus ouvidos, e, nas circunstâncias que descrevi, aquele nome se encontrou mesclado a uma amargura tão profunda, que fez minha surpresa crescer, aumentando, também, a minha curiosidade.

Daí resultou que eu só abordava os meus amigos a quem nunca havia falado de Marguerite dizendo:

– Conheceu uma tal de Marguerite Gautier?

– A Dama das Camélias?

– Exatamente.

– Muito!

Estes "muito!" eram às vezes acompanhados de sorrisos incapazes de deixar qualquer dúvida quanto à sua significação.

– Pois bem, e como era aquela moça?

– Uma boa moça.

– Só isso?

– Meu Deus! Sim, com mais espírito e talvez um pouco mais de coração que as outras.

– E não sabe nada de especial sobre ela?

– Ela arruinou o barão de G...

– Só isso?

– Foi amante do velho duque de...

– Ela era mesmo amante dele?

– É o que se diz. De todo modo, ele lhe dava muito dinheiro.

Sempre os mesmos detalhes genéricos.

Entretanto, eu estava curioso para saber de alguma coisa sobre a ligação de Marguerite e de Armand.

Encontrei, um dia, um desses que vivem continuamente na intimidade das mulheres da vida. Eu o interroguei:

– Conheceu Marguerite Gautier?

O mesmo *muito* me foi respondido.

– Que tipo de moça era?

– Uma bela e boa moça. Sua morte me causou uma grande pena.

– Ela não teve um amante chamado Armand Duval?

– Um loiro alto?

– Sim.

– É verdade.

– E quem era esse tal de Armand?

– Um rapaz que comeu com ela o pouco que ele tinha, creio, e que foi forçado a deixá-la. Dizem que era louco por ela.

– E ela?

– Também o amava muito, dizem, mas da maneira que esse tipo de moça ama. Não se deve pedir a elas mais do que podem dar.

– O que aconteceu com Armand?

– Não sei. Nós o conhecemos muito pouco. Ficou cinco ou seis meses com Marguerite, mas no campo. Quando ela voltou, ele se foi embora.

– E você não mais o viu, desde então?

Eu tampouco voltara a ver Armand. Cheguei a me perguntar se, por ocasião de sua visita a minha casa, a notícia da recente morte de Marguerite não havia exagerado seu amor de outrora e, consequentemente, sua dor, e eu me dizia que talvez ele já tivesse esquecido, junto com a morta, a promessa feita de voltar a me ver.

Essa suposição teria parecido bastante verossímil aos olhos de outro, mas houvera, no desespero de Armand, notas sinceras e, passando de um extremo a outro, eu imaginava que a tristeza se transformara em doença e que, se eu não tinha notícias dele, era porque estava doente e talvez até mesmo morto.

Involuntariamente, eu me interessava por aquele jovem rapaz. Talvez, nesse interesse, houvesse egoísmo; talvez tivesse eu entrevisto sob aquela dor uma tocante história de amor; talvez, enfim, meu desejo de conhecê-la fosse grande parte da preocupação que eu tinha em relação ao silêncio de Armand.

Como o senhor Duval não voltava à minha casa, resolvi ir até a casa dele. O pretexto não era difícil de ser encontrado. Infelizmente, eu não sabia o endereço e, entre todas as pessoas a quem perguntei, nenhuma me pôde informá-lo.

Dirigi-me à rua d'Antin. O porteiro de Marguerite talvez soubesse onde estava Armand. Era um novo porteiro. Ignorava o paradeiro dele assim como eu. Informei-me, então, sobre o cemitério onde a senhorita Gautier fora enterrada. Era o cemitério de Montmartre.

Abril reaparecera, o tempo estava bonito, as tumbas não deviam mais ter aquele aspecto doloroso e desolado que lhes dá o inverno. Enfim, já fazia bastante calor para que os vivos lembrassem dos mortos e os visitassem. Eu me dirigi ao cemitério, dizendo a mim mesmo: com uma simples inspeção da tumba de Marguerite verei se a dor de Armand ainda existe e saberei, talvez, o que aconteceu com ele.

Entrei na sala do guarda e perguntei-lhe se no dia 22 do mês de fevereiro uma mulher chamada Marguerite Gautier não fora enterrada no cemitério Montmartre.

O homem folheou um grosso livro onde são inscritos e numerados todos aqueles que entram naquele último asilo e me respondeu que, realmente, no dia 22 de fevereiro, ao meio-dia, uma mulher com o referido nome fora sepultada.

Pedi que me conduzisse ao túmulo, pois não há modo de uma pessoa se localizar, sem um cicerone, naquela cidade dos mortos que, assim como a cidade dos vivos, tem ruas. O guarda chamou um jardineiro, para quem deu as indicações necessárias e que o interrompeu, dizendo:

– Eu sei, eu sei... Oh, o túmulo é bem fácil de ser reconhecido – continuou este último, voltando-se para mim.

– Por quê? – perguntei.

– Porque tem flores bem diferentes das outras.

– É o senhor que toma conta?

– Sim, e eu gostaria que todos os pais tomassem conta de seus falecidos como o jovem rapaz que me recomendou aquele túmulo.

Depois de algumas voltas, o jardineiro parou e me disse:

– Cá estamos.

Realmente, eu tinha diante dos olhos um retângulo de flores que ninguém jamais tomaria por um túmulo, se um mármore branco com um nome não o confirmasse.

O mármore fora colocado de pé, uma grade de ferro limitava o terreno comprado, e o terreno estava coberto de camélias brancas.

– O que o senhor diz disso? – perguntou-me o jardineiro.

– É muito bonito.

– E, cada vez que uma camélia murcha, tenho ordens de substituí-la.

– E quem lhe deu essa ordem?

– Um jovem homem que chorou muito na primeira vez em que veio. Um velho conhecido da morta, sem dúvida, pois parece que era uma mundana, essa aí. Dizem que era muito bonita. O senhor a conheceu?

– Sim.

– Assim como o outro – disse o jardineiro, com um sorriso malicioso.

– Não, nunca falei com ela.

– E a vem visitar aqui. É bem gentil da sua parte, pois os que vêm ver a pobre moça não lotam o cemitério.

– Ninguém vem, então?

– Ninguém, exceto esse jovem homem que veio uma vez.

– Uma vez só?

– Sim, senhor.

– E desde então ele não voltou?

– Não, mas retornará, quando estiver de volta.

– Está viajando?

– Sim.

– E sabe onde ele está?

– Está, creio, na casa da irmã da senhorita Gautier.

– E o que ele faz lá?

– Vai pedir a ela a autorização para exumar a morta, para colocá-la em outro lugar.

– Por que ele não a deixa aqui?

– O senhor sabe, nos mortos se pensa bastante. Nós, nós vemos isto todos os dias. Este terreno foi comprado por apenas cinco anos, e o jovem rapaz quer um jazigo perpétuo e um terreno maior. Na quadra nova será melhor.

– O que o senhor chama de quadra nova?

– Os novos terrenos que se vendem agora, à esquerda. Se o cemitério sempre tivesse sido mantido como agora, não haveria um igual no mundo, mas há ainda muito por fazer até que seja como deve ser. E, além disso, as pessoas são muito tolas.

– O que quer dizer?

– Quero dizer que há pessoas que são orgulhosas até não poder mais. Assim, esta senhorita Gautier, parece que ela foi da vida, perdoe-me a expressão. Agora, a pobre moça está morta. E dela resta tanto quanto daqueles dos quais nada há para se dizer e que nós regamos todos os dias. Pois bem, quando os parentes das pessoas que estão enterradas ao lado dela ficaram sabendo quem ela era, não é que se lembraram de dizer que se opunham que ela fosse colocada aqui, e que deveria haver áreas separadas para este tipo de mulher, assim como para os pobres? Onde já se viu isso? Eu não dei bola, ora. Grandes ociosos, rendatários que não chegam a vir quatro vezes ao ano visitar seus defuntos, que trazem suas flores eles mesmos, e veja que flores!, que relutam a gastar com aqueles que dizem chorar, que escrevem sob as tumbas lágrimas que jamais verteram e que vêm bancar os difíceis para a vizinhança. Acredite se quiser, senhor, eu não conhecia esta senhorita, não sei o que ela fez. Pois bem, eu a amo, esta pobre pequena, e cuido dela, e forneço-lhe as camélias ao preço mais justo. É a minha morta predileta. Nós, senhor, somos forçados a amar os mortos, pois nos ocupamos tanto deles que quase não temos tempo de amar outra coisa.

Eu olhava aquele homem, e alguns de meus leitores compreenderão, sem que eu tenha necessidade de explicar, a emoção que eu sentia ao ouvi-lo.

Ele sem dúvida percebeu, pois continuou:

– Dizem que havia gente que se arruinava por essa moça e que ela tinha amantes que a adoravam. Pois bem, quando penso que não há um sequer que venha comprar-lhe uma flor que seja, é isso que é curioso e triste. E, mesmo assim, essa aqui não tem do que se queixar, pois tem seu túmulo, e, se há apenas um que lembra dela, ele o faz por todos os outros. Mas nós temos aqui jovens moças do mesmo tipo e da mesma idade que são jogadas na fossa comum, e isso me corta o coração, quando ouço os seus pobres corpos caírem na terra. E nenhuma criatura cuida delas, uma vez mortas! Nem sempre é bonita a nossa profissão, sobretudo quando ainda nos resta um pouco de coração. O que o senhor quer? É mais forte que eu. Tenho uma filha grande, de vinte anos, e, quando trazem para cá uma morta da mesma idade, penso nela e, seja uma grande dama ou uma vagabunda, não consigo deixar de me emocionar. Mas aborreço o senhor, sem dúvida, com as minhas histórias, e não é para escutá-las que o senhor está aí. Me mandaram trazê-lo até a tumba da senhorita Gautier. Ei-lo aí. Posso ajudar em mais alguma coisa?

– Sabe o endereço do senhor Armand Duval? – perguntei ao homem.

– Sim, ele mora na rua de... É lá, pelo menos, que fui receber o pagamento por todas as flores que o senhor vê.

– Obrigado, meu amigo.

Joguei um último olhar sobre aquela tumba florida, cujas profundezas eu queria sondar para ver o que a terra fizera da bela criatura que lhe fora jogada, e me distanciei, bem triste.

– Quer ver o senhor Duval? – continuou o jardineiro, que caminhava ao meu lado.

– Sim.

– É que tenho certeza de que ele ainda não regressou, senão já o teria visto por aqui.

– Então, está convencido de que ele não esqueceu Marguerite?

– Não apenas estou convencido disso, mas apostaria que o desejo que ele tem de mudá-la de túmulo nada mais é que o desejo de revê-la.

– Como assim?

– A primeira palavra que ele me disse ao vir ao cemitério foi: "Como faço para vê-la novamente?". Isso não podia acontecer a não ser pela troca de tumba, e informei-o sobre todas as formalidades a serem preenchidas para obter essa mudança, pois o senhor sabe, para transferir os mortos de um túmulo para outro é preciso reconhecê-los, e apenas a família pode autorizar essa operação, à qual deve presidir um comissário de polícia. Foi para obter essa autorização que o senhor Duval foi à casa da irmã da senhorita Gautier, e sua primeira visita será, evidentemente, para nós.

Havíamos chegado à porta do cemitério. Agradeci novamente ao jardineiro, pondo-lhe algumas moedas na mão, e me dirigi ao endereço que ele me dera.

Armand não voltara.

Deixei um recado em sua casa, pedindo que viesse me ver assim que chegasse, ou que mandasse me dizer onde eu poderia encontrá-lo.

No dia seguinte, de manhã, recebi uma carta de Duval, que me informava de sua volta e me pedia que passasse na sua residência, acrescentando que, esgotado de fadiga, era-lhe impossível sair.

VI

Encontrei Armand na cama.

Vendo-me, estendeu a mão febril.

– Está com febre – falei.

– Não há de ser nada. Cansaço de uma viagem rápida, é só isso.

– Vem da casa da irmã de Marguerite?

– Sim, quem lhe contou?

– Apenas sei. E conseguiu o que queria?

– Sim, mas quem lhe informou da viagem e do objetivo que eu tinha ao fazê-la?

– O jardineiro do cemitério.

– Viu a tumba?

Mal me atrevia a responder, pois o tom da frase provava para mim que aquele que a pronunciara era ainda presa da emoção da qual eu tinha sido testemunha, e que cada vez que seu pensamento ou a palavra de um outro o reportassem a este assunto doloroso, durante muito tempo ainda esta emoção trairia a sua vontade.

Eu me contentei, então, de responder com um sinal de cabeça.

– Ele tomou conta direito? – continuou Armand.

Duas grossas lágrimas rolaram sobre a face do doente, que virou a cabeça para escondê-las de mim. Fingi não tê-las visto e tentei mudar a conversa.

– Lá se vão três semanas que partiu – falei.

Armand passou a mão sobre os olhos e respondeu:

– Três semanas, exatamente.

– Sua viagem foi longa.

– Oh, não viajei o tempo todo. Fiquei doente quinze dias, sem o que teria voltado há muito tempo. Mas, recém-chegado lá, a febre me arrebatou, e fui forçado a ficar no quarto.

– Tornou a partir sem estar curado.

– Se eu tivesse ficado oito dias a mais naquela região, estaria morto.

– Mas agora eis que está de volta, é preciso curar-se. Seus amigos virão ver-lhe. Eu em primeiro lugar, se você me permite.

– Daqui a duas horas, estarei de pé.

– Que imprudência!

– É preciso.

– O que tem então a fazer, de tão urgente?

– É preciso que eu vá ao chefe de polícia.

– Por que não encarrega alguém desta missão que pode deixá-lo mais doente ainda?

– É a única coisa que pode curar-me. É preciso que eu a veja. Desde que fiquei sabendo de sua morte, e sobretudo desde que vi sua tumba, não durmo mais. Não posso pensar que aquela mulher, que eu deixei tão jovem e tão bela, esteja morta. É preciso que eu mesmo me certifique. É preciso que eu veja aquilo que Deus fez com aquele ser que tanto amei, e talvez o desgosto do espetáculo substitua o desespero da lembrança. Vai me acompanhar, não é? Se isso não o entedia demais.

– O que disse a irmã dela?

– Nada. Pareceu muito surpresa que um estranho quisesse comprar um terreno e fazer um túmulo para Marguerite e assinou logo a autorização que eu pedia.

– Acredite em mim, espere estar bem curado, para fazer esta translação.

– Oh, serei forte, fique tranquilo. Aliás, eu ficaria louco se não concluísse o mais rápido possível esta resolução cuja realização tornou-se uma necessidade da minha dor. Juro-lhe que não posso ter calma enquanto não vir Marguerite. É talvez uma sede da febre que me queima, um sonho das minhas insônias, um resultado do meu delírio. Ainda que eu tenha de me tornar um trapista, após tê-la visto, como o senhor de Rancé*, ainda assim a verei.

– Compreendo – falei Armand – e estou à sua disposição. Viu Julie Duprat?

– Sim. Oh, a vi no mesmo dia da minha primeira volta.

– Ela devolveu os papéis que Marguerite havia deixado para o senhor?

– Sim, tenho-os aqui.

Armand tirou um rolo de debaixo do travesseiro e o recolocou no lugar imediatamente.

– Sei de cor o que está escrito nestes papéis – disse. – Faz três semanas que os releio dez vezes por dia. Também vai lê-los, mas mais tarde, quando eu estiver mais calmo e quando eu puder fazê-lo compreender tudo o que esta confissão revela de coração e de amor. Por enquanto, tenho um pedido a fazer-lhe.

– Qual?

– Está com um carro lá embaixo?

– Sim.

– Pois bem, quer pegar o meu passaporte e ir perguntar no correio se há alguma carta para mim? Meu pai e minha irmã ficaram de me escrever para Paris, e parti com tanta precipitação que não tive o tempo de verificar a correspondência antes de minha partida. Quando voltar, iremos juntos avisar o comissário de polícia sobre a cerimônia de amanhã.

Armand entregou-me seu passaporte, e me dirigi à rua Jean-Jacques Rousseau.

Havia duas cartas para o nome de Duval; peguei-as e voltei.

Quando reapareci, Armand estava todo vestido e pronto para sair.

---

* Eram chamados de trapistas os monges da ordem fundada em 1661 por Rancé. Para os trapistas, as palavras eram proibidas. (N.T.)

– Obrigado – disse-me, pegando as cartas. – Sim – falou após olhar os endereços –, sim, são de meu pai e de minha irmã. Não devem ter compreendido o meu silêncio.

Abriu as cartas e mais adivinhou-as do que as leu, pois eram de quatro páginas cada uma, e, ao final de um instante, ele já as havia dobrado.

– Vamos – disse-me. – Responderei amanhã.

Fomos até o comissário de polícia, a quem Armand entregou a procuração da irmã de Marguerite.

O comissário lhe deu em troca uma carta de aviso para o guarda do cemitério. Foi combinado que a translação aconteceria no dia seguinte, às dez horas da manhã, que eu iria apanhá-lo uma hora mais cedo e que iríamos juntos ao cemitério.

Também eu estava curioso para assistir àquele espetáculo, e admito que não dormi à noite.

A julgar pelos pensamentos que me assaltaram, aquela deve ter sido uma noite dura também para Armand.

Quando, no dia seguinte, às nove horas, entrei em sua casa, ele estava terrivelmente pálido, mas parecia calmo.

Sorriu para mim e me estendeu a mão.

As velas haviam queimado até o fim, e, antes de sair, Armand tomou em mãos uma carta muito espessa, dirigida a seu pai e certamente confidente de suas impressões noturnas.

Meia-hora depois, chegávamos a Montmartre.

O comissário já nos esperava.

Encaminhamo-nos lentamente na direção da tumba de Marguerite. O comissário ia na frente. Armand e eu o seguíamos com a distância de alguns passos.

De tempos em tempos, eu sentia tremer convulsivamente o braço do meu companheiro, como se arrepios o estivessem percorrendo a todo momento. Então, eu o olhava. Ele compreendia meu olhar e sorria, mas depois de termos saído de sua casa não havíamos trocado uma só palavra.

Um pouco antes de chegar à tumba, Armand parou para enxugar seu rosto, que se inundava de grandes gotas de suor.

Aproveitei essa pausa para respirar, pois eu próprio tinha o coração comprimido como em um tornilho.

De onde vem o doloroso prazer de que gozamos nesse tipo de espetáculo? Quando chegamos à tumba, o jardineiro havia retirado todos os vasos de flores, a cerca de ferro fora levada embora e dois homens escavavam a terra.

Armand recostou-se em uma árvore e observou.

Toda a sua vida parecia ter passado diante dos seus olhos.

De repente, uma das duas picaretas bateu contra uma pedra.

A esse barulho, Armand recuou como em um choque elétrico e apertou a minha mão com tal força que me machucou.

Um coveiro tomou em mãos uma grande pá e esvaziou aos poucos a fossa. Então, quando não havia mais nada além das pedras com as quais se cobre o caixão, ele jogou-as para fora uma a uma.

Eu observava Armand, pois temia a cada minuto que as suas sensações que visivelmente se intensificavam levassem-no ao colapso. Mas ele continuava a olhar, com os olhos fixos e arregalados como os de um louco, e um leve tremor das faces e dos lábios provava apenas que ele era vítima de uma violenta crise nervosa.

Quanto a mim, só posso dizer uma coisa: que me arrependia de ter ido.

Quando o caixão foi totalmente descoberto, o comissário ordenou aos coveiros:

– Abram.

Os homens obedeceram, como se fosse a coisa mais simples do mundo.

O caixão era de carvalho, e eles se puseram a desaparafusar o painel superior que servia de tampa. A umidade da terra enferrujara os parafusos, e não foi sem esforço que o caixão foi aberto. De dentro saiu um odor infecto, apesar das plantas aromáticas com as quais fora semeado.

– Ó, meu Deus, meu Deus! – murmurou Armand, empalidecendo ainda mais.

Os próprios coveiros recuaram.

Um grande sudário branco envolvia o cadáver, do qual delineava algumas sinuosidades. Esse sudário estava quase que totalmente comido em uma das pontas e deixava aparecer um pé da morta.

Estive prestes a passar mal, e, no momento em que escrevo estas linhas, a lembrança daquela cena ainda se mostra para mim em sua imponente realidade.

– Vamos nos apressar – disse o comissário.

Então, um dos dois homens estendeu as mãos, pôs-se a descoser o sudário e, pegando-o por uma das pontas, descobriu bruscamente o rosto de Marguerite.

Era horrível de ver, é horrível de descrever.

Os olhos nada mais eram que dois buracos, os lábios haviam desaparecido, e os dentes brancos estavam cerrados uns contra os outros. Os longos cabelos negros e secos estavam colados sobre as têmporas e encobriam um pouco as cavidades esverdeadas das faces, e, entretanto eu reconhecia naquele rosto a tez branca, rosa e alegre que eu vira tão frequentemente.

Armand, sem poder desviar seu olhar daquela figura, levara o lenço à boca e o mordia.

Pareceu-me que um círculo de ferro estreitava a minha cabeça, que um véu cobria meus olhos, bordoadas enchiam as minhas orelhas, e tudo que pude fazer foi abrir um frasco que eu levara casualmente e respirar os sais que ele continha.

Em meio àquela vertigem, ouvi o comissário dizer a Armand:

– O senhor a reconhece?

– Sim – disse abafadamente o jovem homem.

– Então fechem o caixão e levem-no embora – disse o comissário.

Os coveiros lançaram novamente o sudário sobre o rosto da morta, fecharam o caixão, pegaram-no cada um por uma ponta e dirigiram-se para o lugar que lhes fora designado.

Armand não se mexia. Seus olhos estavam cravados naquela fossa vazia. Estava pálido como o cadáver que acabáramos de ver.... Dir-se-ia petrificado.

Compreendi o que aconteceria quando a dor fosse diminuída pela ausência do espetáculo e, consequentemente, não o sustentasse mais.

Aproximei-me do comissário.

– A presença do senhor – disse-lhe mostrando Armand –, ela ainda é necessária?

– Não – respondeu. – Até aconselho o senhor a levá-lo embora, pois ele parece doente.

– Venha – falei então a Armand, tomando-lhe o braço.

– O quê? – fez ele, olhando-me como se não tivesse me reconhecido.

– Acabou-se – acrescentei. – É preciso ir embora, meu amigo, você está pálido, com frio. Vai se matar com estas emoções.

– Você tem razão. Vamos embora – respondeu maquinalmente, mas sem dar um passo.

Então peguei-o por um braço e o puxei.

Ele se deixava conduzir como uma criança, apenas murmurando de tempos em tempos:

– Você viu os olhos?

E olhava para trás de si, como se aquela visão o tivesse chamado.

Entretanto, seu caminhar tornou-se irregular. Ele parecia avançar apenas espasmodicamente. Seus dentes batiam, suas mãos estavam frias, uma violenta agitação nervosa tomava conta de toda a sua pessoa.

Eu lhe dirigi a palavra, ele não respondeu.

Tudo o que conseguia fazer era deixar-se conduzir.

Na porta, encontramos um carro. Já era hora.

Mal Armand havia sentado, os tremores aumentaram, e ele teve um verdadeiro ataque de nervos, em meio ao qual o medo de causar espanto o fazia murmurar, enquanto apertava a minha mão:

– Não é nada, não é nada, eu queria chorar.

E eu ouvia seu peito inchar, e o sangue subia aos seus olhos, mas as lágrimas não vinham.

Fiz ele cheirar o frasco que havia me ajudado, e quando chegamos à sua casa, apenas a tremedeira ainda se manifestava.

Com a ajuda do criado, coloquei-o na cama, fiz acenderem um grande fogo no seu quarto e corri a procurar meu médico, a quem relatei o que acabara de se passar.

Ele veio correndo.

Armand estava roxo, delirava, balbuciava palavras sem nexo, entre as quais apenas o nome de Marguerite se fazia ouvir distintamente.

– E então? – perguntei ao doutor, depois de ele ter examinado o doente.

– Bem, tem uma febre cerebral, nada mais, nada menos. E por sorte, pois creio, Deus que me perdoe!, que ele ficaria maluco. Felizmente, a doença física aniquilará a doença moral, e em um mês talvez esteja curado de uma e de outra.

VII

O que as doenças como aquela da qual Armand fora vítima têm de agradável é matar instantaneamente ou se deixar vencer muito rapidamente.

Quinze dias após os acontecimentos que acabo de contar, Armand estava em plena convalescença, e uma forte amizade nos ligava. Mal deixei seu quarto durante todo o tempo que durou a doença.

A primavera semeara em profusão suas flores, suas folhas, seus pássaros, suas canções, e a janela do meu amigo abria-se alegremente sobre o jardim, cujas saudáveis exalações subiam até ele.

O médico permitira que se levantasse, e frequentemente ficávamos a conversar, sentados próximos à janela aberta na hora em que o sol está mais quente: do meio-dia às duas horas.

Eu evitava falar-lhe sobre Marguerite, temendo sempre que esse nome despertasse uma triste lembrança adormecida sob a aparente calma do doente; mas Armand, ao contrário, parecia ter prazer em falar dela, não mais como antes, com lágrimas nos olhos, mas com um doce sorriso que me tranquilizava sobre o seu estado de espírito.

Eu notara que desde a sua última visita ao cemitério, desde o espetáculo que determinara aquela sua crise violenta, a dor moral parecia ter sido ultrapassada pela doença, e que a morte de Marguerite não mais lhe parecia parte do passado. Uma espécie de consolo resultara da certeza irremediável, e, para afugentar a sombria imagem que frequentemente a ele se apresentava, Armand mergulhava em recordações alegres de sua ligação com Marguerite e parecia não querer aceitar outras lembranças que não essas.

O corpo estava muito desgastado pelo golpe e pela cura da febre para permitir ao espírito uma emoção violenta, e a alegria primaveril e universal na qual Armand estava envolto remetia-o, involuntariamente, a imagens risonhas.

Ele sempre se recusou obstinadamente a informar a sua família do perigo que estava correndo, e, quando foi dado como curado, seu pai ainda ignorava sua doença.

Uma noite ficamos à janela até mais tarde do que de costume. O tempo estivera magnífico, e o sol dormia em um crepúsculo brilhante de azul e dourado. Mesmo estando em Paris, o verde que nos cercava parecia nos isolar do mundo, e apenas o barulho de algum carro perturbava, de tempos em tempos, a nossa conversa.

– Foi mais ou menos nesta época do ano e na noite de um dia como este que conheci Marguerite – disse-me Armand, dando ouvidos aos seus próprios pensamentos e não àquilo que eu falava.

Eu nada disse.

Então, voltou-se para mim e disse:

– É preciso, entretanto, que eu lhe conte esta história. Você fará dela um livro no qual ninguém vai acreditar, mas que talvez seja interessante de ser escrito.

– Você me contará isso mais tarde, meu amigo – falei. – Ainda não está bem recuperado.

– A noite está quente e eu comi meu peito de frango – disse-me sorrindo. – Não tenho febre, não temos nada a fazer, vou contar-lhe tudo.

– Já que você o quer absolutamente, estou ouvindo.

– É uma história bem simples – acrescentou, então – e que relatarei seguindo a ordem dos acontecimentos. Se fizer algo dela mais tarde, está livre para contá-la de outro modo.

Eis o que ele me confidenciou, e quando muito mudei algumas palavras daquele relato comovente.

– Sim – retomou Armand, deixando recair a cabeça sobre o encosto da poltrona. – Sim, foi em uma noite como esta! Eu havia passado o dia no campo, com um de meus amigos, Gaston R... À noite, voltamos a Paris e, não sabendo o que fazer, entramos no Teatro das Variedades. Durante um intervalo, saímos e, no corredor, vimos passar uma grande mulher, que meu amigo cumprimentou.

– Quem é aquela que está cumprimentando você? – perguntei-lhe.

– Marguerite Gautier – ele me respondeu.

– Parece-me que está bem mudada, pois não a reconheci – falei, com uma emoção que você compreenderá em seguida.

– Ela esteve doente. A pobre moça não irá longe.

Lembro-me destas palavras como se me tivessem sido ditas ontem.

É preciso que saiba, meu amigo, que dois anos antes, a visão daquela moça, quando eu a encontrava, me causava uma impressão estranha.

Sem que eu soubesse por que, eu ficava pálido e meu coração batia violentamente. Tenho um amigo que se ocupa com ciências ocultas e que chamaria isso que experimentei de afinidade de fluidos. Já eu, creio, simplesmente, que estava destinado a me apaixonar por Marguerite e que o pressentia.

De qualquer forma, ela me causava uma forte impressão, da qual muitos de meus amigos foram testemunhas e da qual muito riram, ao perceberem de quem essa impressão me chegava.

A primeira vez que a vi foi na praça da Bolsa, na porta de Susse. Uma caleche descoberta estacionou e uma mulher vestida de branco desceu. Um murmúrio de admiração acolheu sua entrada no local. Quanto a mim, fiquei pregado ao chão, desde o momento em que ela entrou até o momento em que saiu. Através dos vidros, olhei-a escolher o que ela fora comprar na loja. Eu poderia ter entrado, mas não ousava. Não sabia quem era aquela mulher e temia que ela adivinhasse a razão da minha entrada na loja e se ofendesse. Mas não pensei que fosse tornar a vê-la.

Estava elegantemente trajada: envergava um vestido de musselina todo rodeado de rendas, um xale da Índia quadrado, bordado com ouro e flores de seda nos cantos, um chapéu de palha italiano e apenas um bracelete: uma grossa corrente de ouro cuja moda iniciava-se naquela época.

Ela tornou a subir na caleche e partiu.

Um dos atendentes da loja permaneceu à porta, seguindo com os olhos o carro da elegante compradora. Aproximei-me dele e pedi que me revelasse o nome daquela mulher.

– É a senhorita Marguerite Gautier – falou.

Não ousei perguntar pelo endereço dela e fui embora.

A lembrança daquela visão, pois se tratava de uma, não me abandonou o espírito como tantas outras visões que eu já tivera, e eu procurava por toda parte por aquela mulher branca, de uma beleza tão real – tão aristocraticamente bela.

Dali a alguns dias, uma grande representação aconteceu no Opéra-Comique, à qual fui assistir. A primeira pessoa que avistei, em um camarote na parte frontal da galeria, foi Marguerite Gautier.

O rapaz com quem eu estava também a reconheceu, pois disse, apontando para ela:

– Veja aquela bela moça!

Naquele momento, Marguerite espiava para nosso lado e percebeu meu amigo. Sorriu para ele e fez sinal para que fosse falar com ela.

– Vou cumprimentá-la – disse-me ele – e volto em um instante.

Não pude me impedir de dizer-lhe:

– Você é um sortudo.

– Por quê?

– Por ir ver aquela mulher.

– Está apaixonado por ela?

– Não – falei, enrubescendo, pois na verdade não sabia como me portar a respeito –, mas bem que gostaria de conhecê-la.

– Venha comigo, eu lhe apresentarei.

– Peça autorização para ela, primeiro.

– Ah, por Deus, não há por que se embaraçar com ela, venha.

Aquilo que ele dizia causava-me sofrimento. Eu tremia frente à possibilidade de me certificar de que Marguerite não merecia o que eu sentia por ela.

Há em um livro de Alphonse Karr, chamado *Am Rauchen*, um homem que segue, à noite, uma mulher muito elegante e por quem se apaixonara à primeira vista, tão linda ela era. Para beijar a mão daquela mulher, ele sente em si a força para empreender qualquer coisa, a vontade de tudo conquistar, a coragem de tudo fazer. Ele mal ousa olhar o mimoso tornozelo que ela desvenda para não sujar o seu vestido ao contato da terra. Enquanto ele sonha com tudo que fará para possuir aquela mulher, ela interpela-o na esquina de uma rua e lhe pergunta se ele quer subir à casa dela.

O homem volta-lhe a cara, atravessa a rua e vai todo triste para casa.

Naquela ocasião, eu lembrava desse texto. E eu, que teria gostado de sofrer por aquela mulher, eu temia que ela me aceitasse rápido demais e me concedesse prontamente demais um amor que eu preferiria pagar com uma longa espera ou com um grande sacrifício. Somos assim, nós, homens. E ainda bem que a imaginação deixa essa poesia aos sentidos, e que os desejos do corpo fazem essa concessão aos sonhos da alma.

Enfim, se me dissessem: "Você terá esta mulher esta noite e será morto amanhã", eu teria aceitado. Se me dissessem: "Pague dez luíses*, e será seu amante", eu teria recusado e chorado, como uma criança que ao acordar vê desaparecer o castelo entrevisto à noite.

Entretanto, eu queria conhecê-la. Era um modo, e talvez até mesmo o único, de saber o que pensar a seu respeito.

Falei então ao meu amigo que eu fazia questão que ela lhe concedesse a permissão para ele me apresentar e caminhei pelos corredores, imaginando que a partir daquele momento ela me veria e que eu saberia qual atitude ter em relação a ela.

Tentei formular, antecipadamente, as palavras que iria dizer-lhe.

Que sublime infantilidade é o amor!

Um instante depois, meu amigo voltou.

– Está nos esperando – me disse.

– Ela está sozinha? – perguntei.

– Com uma outra mulher.

– Não há homens?

– Não.

– Vamos lá.

Meu companheiro dirigiu-se à porta do teatro.

– Ei, mas não é por aqui – falei.

– Nós vamos comprar doces. Ela pediu.

Entramos em uma confeitaria na rua atrás da Ópera.

Eu teria comprado toda a loja, e estava olhando o que se podia colocar na sacola, quando meu amigo pediu:

– Meio quilo de passas de uva glaceadas.

– Sabe se ela gosta disso?

– Jamais come outro tipo de guloseimas. É sabido.

---

* Chamava-se *louis* a moeda de ouro equivalente a vinte francos. (N.T.)

Quando saímos, ele continou:

– Ah, sabe para qual mulher vou apresentá-lo? Não pense que é a uma duquesa. Trata-se simplesmente de uma mulher da vida, da vida mais cara que há, meu caro. Então, não se acanhe, e diga tudo que lhe vier à cabeça.

– Está bem – balbuciei e o segui, dizendo a mim mesmo que iria curar-me da minha paixão.

Quando entrei no camarote, Marguerite ria às gargalhadas.

Eu teria preferido que ela estivesse triste.

Meu amigo me apresentou. Marguerite me fez uma ligeira mesura e disse:

– E os meus doces?

– Aqui estão.

Ao tomá-los nas mãos, ela me olhou. Baixei os olhos, enrubesci.

Ela inclinou-se à orelha de sua vizinha, disse-lhe algumas palavras bem baixinho e as duas estouraram em um acesso de riso.

Muito certamente era eu a causa daquela hilariedade. Meu embaraço dobrou de tamanho. Àquela época, eu tinha como amante uma pequena-burguesa muito doce e sentimental, cujos sentimentos e cartas melancólicas faziam-me rir. Compreendi a dor que devo ter-lhe causado através daquela que experimentei naquele momento, e durante cinco minutos amei-a como jamais alguém amou uma mulher.

Marguerite comeu suas passas sem se ocupar mais de mim.

Meu amigo não quis deixar-me naquela situação ridícula:

– Marguerite – falou –, não se surpreenda se o senhor Duval não diz nada. Você o perturba de tal modo que ele não consegue dizer palavra.

– O que acho é que ele o acompanhou até aqui porque você se entediaria vindo sozinho.

– Se isso fosse verdade – falei –, eu não teria implorado que Ernest pedisse permissão para me apresentar.

– Talvez fosse apenas uma maneira de postergar o momento fatal.

Por menos que se tenha vivido junto a moças do tipo de Marguerite, sabe-se o prazer que elas têm de se mostrarem espirituosas e de gracejar com as pessoas que veem pela primeira vez. É sem dúvida uma revanche pelas humilhações que frequentemente são obrigadas a suportar por parte daqueles que veem todos os dias.

Também é preciso, para responder-lhes, uma certa intimidade com o mundo delas, intimidade esta que eu não tinha. E, depois, a ideia que eu me fizera de Marguerite exagerou os seus gracejos. Nada vindo daquela mulher era-me indiferente. Assim, levantei, dizendo, com uma alteração de voz que me foi impossível esconder completamente:

– Se é isso o que pensa de mim, senhora, nada mais me resta além de pedir desculpas por minha indiscrição e me despedir assegurando-lhe que ela não se repetirá.

Nesse ponto, fiz um cumprimento e saí.

Mal havia fechado a porta quando ouvi um terceiro acesso de riso. Bem teria gostado que alguém me cutucasse, naquele momento. Voltei para o meu assento.

Anunciaram a abertura das cortinas.

Ernest voltou para junto de mim.

– Olhe o que você fez! – disse, sentando-se. – Elas acham que você é louco.

– O que falou Marguerite, depois que saí?

– Ela riu e me garantiu que jamais viu algo tão engraçado quanto você. Mas não se dê por vencido. Apenas não conceda a essas moças a honra de levá-las a sério. Elas não sabem o que é elegância e educação. São como cachorros em que se colocam perfumes: acham o cheiro ruim e vão rolar em um córrego.

– Afinal de contas, que me importa? – falei, tentando manter um tom displicente. – Não verei de novo essa mulher e, se me agradou antes que eu a conhecesse, isso mudou, agora que a conheço.

– Ah! Não perco por esperar vê-lo um dia ao fundo do camarote dela, e por ouvir falar que está se arruinando por ela. De resto, você tem razão: é mal-educada, mas dá uma bela amante.

Felizmente levantaram a cortina, e meu amigo calou-se. Dizer o que estava sendo encenado me seria impossível. Tudo o que lembro é que, de tempos em tempos, eu levantava os olhos para o camarote do qual eu saíra tão bruscamente, e rostos de visitantes novos lá se sucediam, a todo instante.

Entretanto, eu estava longe de não mais pensar em Marguerite. Um outro sentimento tomava conta de mim. Parecia-me que eu tinha o seu insulto e o meu ridículo por fazer esquecer. Dizia-me: mesmo que tivesse de gastar tudo o que possuía, eu teria aquela moça e tomaria de direito o lugar que eu abandonara tão rapidamente.

Antes que o espetáculo terminasse, Marguerite e sua amiga deixaram o camarote.

Não conseguindo me segurar, abandonei a minha poltrona.

– Vai embora? – perguntou Ernest.

– Sim.

– Por quê?

Nesse momento, ele percebeu que o camarote estava vazio.

– Vá, vá – falou –, e boa sorte. Ou, ainda: melhor sorte.

Saí.

Ouvi na escada o farfalhar de vestidos e o barulho de vozes. Afastei-me um pouco e vi passar, sem ser visto, as duas mulheres, assim como os dois jovens que as acompanhavam.

Sob as colunas da fachada do teatro, um criado apresentou-se a elas.

– Vá dizer ao cocheiro para esperar na porta do café Anglais – disse Marguerite. – Iremos a pé até lá.

Alguns minutos depois, rodando pelo bulevar, vi Marguerite pela janela de uma das grandes cabines do restaurante, apoiada sobre a sacada, tirando, uma a uma, as pétalas das camélias do seu buquê.

Um dos dois homens estava inclinado sobre seu ombro e lhe falava baixinho.

Instalei-me na Maison-d'Or, nos salões do primeiro andar, e não perdi de vista a janela em questão.

À uma hora da manhã, Marguerite voltava ao seu coche junto com seus três amigos.

Tomei um cabriolé e a segui.

O coche parou na rua d'Antin, nº 9.

Marguerite desceu e entrou sozinha em casa.

Era, sem dúvida, uma coincidência, mas aquela coincidência deixou-me bem feliz.

A partir daquele dia, encontrei Marguerite várias vezes em espetáculos, na Champs-Élysées. Nela, sempre a mesma alegria; em mim, sempre a mesma emoção.

Mas quinze dias passaram-se sem que eu tornasse a vê-la em qualquer lugar. Encontrei-me com Gaston, a quem pedi notícias dela.

– A pobre moça está bem doente – respondeu.

– O que ela tem?

– Ela sofre dos pulmões e, como levou uma vida que não ajudou a curá-la, está de cama, e morrendo.

O coração é uma coisa estranha: fiquei quase feliz devido à doença.

Todos os dias eu ia saber notícias da doente, sem, entretanto, me anunciar ou deixar meu cartão de visitas. Deste modo fiquei sabendo da sua convalescença e da sua ida para Bagnères.

Então o tempo escoou-se, e a impressão, ainda que não a sua lembrança, pareceu apagar-se aos poucos da minha mente. Viajei. Outras pessoas, hábitos e trabalhos tomaram o lugar daquela imagem e, ao pensar naquela primeira aventura, não quis ver nela mais que uma daquelas paixões que se tem quando se é jovem, e das quais se ri, um tempo depois.

De resto, não haveria mérito algum em superar aquela lembrança, pois perdera Marguerite de vista desde sua viagem, e, como lhe disse, quando ela passou perto de mim, no corredor do Teatro de Variedades, não a reconheci.

Ela tinha o rosto coberto, é verdade. Mas por mais coberto que estivesse, dois anos antes eu não teria tido necessidade de vê-la para reconhecê-la: eu teria adivinhado.

O que não impediu meu coração de bater, quando eu soube que era ela. E os dois anos passados sem vê-la e os resultados que essa separação parecia ter trazido apagaram-se na mesma fumaça a um só toque do vestido dela.

VIII

– Porém – continuou Armand depois de uma pausa –, compreendendo que ainda estava apaixonado, eu me sentia mais forte do que anteriormente, e, no meu desejo de reencontrar Marguerite, havia também a vontade de fazê-la ver que eu me tornara superior a ela.

Os caminhos que o coração toma e as razões que dá para chegar ao que quer!

Assim, não pude permanecer durante muito tempo nos corredores e retornei para o meu lugar na orquestra, lançando um olhar rápido pela sala, para ver em que camarote ela se encontrava.

Estava no camarote central do andar térreo, e sozinha. Havia mudado, como falei. Eu não encontrava mais nos seus lábios o sorriso indiferente. Sofrera. Sofria, ainda.

Embora já estivéssemos em abril, ela ainda estava vestida como no inverno e toda coberta de veludos.

Observei-a tão obstinadamente que meu olhar atraiu o seu.

Ela observou-me por alguns instantes, pegou o binóculo pra melhor me ver e sem dúvida alguma pensou me reconhecer, sem conseguir dizer exatamente quem eu era, pois, quando repousou o binóculo, um sorriso, essa charmosa saudação das mulheres, vagou sobre os seus lábios, para responder ao cumprimento que parecia esperar de minha parte. Mas nada respondi, como que para tomar a dianteira em relação a ela e parecer ter esquecido, enquanto ela lembrava.

Marguerite pensou ter-se enganado e virou para o lado.

A cortina foi erguida.

Avistei-a em espetáculos várias vezes, mas nunca a vi prestar a menor atenção naquilo que era encenado.

Quanto a mim, o espetáculo tampouco interessava-me, e eu ocupava-me apenas de Marguerite, mas fazendo todos os esforços para que ela não o percebesse.

Assim, a vi trocar olhares com a pessoa que ocupava o camarote em frente ao seu. Levei os olhos até esse camarote e reconheci lá dentro uma mulher com quem eu tinha bastante familiaridade.

Essa mulher era uma antiga cortesã que tentara entrar no teatro, sem obter sucesso, e que, contando com suas relações com as pessoas elegantes de Paris, lançara-se ao comércio e abrira uma butique de moda.

Vi nela um modo de encontrar-me com Marguerite e aproveitei um momento em que ela olhou em minha direção para dizer-lhe boa noite com a mão e com os olhos.

O que eu previra aconteceu: ela me chamou ao seu camarote.

Prudence Duvernoy, esse era o nome da feliz modista, era uma dessas mulheres gordas de quarenta anos com as quais não é necessária grande diplomacia para fazer com que digam o que se quer saber, sobretudo quando o que se quer saber é tão simples como o que eu tinha para perguntar-lhe.

Aproveitei um momento em que ela recomeçava sua sinalização com Marguerite para dizer-lhe:

– Para quem a senhora está se dirigindo, assim?

– Marguerite Gautier.

– Conhece-a?

– Sim, sou sua modista, e ela é minha vizinha.

– Então a senhora mora na rua d'Antin?

– Número 7. A janela do banheiro dela dá para a janela do meu.

– Dizem que se trata de uma moça encantadora.

– Não a conhece?
– Não, mas bem que gostaria.
– Quer que eu diga a ela para vir ao nosso camarote?
– Não, preferiria que a senhora me apresentasse a ela.
– Na casa dela?
– Sim.
– É mais difícil.
– Por quê?
– Porque ela é protegida de um velho duque muito ciumento.
– *Protegida* é encantador.
– Sim, protegida – retomou Prudence. – O pobre velho teria muito constrangimento em ser seu amante.

Prudence contou-me então como Marguerite travara conhecimento com o duque em Bagnères.

– É por isto – continuei – que ela está sozinha aqui?
– Justamente.
– Mas quem a conduzirá até em casa?
– Ele.
– Então ele virá pegá-la?
– Em seguida.
– E a senhora, quem vai levá-la embora?
– Ninguém.
– Eu me ofereço.
– Mas o senhor está com um amigo, creio.
– Então, nós nos oferecemos.
– Quem é o seu amigo?
– É um rapaz encantador, muito espirituoso e que ficará encantado em conhecê-la.
– Está bem, está combinado. Iremos todos os quatro depois deste ato, pois já conheço o último.
– De acordo. Vou avisar o meu amigo.
– Vá.
– Ah! – disse-me Prudence no momento em que eu ia sair. – Eis o duque entrando no camarote de Marguerite.

Virei-me para ver.

Realmente, um homem de setenta anos acabava de sentar-se atrás da jovem e lhe alcançava um saco de doces no qual ela em seguida enfiou a mão, sorrindo. Então ela o estendeu à frente, fazendo a Prudence um sinal que poderia ser traduzido por "quer um?". "Não", fez Prudence.

Marguerite retomou o saco e, voltando-se, se pôs a conversar com o duque.

O relato de todos esses detalhes parece uma infantilidade, mas tudo o que tinha relação com aquela moça está tão presente em minha memória que não posso impedir-me de lembrar, hoje.

Desci para avisar Gaston sobre o compromisso que arranjara para nós dois. Ele aceitou.

Deixamos nossas poltronas para ir ao camarote da senhora Duvernoy.

Mal tínhamos aberto a porta que levava da plateia ao corredor quando fomos forçados a parar para deixar passar Marguerite e o duque, que iam embora.

Eu teria dado dez anos da minha vida para estar no lugar do distinto velhote.

Já no bulevar, o duque a fez tomar assento em um faeton que ele próprio dirigia, e desapareceram, levados pelo trote de dois magníficos cavalos.

Entramos no camarote de Prudence.

Quando a peça terminou, descemos para tomar um simples fiacre, que nos levou à rua d'Antin, nº 7, na porta da casa dela. Prudence nos convidou para subir, para nos mostrar suas revistas, que não conhecíamos, e das quais ela parecia ter muito orgulho. Pode-se imaginar com qual presteza aquiesci.

Parecia-me que eu me aproximava pouco a pouco de Marguerite. Logo fiz a conversa recair sobre ela.

– O velho duque está na sua vizinha? – perguntei a Prudence.

– Não. Ela deve estar sozinha.

– Mas ela vai se entediar horrivelmente! – Gaston falou.

– Nós passamos quase todas as noites juntas, ou então ela, logo que chega, me chama. Marguerite nunca se deita antes das duas horas da manhã. Não consegue dormir mais cedo do que isso.

– Por quê?

– Porque é doente dos pulmões e quase sempre tem febre.

– Ela não tem amantes? – perguntei.

– Nunca vejo ninguém ficar, quando vou embora. Mas não digo que não chegue ninguém depois que vou embora. Frequentemente encontro na casa dela um certo conde de N..., que crê estar fazendo um bom negócio ao visitar-lhe às onze horas e enviando-lhe tantas joias quanto ela queira. Mas ela não pode vê-lo nem pintado em ouro. Ela se equivoca, pois ele é um rapaz muito rico. Em vão digo-lhe, de tempos em tempos, "Minha querida, é de um homem assim que você precisa!". Ela, que me escuta sempre, me dá as costas e responde que ele é tolo demais. Que seja tolo, admito. Mas seria uma posição para ela, ao passo que esse velho duque pode morrer de um dia para o outro. Os velhotes são egoístas: a família dele censura-o, sem parar, por causa da sua afeição por Marguerite. Eis duas razões para que ele nada deixe para ela. Eu faço um sermão para ela, ao qual responde que sempre será tempo de, à morte do duque, pegar o conde. Nem sempre é agradável – continuou Prudence – viver como ela vive. Bem sei que isso não serviria para mim e que bem rápido eu mandaria o velho senhor passear. É insípido, o velho. Chama-a de filha, cuida de Marguerite como de uma criança, está sempre atrás dela. Tenho certeza de que a esta hora um dos empregados dele está caminhando pela rua para ver quem sai e, sobretudo, quem entra.

– Ah, pobre Marguerite! – disse Gaston, colocando-se ao piano e começando uma valsa. – Eu não sabia disso. Mas bem que percebia nela um ar menos alegre há algum tempo.

– Psiu! – disse Prudence, espichando a orelha.

Gaston parou.

– Acho que ela está me chamando.

Prestamos atenção. Realmente, uma voz chamava Prudence.

– Vamos, senhores, vão embora – disse-nos a senhora Duvernoy.

– Ah, é isso que a senhora entende por hospitalidade – disse Gaston, rindo. – Iremos quando nos apetecer.

– Por que iríamos embora?

– Vou à casa de Marguerite.

– Esperaremos aqui.

– Não é possível.

– Então, iremos com a senhora.

– Menos possível ainda.

– Eu conheço Marguerite – disse Gaston. – Posso muito bem fazer a ela uma visita.

– Mas Armand não a conhece.

– Eu o apresentarei.

– É impossível.

Ouvimos novamente a voz de Marguerite chamando por Prudence.

Esta correu ao banheiro. Segui-a, junto a Gaston. Ela abriu a janela.

Escondemo-nos de modo a não ser vistos pelo lado de fora.

– Faz dez minutos que a estou chamando – disse Marguerite em um tom quase imperioso.

– O que quer?

– Quero que venha aqui logo.

– Por quê?

– Porque o conde de N... ainda está aqui e está me matando de tédio.

– Agora não posso.

– O que a impede?

– Encontram-se em minha casa dois jovens rapazes que não querem ir embora.

– Diga para eles que você precisa sair.

– Eu já disse.

– Bem, então, deixe-os aí na sua casa. Quando virem que você saiu, irão embora.

– Depois de colocarem tudo de pernas para o ar!

– Mas o que eles querem?

– Querem ver você.

– Como se chamam?

– Um deles você conhece, senhor Gaston R...

– Ah, sim, eu conheço. E o outro?

– Senhor Armand Duval. Não o conhece?

– Não, mas traga-os mesmo assim, prefiro qualquer um ao conde. Estou esperando, venham depressa.

Marguerite tornou a fechar a janela. Prudence fechou a sua.

Marguerite, que em um instante lembrou de meu rosto, não se recordou do meu nome. Eu teria preferido uma má lembrança, por parte dela, do que este esquecimento.

– Eu bem sabia – disse Gaston – que ela ficaria encantada de nos ver.

– Encantada não é a palavra – respondeu Prudence, vestindo o seu xale e o seu chapéu. – Ela vai recebê-los para fazer o conde ir embora. Sejam mais amáveis que ele ou, conheço bem Marguerite, ela ficará braba comigo.

Seguimos Prudence, que descia as escadas.

Eu tremia: parecia-me que aquela visita teria grande influência em minha vida.

Eu estava ainda mais emocionado do que na noite da minha apresentação no camarote do *Opéra-Comique*.

Chegando à porta do apartamento que você conhece, o coração batia-me tão forte que o pensamento me escapava.

Alguns acordes de piano chegavam até nós.

Prudence bateu.

Uma mulher que tinha mais o ar de uma dama de companhia do que de camareira veio abrir.

Entramos no salão, do salão fomos para as peças íntimas, que já eram, naquela época, aquilo que você viu depois.

Um jovem homem estava encostado na chaminé.

Marguerite, sentada ao piano, deixava correr os dedos sobre o teclado e começava peças que não terminava.

O aspecto daquela cena era de tédio, resultado, no caso do homem, da sua embaraçante nulidade; no caso da mulher, da visita daquele lúgubre personagem.

À voz de Prudence, Marguerite levantou-se e, chegando até nós após trocar um olhar de agradecimento com a senhora Duvernoy, disse:

– Entrem, senhores, e sejam bem-vindos.

IX

– Boa noite, meu querido Gaston – disse Marguerite ao meu companheiro. – Fico muito feliz em vê-lo. Por que não foi até o meu camarote, no Variedades?

– Temia ser indiscreto.

– Os amigos – e Marguerite deu ênfase a essas palavras, como se quisesse fazer entender a todos que lá estavam que, apesar da maneira amistosa com que acolhia Gaston, ele não era e jamais fora mais que um amigo –, os amigos jamais são indiscretos.

– Permita-me apresentar-lhe o senhor Armand Duval.

– Eu já havia autorizado Prudence a fazê-lo.

– De resto, senhorita – falei, inclinando-me e conseguindo emitir sons quase inteligíveis –, já tive a honra de ser-lhe apresentado.

O encantador olhar de Marguerite pareceu vasculhar suas lembranças, mas não lembrou, ou pareceu não lembrar.

– Madame – retomei –, agradeço-lhe que tenha esquecido aquela primeira apresentação, pois fiz um papel ridículo e devo ter-lhe parecido muito aborrecido. Aconteceu há dois anos, no *Opéra-Comique*. Eu estava com Ernest de ...

– Ah! Eu lembro! – retomou Marguerite, com um sorriso. – Não que o senhor estivesse ridículo, eu é que fui maliciosa, como ainda sou um pouco, mas menos, entretanto. O senhor perdoou-me?

Estendeu-me sua mão, que prontamente beijei.

– É verdade – continuou. – Imagine que eu tenho o péssimo hábito de querer constranger as pessoas que vejo pela primeira vez. É algo muito bobo. Meu médico disse que é porque sou nervosa e porque estou sempre doente. Acredite no meu médico.

– Mas parece muito bem.

– Oh, estive muito doente.

– Eu sei.

– Quem lhe contou?

– Todos sabiam. Vim várias vezes saber notícias da senhora e, com prazer, fiquei sabendo da sua convalescença.

– Nunca me entregaram o seu cartão de visitas.

– Nunca deixei meu cartão de visitas.

– O senhor é o jovem que vinha todos os dias saber de mim durante a minha doença e que nunca quis dizer o nome?

– Sou eu.

– Então é mais do que indulgente. É generoso. Pois não seria o senhor, conde, que o teria feito – acrescentou, voltando-se para o senhor de N..., depois de me lançar um daqueles olhares com os quais as mulheres completam a opinião que têm a respeito de um homem.

– Conheço-a há apenas dois meses – replicou o conde.

– E este senhor conhece-me há apenas cinco minutos. O senhor, conde, sempre responde bobagens.

As mulheres são impiedosas com aqueles de quem não gostam.

O conde enrubesceu e mordeu os lábios.

Tive pena dele, pois parecia estar apaixonado, como eu, e a dura franqueza de Marguerite devia deixá-lo muito infeliz, sobretudo na presença de dois estranhos.

– A senhorita estava tocando música quando entramos – falei, para mudar o rumo da conversa. – Não me concederia o prazer de me tratar como a um velho amigo, continuando a tocar?

– Oh! – ela fez, lançando-se ao canapé e fazendo-nos sinal para sentarmos. – Gaston sabe bem que tipo de música toco. Serve para quando estou sozinha com o conde, mas eu não gostaria de fazê-los passar por tal suplício.

– Guarda esta preferência para mim? – replicou o senhor de N..., com um sorriso que tentou fazer fino e irônico.

– Está errado em me criticar por isso. É minha única preferência.

Já estava decidido que aquele pobre rapaz não diria uma só palavra. Ele lançou para a moça um olhar verdadeiramente suplicante.

– Diga, então, Prudence – ela continuou –, fez o que eu pedi?

– Sim.

– Muito bem, me contará mais tarde. Temos que conversar, não vá embora antes de falarmos.

– Sem dúvida estamos sendo indiscretos – eu disse então – e agora que conseguimos ou, melhor, que eu consegui uma segunda apresentação para fazer esquecer a primeira, vamos embora, Gaston e eu.

– De jeito nenhum. Não é pelos senhores que falo. Quero, ao contrário, que fiquem.

O conde puxou um relógio muito elegante, no qual viu as horas:

– É hora de eu ir para o clube – falou.

Marguerite nada disse.

O conde deixou, então, a lareira e, vindo até ela:

– Adeus, madame.

Marguerite levantou-se:

– Adeus, meu caro conde. Já vai embora?

– Sim, temo estar aborrecendo-a.

– Não me aborrece hoje mais do que nos outros dias. Quando o senhor será visto novamente?

– Quando a senhorita o permitir.

– Adeus, então.

Era cruel, é de se convir.

O conde tinha, felizmente, uma ótima educação e um excelente caráter. Contentou-se em beijar a mão que Marguerite estendera-lhe bastante casualmente e em sair, após se despedir de nós.

No instante em que ele atravessava a porta, olhou para Prudence.

Esta deu de ombros, de um modo que queria dizer: "O que quer? Fiz tudo que estava ao meu alcance".

– Nanine! – gritou Marguerite. – Conduza o senhor conde.

Ouvimos a porta ser aberta e fechada.

– Finalmente! – exclamou Marguerite, aparecendo novamente. – Foi embora. Aquele rapaz me dá nos nervos!

– Minha menina querida – disse Prudence –, você é realmente muito má com ele, logo com ele, que é tão bom e tão preocupado com você. Lá está, sobre a lareira, um relógio que ele lhe deu e que custou pelo menos mil escudos, tenho certeza.

E madame Duvernoy, que havia se aproximado da chaminé, brincava com o objeto do qual estava falando e cobria-o com olhares cobiçosos.

– Minha querida – disse Marguerite, sentando-se ao piano –, quando ponho de um lado da balança aquilo que ele me dá e do outro aquilo que ele me diz, concluo que concedo essas visitas por um preço baixo.

– Esse pobre rapaz está apaixonado por você.

– Se eu precisasse ouvir todos aqueles que estão apaixonados por mim, eu não teria sequer o tempo de almoçar.

E fez correr os dedos sobre o teclado do piano, depois do que, voltando-se, falou para nós:

– Os senhores querem beber ou comer alguma coisa? Quanto a mim, eu beberia um pouco de ponche.

– E eu, eu bem que comeria um pouco de frango – disse Prudence. – E se jantássemos?

– É isso, vamos sair para jantar – disse Gaston.

– Não, vamos jantar aqui – afirmou Marguerite.

Ela soou a campainha. Nanine apareceu.

– Mande buscar um jantar.

– O que mando pedir?

– O que você quiser, mas logo, depressa.

Nanine saiu.

– É isso, vamos jantar – disse Marguerite, saltando como uma criança. – Como é chato aquele imbecil do conde!

Quanto mais eu observava aquela mulher, mais ela me encantava. Era belíssima. Mesmo sua magreza era graciosa.

Eu me encontrava em pleno estado de contemplação.

O que se passava em mim, teria dificuldade em explicar. Eu estava cheio de indulgência pela vida dela, cheio de admiração por sua beleza. Aquela prova de desinteressse que dava, não aceitando um homem jovem, elegante e rico, pronto para arruinar-se por ela, desculpava, aos meus olhos, todos os seus erros passados.

Havia naquela mulher algo como a candura.

Via-se que ela estava ainda na virgindade do vício. Seu caminhar seguro, seu corpo leve, suas narinas róseas e abertas, seus grandes olhos ligeiramente cercados de azul denotavam uma dessas naturezas ardentes que exalam ao seu redor um perfume de voluptuosidade, como aqueles frascos do Oriente que, por mais fechados que estejam, deixam escapar o perfume do licor que encerram.

Enfim, seja devido à sua natureza, seja consequência de seu estado doentio, de tempos em tempos passavam nos olhos daquela mulher lampejos de desejo cuja manifestação seria uma revelação do céu para aquele que ela amasse. Mas já se perdia a conta daqueles que amaram Marguerite. E a conta daqueles amados por ela ainda não começara.

Em resumo, reconhecia-se naquela moça a virgem que um pequeno acidente fizera cortesã, e a cortesã que um pequeno detalhe teria feito a virgem mais apaixonada e mais pura. Havia ainda, em Marguerite, orgulho e independência:

dois sentimentos que, feridos, são capazes de fazer o que faz o pudor. Eu nada dizia: minha alma parecia ter ido parar toda no coração, e o meu coração, nos meus olhos.

– De modo que – retomou ela, de repente –, era o senhor que vinha saber notícias de mim, quando eu estava doente?

– Sim.

– Saiba que foi algo muito bonito, isso. E o que posso fazer para retribuir?

– Permitir que venha vê-la de tempos em tempos.

– Quando o senhor desejar, entre as cinco e seis horas e entre as onze e meia-noite. Ei, Gaston: toque *Convite à valsa* para mim.

– Por quê?

– Primeiro, para me agradar, e, em segundo lugar, porque não consigo tocá-la sozinha.

– O que a impede?

– A terceira parte, a passagem em sustenido.

Gaston levantou-se, colocou-se ao piano e começou a maravilhosa melodia de Weber, cuja partitura repousava aberta no aparador.

Marguerite, com uma mão apoiada no piano, olhava o caderno, seguia com os olhos cada nota, que acompanhava com a voz baixa, e, quando Gaston chegou à passagem que ela havia indicado, cantarolou, fazendo correr os dedos sobre a tampa do piano:

– Ré, mi, ré, dó, ré, fá, mi, ré... Eis o que eu não consigo fazer. Recomece.

Gaston recomeçou, depois do que Marguerite disse:

– Deixe-me tentar.

Ela tomou lugar e tocou, por sua vez. Mas seus dedos rebeldes sempre enganavam-se em uma das notas às quais acabamos de nos referir.

– É inacreditável que eu não consiga tocar essa passagem! – falou, com um verdadeiro tom de criança. – Acreditam que às vezes fico tentando até as duas da manhã? E pensar que aquele imbecil do conde a toca sem partitura e admiravelmente! É isso que me deixa furiosa com ele, acho.

E recomeçou, sempre com os mesmos resultados.

– Que vão para os diabos, Weber, as partituras e os pianos! – disse, jogando o caderno para o outro lado da sala. – Como é que não consigo fazer oito sustenidos um atrás do outro?

E cruzava os braços, olhando-nos e batendo com a ponta do pé no chão.

O sangue subiu-lhe à face e uma tosse fraca entreabriu-lhe os lábios.

– Pronto, pronto – disse Prudence, que havia tirado o chapéu e que estava alisando suas fitas em frente ao espelho –, você ainda vai se encolerizar e passar mal. Vamos jantar, é muito melhor. Estou morrendo de fome.

Marguerite bateu novamente a campainha, então recolocou-se ao piano e começou, à meia-voz, uma canção libertina, com cujo acompanhamento não teve qualquer dificuldade.

Gaston conhecia a canção, e fizeram uma espécie de dueto.

– Não cante essas imundícies – falei amistosamente a Marguerite e em tom de súplica.

– Oh, como o senhor é casto! – disse-me sorrindo e me estendendo a mão.

– Não é por mim, é pela senhorita.

Marguerite fez um gesto que queria dizer: "Oh, faz muito tempo que não sei mais o que é isso, a castidade".

Nesse momento, apareceu Nanine.

– O jantar está pronto? – Marguerite perguntou.

– Sim, madame, em um instante.

– A propósito – disse-me Prudence –, o senhor não viu o apartamento. Venha, vou mostrá-lo.

Como sabe, o salão era uma maravilha.

Marguerite acompanhou-nos um pouco e então chamou Gaston e foi com ele à sala de jantar, para ver se a refeição estava pronta.

– Veja – disse bem alto Prudence, olhando para uma estante, onde pegou uma estatueta da Saxônia –, eu nunca tinha visto este pequeno homenzinho!

– Qual? – Marguerite perguntou.

– Um pequeno pastor que segura uma gaiola com um pássaro.

– Fique com ele, se gosta.

– Ah, mas não quero privá-la dele.

– Eu queria dá-lo à minha camareira, acho-o horroroso. Mas já que gosta dele, leve-o.

Prudence viu apenas o presente e não a maneira com a qual ele era concedido. Pôs o homenzinho de lado e me levou ao toalete, onde, mostrando-me um par de miniaturas, disse-me:

– Este é o conde de G... que foi muito apaixonado por Marguerite. Ele que a lançou. Conhece-o?

– Não. E este aqui? – perguntei, mostrando outra miniatura.

– É o pequeno visconde de L... Ele foi obrigado a partir.

– Por quê?

– Porque estava praticamente arruinado. Esse era um que amava Marguerite.

– E ela o amava muito, sem dúvida?

– É uma moça tão estranha, nunca sabemos o que esperar dela. Na noite do dia em que ele foi embora, ela estava no teatro, como era o hábito, e, entretanto, havia chorado na hora da despedida.

Bem nesse momento, Nanine apareceu, anunciando que o jantar estava servido.

Quando entramos na sala de jantar, Marguerite estava encostada na parede e Gaston, segurando-lhe as mãos, falava-lhe bem baixinho:

– Está louco – replicava Marguerite –, sabe muito bem que nada quero consigo. Não é após dois anos que se conhece uma mulher como eu que se pede para ser seu amante. Nós nos entregamos em seguida ou nunca. Vamos, senhores, à mesa.

E, fugindo das mãos de Gaston, Marguerite fê-lo sentar-se à sua direita; eu, à sua esquerda, e, então, disse a Nanine:

– Antes de sentar, diga na cozinha que não abram, se alguém bater.

Essa recomendação era feita à uma hora da manhã.

Rimos, bebemos e comemos muito naquele jantar. Ao final de alguns instantes, a alegria chegou aos últimos limites, e as palavras que um certo tipo de gente acha divertidas e que sempre conspurcam a boca que as profere explodiam, de tempos em tempos, às grandes aclamações de Nanine, de Prudence e de Marguerite. (Gaston divertia-se verdadeiramente; era um rapaz de grande coração, mas cujo espírito fora um pouco maculado pelas primeiras experiências.) A certa altura, eu quis estourar de rir, fazer meu coração e meu pensamento iguais ao espetáculo que eu tinha diante dos olhos, e tomar parte naquela hilariedade que parecia um dos pratos da refeição. Mas, pouco a pouco, isolei-me daquela algazarra. Meu copo ainda estava cheio, e eu ficara quase triste, vendo aquela bela criatura de vinte anos bebendo, falando como um serviçal e rindo tanto mais quanto mais escandaloso fosse o que era dito.

Entretanto, aquela alegria, aquele jeito de falar e de beber, que me parecia, nos outros convivas, o resultado de uma vida devassa, fosse voluntária ou obrigada, pareciam-me, em Marguerite, uma necessidade de esquecer, uma febre, uma irritabilidade nervosa. A cada cálice de champanhe, suas faces cobriam-se de um vermelho febril, e uma tosse, leve ao início do jantar, tornou-se, aos poucos, forte a ponto de fazê-la revirar a cabeça por sobre o espaldar da cadeira e comprimir as mãos no peito todas as vezes que tossia.

Eu sofria com o mal que aqueles excessos cotidianos deviam fazer àquele fraco organismo.

Finalmente, aconteceu uma coisa que eu previra e a qual eu temia. Ao término do jantar, Marguerite foi tomada por um acesso de tosse mais forte que todos aqueles que tivera desde que eu estava lá. Pareceu-me que seu peito se rasgava por dentro. A pobre moça ficou púrpura, fechou os olhos de dor e levou aos lábios o guardanapo maculado por uma gota de sangue. Então levantou-se e correu até o banheiro.

– O que Marguerite tem? – perguntou Gaston.

– Ela riu demais e está cuspindo sangue – disse Prudence. – Ah, não é nada, acontece todos os dias. Ela vai voltar. Vamos deixá-la sozinha, ela prefere assim.

Quanto a mim, não me aguentei e, para grande surpresa de Prudence e de Nanine, que me chamavam de volta, fui juntar-me a Marguerite.

X

O quarto em que ela se refugiara estava iluminado apenas por uma vela colocada sobre a mesa. Jogada sobre um grande canapé, com o vestido desfeito, ela tinha uma mão sobre o coração e deixava cair a outra. Sobre a mesa havia uma cumbuca de prata com água pela metade; essa água estava rajada por filetes de sangue.

Marguerite, muito pálida e com a boca entreaberta, tentava retomar o fôlego. Em alguns momentos seu peito inchava-se com um longo suspiro que, exalado, parecia aliviá-la um pouco e deixava-a, durante alguns segundos, com um sentimento de bem-estar.

Aproximei-me, sem que ela fizesse um movimento; sentei-me e tomei a mão que repousava sobre a *caseuse*.

– Ah, é você? – disse-me ela com um sorriso.

Parece que eu também tinha o rosto transfigurado, pois ela acrescentou:

– Também está doente?

– Não, mas e você? Você ainda está com dor?

– Muito pouca – e secou com o lenço as lágrimas que a tosse fizera vir aos seus olhos. – Agora já estou acostumada com isso.

– A senhora está se matando, madame – disse-lhe então, com uma voz emocionada. – Queria ser seu amigo, seu parente, para impedi-la de fazer mal a si própria desse jeito.

– Ah, realmente não vale a pena que o senhor se alarme – replicou com um tom amargo. – Veja se os outros se preocupam comigo: é que sabem muito bem que não há nada a fazer em relação a este mal.

Depois disso ela se levantou e, pegando a vela, colocou-a sobre a chaminé e se olhou no espelho.

– Como estou pálida! – disse, arrumando seu vestido e passando os dedos nos cabelos desalinhados. – Ah! Vamos voltar à mesa. O senhor vem?

Mas eu estava sentado e não saía do lugar.

Ela compreendeu a emoção que aquela cena me causara, pois aproximou-se de mim e, estendendo-me a mão, falou:

– Vamos lá, venha.

Tomei sua mão e a levei aos lábios, molhando-a, sem querer, com duas lágrimas há muito contidas.

– Ora, não seja infantil! – disse ela, tornando a sentar-se junto a mim. – Está chorando! O que há?

– Devo parecer muito tolo, mas o que acabo de ver me fez um mal horrível.

– Como o senhor é bom! O que esperava? Eu não consigo dormir, é preciso que eu me distraia um pouco. E, depois, moças como eu, uma a mais ou uma a menos, que diferença faz? Os médicos me dizem que o sangue que eu cuspo vem dos brônquios. Eu finjo que acredito: é tudo que posso fazer por eles.

– Escute, Marguerite – falei, em uma efusão que não consegui conter –, não sei qual a influência que poderá ter na minha vida, mas o que sei é que, neste momento, não há ninguém, nem mesmo a minha irmã, por quem eu me interesse tanto como pela senhorita. É assim desde que a vi. Ora, por Deus, restabeleça-se e não viva mais como o faz.

– Se eu me restabelecer, eu morro. O que me sustém é a vida febril que levo. E, depois, curar-se é bom para as mulheres da sociedade que têm uma família e amigos. Mas nós, assim que deixamos de servir à vaidade e ao prazer de nossos amantes, somos abandonadas, e as longas noites sucedem-se aos longos dias. Bem o sei, ora: estive dois meses de cama. Ao fim de três semanas, ninguém mais vinha me ver.

– É verdade que não sou nada para a senhorita – retomei –, mas, se permitisse, eu cuidaria de si como um irmão: não sairia do seu lado e a curaria. Assim, quando tivesse recobrado as forças, a senhorita retomaria a vida que leva, se assim preferisse. Mas, tenho certeza, preferiria uma existência tranquila que a deixaria mais feliz e que a manteria alegre.

– Pensa assim esta noite, porque o vinho o deixou melancólico, mas não teria toda a paciência que alardeia.

– Permita-me dizer-lhe, Marguerite, que esteve doente durante dois meses e que, durante esses dois meses, vim todos os dias saber notícias suas.

– É verdade. Mas por que não subia?

– Porque ainda não a conhecia.

– Fica-se constrangido com uma moça como eu?

– Sempre se fica constrangido com uma mulher. É a minha opinião, pelo menos.

– De modo que cuidaria de mim.

– Sim.

– Ficaria ao meu lado todos os dias?

– Sim.

– E até durante as noites?

– Durante todo o tempo em que eu não a aborrecesse.

– Como chama isso?

– Devoção.

– E de onde vem essa devoção?

– De uma simpatia irresistível que tenho pela senhorita.

– De modo que está apaixonado por mim? Diga logo, é bem simples.

– É possível. Mas, se devo dizê-lo um dia, não será hoje.

– Fará melhor se não me disser nunca.

– Por quê?

– Porque apenas duas coisas podem resultar dessa declaração.

– Quais?

– Ou eu não o aceito, e então me odiará, ou o aceitarei, e então terá uma triste amante: uma mulher nervosa, doente, triste, ou alegre de uma alegria mais triste que a amargura, uma mulher que escarra sangue e que gasta cem mil francos por ano: é suficiente para um velho ricaço como o duque, mas é bem aborrecido para um jovem homem como você, e a prova é que todos os jovens amantes que tive me abandonaram rapidinho.

Eu nada dizia: apenas escutava. Aquela franqueza que era quase uma confissão, aquela vida dolorosa que eu entrevia sob o véu dourado que a cobria e de cuja realidade a pobre moça refugiava-se na devassidão, na embriaguez, na insônia, tudo isso me impressionava tanto que não encontrei uma só palavra.

– Vamos – continuou Marguerite –, estamos dizendo criancices. Dê-me a mão e tratemos de voltar à sala de jantar. Ninguém deve saber o que nossa ausência significa.

– Volte, se prefere, mas peço-lhe a permissão de ficar aqui.

– Por quê?

– Porque a sua alegria me faz muito mal.

– Pois bem, ficarei triste.

– Olhe, Marguerite, deixe-me dizer-lhe uma coisa que muito já lhe foi dita, sem dúvida, e à qual, talvez, o costume de ouvir a impedirá de depositar fé, mas que não é menos verdadeira e que jamais repetirei.

– Que é?... – falou, com um sorriso que dão as jovens mães para escutar uma travessura do filho.

– É que desde que a vi, não sei como nem por que, a senhorita tomou um lugar na minha vida. É que não consegui afugentar a sua imagem do meu pensamento, ela sempre voltou. É que hoje, quando a encontrei, depois de ter ficado dois anos sem vê-la, a senhorita tomou sobre o meu coração e sobre o meu espírito uma ascendência maior ainda. É que, enfim, agora que me recebeu, que a conheço, que sei tudo aquilo que há de estranho em si, a senhorita tornou-se indispensável para mim, e ficarei louco, não apenas se não me amar, mas se não me deixar amá-la.

– Que infeliz o senhor é! Direi aquilo que dizia madame D...: o senhor é, então, muito rico! Então não sabe que gasto seis ou sete mil francos por mês, e que esse gasto se tornou necessário à minha vida? Não sabe, então, pobre amigo, que eu o arruinaria em um piscar de olhos, e que a sua família o censuraria de viver com uma criatura como eu? Ame-me, como um bom amigo, mas não de outra forma. Venha me ver, riremos, conversaremos, mas não exagere o meu valor, pois não valho muito. O senhor tem um bom coração, tem necessidade de ser amado. É muito jovem e sensível demais para viver em nosso mundo. Case-se com uma mulher. Veja que sou uma boa moça e que falo sinceramente.

– Ora! Que diabos estão fazendo aí? – gritou Prudence, a quem não ouvíramos chegar e que apareceu no umbral do quarto com seus cabelos desfeitos e com o vestido aberto. Eu reconhecia naquela desordem o dedo de Gaston.

– Falamos de coisas sérias – disse Marguerite –, deixe-nos um pouco, já vamos nos juntar a vocês.

– Está bem, está bem. Conversem, crianças – disse Prudence, indo embora e fechando a porta como que para realçar o tom com o qual pronunciara essas últimas palavras.

– Então, está combinado – continuou Marguerite, quando ficamos a sós –, não vai mais me amar.

– Vou partir.

– É tão grave assim?

Eu avançara demais para recuar e, por um lado, aquela moça me deixava perturbado. Aquele misto de alegria, de tristeza, de pureza, de prostituição, até aquela doença que devia desenvolver nela tanto a sensibilidade para sensações como a irritabilidade dos nervos, tudo fazia-me compreender que se, desde a primeira vez, eu não dominasse aquela natureza fugaz e ligeira, ela estaria perdida para mim.

– Nossa, então está falando sério? – falou.

– Muito sério.

– Mas por que não me disse isso mais cedo?

– Dizer quando?

– No dia seguinte à noite em que me foi apresentado no *Opéra-Comique*.

– Acho que teria me recebido muito mal, se eu tivesse vindo vê-la.

– Por quê?

– Porque, na véspera, eu fora estúpido.

– Isso é verdade. Mas, entretanto, naquela época o senhor já me amava.

– Sim.

– O que não o impediu de deitar e dormir bem tranquilamente depois do espetáculo. Sabemos como são esses grandes amores.

– Bem, aí engana-se. Sabe o que fiz, na noite do *Opéra-Comique*?

– Não.

– Esperei pela senhorita na porta do café Anglais. Segui o carro que a levou embora, junto com seus três amigos, e, quando a vi desembarcar sozinha e entrar desacompanhada em casa, fiquei bem feliz.

Marguerite pôs-se a rir.

– Do que está rindo?

– De nada.

– Diga, eu suplico, ou vou achar que ainda está caçoando de mim.

– Não vai ficar bravo?

– Com que direito ficaria?

– Bem, havia uma boa razão para eu entrar sozinha em casa.

– Qual?

– Alguém me esperava aqui.

Tivesse ela me dado uma facada, não me teria feito tão mal. Levantei e estendi a mão:

– Adeus – disse-lhe.

– Eu sabia que ficaria bravo – ela falou. – Os homens ficam com raiva ao tomar conhecimento de algo que os machuca.

– Mas garanto – acrescentei com um tom frio, como se quisesse provar que estava curado da minha paixão para todo o sempre –, garanto que não estou bravo. Era natural que alguém a esperasse, assim como é natural que eu vá embora às três da manhã.

– Também tem alguém que o espera na sua casa?

– Não, mas é preciso que eu me vá.

– Adeus, então.

– Está me mandando embora.

– De modo algum.

– Por que está me agredindo, então?

– De que modo o agredi?

– Me diz que alguém a estava esperando.

– Não consegui deixar de rir da ideia de que tenha ficado tão feliz ao me ver entrar sozinha, quando havia uma perfeita explicação para isso.

– Frequentemente nos alegramos com uma infantilidade, e é mau destruir esta alegria se, ao deixá-la sobreviver, podemos tornar ainda mais feliz aquele que a desfruta.

– Mas então, com quem pensa que está lidando? Não sou nem uma virgem nem uma duquesa. Conheço-o apenas de hoje e não lhe devo explicação de minhas ações. Supondo que um dia eu me torne sua amante, é preciso que fique sabendo muito bem que tive outros amantes. Se já faz cenas de ciúmes antes, o que será então depois, se houver um depois! Nunca vi um homem como você.

– É que ninguém jamais a amou como eu a amo.

– Vejamos, francamente: ama-me muito?

– Tanto quanto é possível amar, creio.

– E isto vem desde...?

– Desde um dia em que a vi descer da caleche e entrar na casa Susse, há três anos.

– Sabe que isto é muito bonito? Pois bem, o que é preciso que eu faça para reconhecer este grande amor?

– Precisa me amar um pouco – respondi, com um palpitar no coração que quase impedia-me de falar. Pois, apesar dos sorrisos meio marotos com os quais ela ornara toda aquela conversa, parecia-me que Marguerite começava a partilhar minha inquietação e que eu aproximava-me da hora há tanto esperada.

– Pois bem, e o duque? – perguntou.

– Que duque?

– O velho ciumento.

– Ele não saberá de nada.

– E se souber?

– Ele a perdoará.

– Isto é que não. Ele me abandonará, e o que me tornarei então?

– Já corre este risco por outro.

– E como o senhor sabe?

– Pela recomendação que a senhorita fez de que não deixassem entrar ninguém esta noite.

– É verdade. Mas trata-se de um amigo sério.

– Ao qual não dá muita importância, pois fecha-lhe a porta a esta hora.

– Não cabe ao senhor me admoestar, pois foi para recebê-lo. Ao senhor e ao seu amigo.

Pouco a pouco me aproximei de Marguerite, passei minhas mãos em volta da sua cintura e senti seu leve corpo pesar, ligeiramente, contra minhas mãos entrelaçadas.

– Se soubesse como a amo! – eu dizia-lhe bem baixinho.

– Verdade verdadeira?

– Eu juro.

– Pois bem, se me prometer fazer todas as minhas vontades sem dizer uma palavra, sem me fazer uma observação sequer, sem me questionar, talvez eu o ame.

– Tudo o que quiser!

– Mas, estou avisando: quero ser livre para fazer o que eu bem entender, sem lhe dar a menor explicação sobre a minha vida. Faz tempo que busco um amante jovem sem vontades, apaixonado sem desafios, amado sem direitos. Jamais consegui encontrar um. Os homens, em vez de ficarem satisfeitos de receber durante um bom tempo aquilo que sequer pensaram em um dia obter, exigem de sua amante contas do presente, do passado e até do futuro. À medida que se acostumam a ela, querem dominá-la e tornam-se mais exigentes conforme damos tudo aquilo que querem. Se decido-me a tomar um novo amante agora, quero que tenha três qualidades bem raras: que seja confiante, submisso e discreto.

– Pois bem, serei tudo o que quiser.

– Veremos.

– E quando veremos?

– Mais tarde.

– Por quê?

– Porque – disse Marguerite, libertando-se de meus braços e apanhando uma camélia vermelha de um grande buquê trazido de manhã e colocando-a na minha lapela –, porque nem sempre podemos executar os tratados no mesmo dia em que os assinamos.

É fácil de entender.

– E quando a verei novamente? – perguntei, apertando-a em meus braços.

– Quando esta camélia trocar de cor.

– E quando ela mudará de cor?

– Amanhã, das onze horas à meia-noite. Está contente?

– Ainda me pergunta?

– Nem uma palavra sobre tudo isso ao seu amigo, nem a Prudence, nem a quem quer que seja.

– Eu prometo.

– Agora, beije-me e voltemos à sala de jantar.

Marguerite ofereceu-me seus lábios, arrumou novamente os seus cabelos, e saímos daquele quarto, ela, cantando, eu, ensandecido.

No salão, disse-me, bem baixinho, fazendo-me parar:

– Pode parecer estranho que eu esteja pronta a aceitá-lo assim, precipitadamente. Sabe de onde vem isso? Vem – continuou, tomando a minha mão e repousando-a contra seu coração, cujas palpitações violentas e repetidas eu senti

– do fato de que, tendo menos tempo a viver do que os outros, prometi a mim mesma viver mais rapidamente.

– Não fale mais do destino, eu suplico.

– Oh, console-se – continuou, rindo. – Por menos tempo que eu tenha a viver, viverei por mais tempo do que vai me amar.

Entrou cantando na sala de jantar.

– Onde está Nanine? – perguntou, ao ver Prudence e Gaston sozinhos.

– Ela está dormindo no seu quarto, esperando que você vá se deitar – respondeu Prudence.

– A pobre infeliz! Vou matá-la, deste jeito. Vamos, senhores, retirem-se, é hora.

Dez minutos depois, Gaston e eu saíamos. Marguerite apertou a minha mão ao dizer adeus e permaneceu com Prudence.

– E então – perguntou-me Gaston, quando nos encontramos do lado de fora –, o que diz de Marguerite?

– É um anjo, e estou louco por ela.

– Eu desconfiava. Disse isso a ela?

– Sim.

– E ela prometeu acreditar em você?

– Não.

– Não é como Prudence.

– Ela prometeu?

– Fez melhor, meu caro! Ninguém acreditaria. Ainda está muito bem, essa gorda Duvernoy!

XI

Neste ponto de sua narrativa, Armand fez uma pausa.

– Quer fechar a janela? – pediu-me. – Começo a ficar com frio. Enquanto isso, vou me deitar.

Fechei a janela. Armand, que ainda estava muito fraco, tirou seu robe e pôs-se na cama, deixando a cabeça repousar, durante alguns instantes, sobre o travesseiro, como um homem cansado de uma longa corrida ou agitado por lembranças penosas.

– Talvez você tenha falado demais – disse-lhe. – Quer que eu me vá e o deixe dormir? Um outro dia me contará o final desta história.

– Ela o entedia?

– Ao contrário.

– Então vou continuar. Se me deixar só, não conseguirei dormir.

– Quando voltei à minha casa – Armand prosseguiu –, sem sentir nenhuma necessidade de me recolher, tanto todos aqueles detalhes ainda estavam presentes no meu pensamento, não me deitei: me pus a refletir sobre a aventura daquele dia. O encontro, a apresentação, o compromisso de Marguerite comigo, tudo fora tão rápido, tão inesperado, que havia momentos em que eu acreditava ter sonhado. Entretanto, não era a primeira vez que uma moça como Marguerite prometia-se a um homem para o dia seguinte àquele em que era pedida.

Em vão fiz essa reflexão, pois a primeira impressão produzida em mim por minha futura amante estava ainda tão forte que ainda subsistia. Eu teimava em não ver nela uma moça parecida às outras e, com a vaidade comum a todos os homens, estava pronto para crer que ela me retribuía a invencível atração que eu sentia por ela.

Entretanto, eu tinha ante os olhos exemplos bem contraditórios e ouvira falar várias vezes que o amor de Marguerite tornara-se mercadoria mais ou menos cara, segundo a estação.

Mas, também, por outro lado, como conciliar aquela reputação com as recusas intermitentes feitas ao jovem conde que encontráramos na casa dela? Você me dirá que ele a desagradava e que, como ela era esplendidamente sustentada pelo duque, se fosse para ter um outro amante, ela preferiria um homem que lhe agradasse. Então, por que não aceitava Gaston – charmoso, espirituoso, rico – e parecia interessar-se por mim, que ela havia achado tão ridículo na primeira vez em que vira?

É verdade que há incidentes de um minuto que fazem mais que o decorrer de todo um ano.

De todas as pessoas que se encontravam no jantar, eu fora o único que se inquietara ao vê-la deixar a mesa. Seguira-a, emocionara-me a ponto de não conseguir disfarçar. Eu chorara, beijando-lhe a mão. Essa circunstância, aliada às minhas visitas cotidianas durante os meses de sua doença, conseguira fazê-la ver em mim um homem diferente dos conhecidos até então, e talvez Marguerite tenha dito a si mesma que podia fazer, por um amor expresso de tal forma, o que fizera antes tantas vezes, que isso não teria consequências maiores para ela.

Todas essas suposições, como vê, eram bem verossímeis. Mas seja qual tenha sido a razão para o seu consentimento, uma coisa era certa: ela consentira.

Ora, eu estava apaixonado por Marguerite, iria vê-la, não pedia a ela nada mais além disso. Entretanto, repito-o: ainda que fosse uma moça da vida, eu, talvez para romantizá-la, imaginara tanto aquele amor como um amor sem esperanças, que quanto mais aproximava-se o momento em que eu sequer teria mais necessidade de esperar, mais eu duvidava.

Não preguei os olhos durante a noite.

Eu não me reconhecia. Estava louco. Ora não me achava suficientemente bonito, nem suficientemente rico, nem suficientemente elegante para possuir tal mulher, ora sentia-me cheio de vaidade à ideia daquela posse. Então punha-me a temer que Marguerite não tivesse por mim nada além de um capricho de alguns dias e, pressentindo a infelicidade de uma ruptura repentina, eu faria melhor, dizia a mim mesmo, de não ir à noite em sua casa e de ir embora, escrevendo-lhe os meus temores. Daí passava a esperanças sem limites, a uma confiança sem fronteiras. Eu sonhava coisas incríveis em relação ao futuro. Dizia-me que aquela moça me deveria sua cura física e moral, que eu passaria toda a minha vida com ela, que seu amor me deixaria mais feliz que o mais virginal dos amores.

Enfim, não poderia repetir-lhe os mil pensamentos que iam do meu coração à cabeça e que apagaram-se, pouco a pouco, no sono que me venceu já de dia.

Quando acordei, eram duas horas. O tempo estava magnífico. Não lembro que a vida tivesse jamais parecido tão bela e tão plena. As lembranças da véspera apresentavam-se ao meu espírito sem sombras, sem obstáculos e alegremente acompanhadas pelas esperanças da noite. Vesti-me apressadamente. Eu estava contente e capaz das melhores ações. De tempos em tempos meu coração tremia no peito, de alegria e de amor. Uma doce febre agitava-me. Eu não mais me inquietava com as coisas que me haviam preocupado antes que eu dormisse. Eu via apenas o resultado. Pensava apenas na hora em que voltaria a ver Marguerite.

Foi impossível ficar na minha casa. Meu quarto parecia pequeno demais para conter a minha felicidade. Eu sentia necessidade da natureza inteira para dar vazão aos meus sentimentos.

Saí.

Passei pela rua d'Antin. O cupê de Marguerite a esperava à porta. Dirigi-me para os lado da Champs-Élysées. Eu amava todas aquelas pessoas que encontrava, sem sequer conhecê-las.

Como o amor nos torna bons!

Ao término de uma hora em que passeei dos cavalos de Marly à rótula, e da rótula aos cavalos de Marly, vi de longe o carro de Marguerite. Não a reconheci: adivinhei-a.

Na hora de fazer a curva da Champs-Élysées, ela fez com que parassem o veículo por um instante e um rapaz alto separou-se de um grupo em que conversava para ir cumprimentá-la.

Falaram durante alguns instantes. O jovem tornou a reunir-se com seus amigos, os cavalos partiram, e eu, que havia me aproximado do grupo, reconheci naquele que falara a Marguerite o conde de G..., de quem vira o retrato e quem Prudence apontara-me como aquele a quem Marguerite devia sua posição.

Fora a ele que Marguerite fechara a porta, na véspera. Eu supunha que ela tivesse feito parar seu veículo para explicar-lhe a porta fechada e esperava que, ao mesmo tempo, tivesse encontrado algum novo pretexto para não recebê-lo na noite seguinte.

Ignoro como se passou o resto do dia. Caminhei, fumei, conversei, mas daquilo que falei, daqueles que encontrei, às dez horas da noite não restava nenhuma lembrança.

Tudo o que lembro é que voltei para casa, passei três horas me arrumando e olhei cem vezes do pêndulo para o meu relógio, que, infelizmente, andavam ao mesmo tempo.

Quando as dez horas e meia soaram, disse a mim mesmo que era tempo de partir.

Naquela época eu morava na rua de Provence. Segui a rua du Mont-Blanc, atravessei o bulevar e em seguida a rua Louis-le-Grand, a rua de Port-Mahon e a rua d'Antin. Olhei para as janelas de Marguerite.

Havia luz.

Bati.

Perguntei ao porteiro se a senhorita Gautier se encontrava.

Ele respondeu que ela nunca voltava antes das onze horas, ou onze e quinze.

Olhei meu relógio.

Eu pensava ter caminhado calmamente, mas não tomara mais que cinco minutos para vir da rua de Provence até a casa de Marguerite.

Então, passeei por aquela rua sem lojas e, àquela hora, deserta.

Ao final de uma meia hora, Marguerite chegou. Desceu do seu cupê olhando ao redor, como se procurasse por alguém.

O carro afastou-se, já que as estrebarias e a cocheira não ficavam no prédio principal. Quando Marguerite estava prestes a bater, me aproximei e disse:

– Boa noite.

– Ah, é o senhor? – disse-me com um tom que pouco me assegurava do prazer que ela tinha em encontrar-me lá.

– Não havia permitido que eu a visitasse hoje?

– É verdade. Esqueci.

Essas palavras faziam desmoronar todas as minhas reflexões da manhã, todas as minhas esperanças da tarde. Entretanto, eu começava a me habituar àquelas maneiras e não fui embora, o que evidentemente eu teria feito em outros tempos.

Entramos.

Nanine antecipara-se e abrira a porta.

– Prudence voltou? – perguntou Marguerite.

– Não, madame.

– Assim que ela chegar, peça que venha aqui. Antes, apague a luz do salão e, se vier alguém, diga que ainda não voltei e que não voltarei.

Tratava-se de uma mulher preocupada com alguma coisa e talvez inquieta por causa de algum inoportuno. Eu não sabia como agir ou o que dizer. Marguerite seguiu na direção do seu quarto de dormir. Fiquei onde me encontrava.

– Venha – ela falou para mim.

Tirou o chapéu, o casaco de veludo e jogou-os sobre a sua cama. Então deixou-se cair em uma grande poltrona, próxima ao fogo, que ela ordenava que fosse mantido aceso até o início do verão, e me disse, brincando com a corrente de seu relógio:

– Pois bem, o que conta de novidades?

– Nada, a não ser que equivoquei-me em vir aqui esta noite.

– Por quê?

– Porque a senhorita parece contrariada e porque sem dúvida a aborreço.

– Não me aborrece. Apenas estou doente, tive dores durante todo o dia, não dormi e estou com uma enxaqueca horrível.

– Quer que me retire para que possa se recolher à cama?

– Oh, pode ficar, se eu quiser me deitar, me deitarei na sua frente.

Nesse instante, alguém bateu à porta.

– Quem mais vem? – ela disse, com um movimento de impaciência.

Alguns instantes depois, bateram de novo.

– Não há ninguém para abrir? Precisarei abrir eu mesma.

Com efeito, levantou-se, dizendo-me:

– Espere aqui.

Ela atravessou o apartamento, e eu ouvi a porta de entrada ser aberta. Escutei com atenção.

A pessoa a quem ela abrira a porta parou na sala de jantar. Logo nas primeiras palavras reconheci a voz do jovem conde de N...

– Como se sente esta noite? – perguntava ele.

– Mal – Marguerite respondeu secamente.

– Incomodo-a?

– Talvez.

– É assim que me recebe! O que lhe fiz, minha querida Marguerite?

– Meu caro, não fez nada. Estou doente, preciso me deitar, de modo que me dará o prazer de ir embora. Perturba-me não poder chegar em casa à noite sem vê-lo aparecer, cinco minutos depois. O que quer? Que eu seja sua amante? Pois bem, já lhe disse cem vezes que não, que me irrita horrivelmente e que pode ir procurar em outro lugar. Hoje repito pela última vez: não o quero, está decidido. Adeus. Pronto, eis aqui Nanine, que está voltando. Ela vai mostrar-lhe o caminho. Boa noite.

E, sem acrescentar uma só palavra, sem ouvir o que balbuciava o jovem rapaz, Marguerite voltou ao quarto e fechou violentamente a porta, através da qual Nanine, por sua vez, entrou quase que imediatamente.

– Ouça-me – disse-lhe Marguerite –, você vai dizer sempre àquele imbecil que não estou ou que não quero recebê-lo. Estou cansada de ver a toda hora gente que vem me pedir a mesma coisa, que me paga e assim acha que está quite comigo. Se aquelas que começam nossa vergonhosa profissão soubessem como é, prefeririam virar criadas. Mas não: nos atrai a vaidade de possuir vestidos, carros, diamantes. Acreditamos naquilo que ouvimos, pois a prostituição tem seus seguidores, e usamos, pouco a pouco, nosso coração, nosso corpo, nossa beleza. As pessoas têm receio de nós como de uma besta selvagem, desprezam-nos como a um pária, somos rodeadas apenas por pessoas que tomam-nos mais do que nos dão e, um belo dia, morremos como cães, depois de ter perdido os outros e perdido a nós mesmas.

– Vamos, madame, acalme-se – disse Nanine. – A senhora está muito nervosa esta noite.

– Este vestido está me incomodando – replicou Marguerite, fazendo saltar as presilhas do seu corpete. – Dê-me um penhoar. E Prudence?

– Ainda não havia chegado, mas a chamaremos assim que ela chegar.

– Eis aí mais uma – continuou Marguerite, tirando o vestido e colocando um penhoar branco –, eis aí mais uma que sabe muito bem me encontrar quando precisa de mim e que não pode me fazer um favor de bom grado. Sabe que espero aquela resposta para hoje à noite, que preciso da resposta, que estou inquieta, e tenho certeza de que foi bater pernas sem se preocupar comigo.

– Talvez algo a tenha impedido de vir.

– Dê-nos um pouco de ponche.

– Isto vai lhe fazer mais mal – disse Nanine.

– Melhor assim. Traga-me frutas, patê ou uma coxinha de frango, qualquer coisa, logo, estou com fome.

Dizer-lhe a impressão que aquela cena me causava é inútil. Você adivinha, não é?

– Vai jantar comigo – disse-me ela. – Enquanto esperamos, pegue um livro, eu vou um instante ao banheiro.

Acendeu as velas de um candelabro, abriu uma porta junto aos pés da cama e desapareceu.

Quanto a mim, me pus a refletir sobre a vida daquela moça, e meu amor cresceu de compaixão.

Eu passeava a passos largos naquele quarto, devaneando, quando Prudence entrou.

– Olhe, o senhor aí? – ela disse. – Onde está Marguerite?

– No banheiro.

– Vou esperá-la. Diga-me: sabia que ela o acha encantador?

– Não.

– Ela não o deu a entender?

– De modo algum.

– E como o senhor está aqui?

– Vim fazer uma visita.

– À meia-noite?

– Por que não?

– Mentiroso!

– Ela inclusive me recebeu muito mal.

– Vai tratá-lo melhor agora.

– A senhora acha?

– Trago uma boa notícia para ela.

– Que bom. De modo que ela falou a meu respeito?

– Ontem à noite, ou, melhor, esta madrugada, quando o senhor foi embora com o seu amigo... A propósito, como vai ele, o seu amigo? Ele se chama, creio, Gaston R...?

– Sim – confirmei, sem conseguir segurar um sorriso ao lembrar da confidência que Gaston me fizera e vendo que Prudence mal sabia seu nome.

– É gentil, aquele rapaz. O que ele faz?

– Vive com vinte e cinco mil francos de renda ao ano.

– Ah, é mesmo? Pois bem, voltando ao senhor: Marguerite me interrogou a seu respeito. Perguntou quem era o senhor, o que fazia, quem foram suas amantes. Enfim, tudo o que se pode perguntar sobre um homem da sua idade. Eu disse a ela tudo o que sei, acrescentando que o senhor é um rapaz encantador, eis tudo.

– Agradeço-lhe. Agora, diga-me: de qual tarefa ela lhe incumbiu ontem?

– Nenhuma. Tratava-se de fazer o conde ir embora. Mas ela me encarregou de uma para hoje, e é essa a resposta que trago.

Naquele momento Marguerite saiu do banheiro, caprichosamente penteada, com seu boné de dormir ornado de detalhes de fita amarela.

Estava linda.

Trazia os pés nus, enfiados em pantufas de cetim, e estava terminando a higiene de suas unhas.

– Pois bem – disse, ao ver Prudence. – Viu o duque?

– Pode apostar que sim.

– E o que ele falou?

– Ele me entregou.

– Quanto?

– Seis mil.

– Está com você?

– Sim.

– Ele ficou contrariado?

– Não.

– Pobre homem!

Esse "pobre homem" foi dito com um tom impossível de ser explicado. Marguerite pegou as seis notas de mil francos.

– Já era hora – disse. – Minha querida Prudence, está precisando de dinheiro?

– Você sabe, querida, que em dois dias estaremos na metade do mês. Se puder me emprestar trezentos ou quatrocentos francos, me fará um grande favor.

– Mande alguém amanhã de manhã. É tarde demais para mandar trocar.

– Não se esqueça.

– Fique tranquila. Janta conosco?

– Não, Charles está me esperando em minha casa.

– Então ainda está apaixonada?

– Loucamente, minha querida! Até amanhã. Adeus, Armand.

A senhora Duvernoy retirou-se.

Marguerite abriu o aparador e jogou lá dentro o dinheiro.

– Permite que eu me deite? – perguntou ela sorrindo e dirigindo-se para a cama.

– Não apenas o permito como imploro que o faça.

Ela jogou para os pés da cama o rendado que a cobria e deitou-se.

– Agora venha sentar perto de mim e conversemos.

Prudence tinha razão: a resposta que trouxera a Marguerite a alegrou.

– Perdoa o meu mau humor desta noite? – perguntou, tomando-me a mão.

– Estou pronto para perdoar muitos outros.

– E me ama?

– Enlouquecidamente.

– Apesar do meu péssimo temperamento?

– Apesar de tudo.

– Jura?

– Sim – falei, bem baixinho.

E então Nanine entrou, trazendo pratos, um frango frio, uma garrafa de bordeaux, morangos e dois jogos de talheres.

– Não mandei fazer ponche – disse Nanine. – O bordeaux é melhor para a senhora. Não é mesmo, senhor?

– Certamente – respondi, ainda completamente emocionado pelas últimas palavras de Marguerite e com os olhos ardentemente fixos nela.

– Bem – ela disse –, coloque tudo isso na mesa pequena e a traga para perto da cama. Nós mesmos nos serviremos. Lá se vão três noites que fica acordada, deve estar com vontade de dormir. Vá se deitar. Não preciso de mais nada.

– Devo fechar a porta com duas trancas?

– Creio que sim! E, sobretudo, diga que não deixem ninguém entrar antes do meio-dia de amanhã.

XII

Às cinco horas da manhã, quando o dia começou a despontar através das cortinas, Marguerite disse-me:

– Perdoe-me se o expulso, mas é preciso. O duque vem todas as manhãs. Quando vier, vão dizer a ele que estou dormindo, e talvez ele fique esperando que eu acorde.

Tomei nas minhas mãos a cabeça de Marguerite, adornada por seus cabelos desfeitos, e dei-lhe um último beijo, perguntando:

– Quando voltarei a vê-la?

– Preste atenção – retomou –, pegue aquela pequena chave dourada que está sobre a lareira e abra aquela porta: traga a chave de novo aqui e se vá. Ao longo do dia, receberá uma carta e as minhas ordens, pois bem sabe que deve obedecer cegamente.

– Sim. E se eu pedisse já alguma coisa?

– O quê?

– Que me dê essa chave.

– Jamais concedi a ninguém isso que você está me pedindo.

– Pois bem, conceda-o a mim, pois juro que... juro que não a amo do modo que os outros a amavam.

– Está bem, fique com ela. Mas aviso que depende de mim esta chave servir ou não para alguma coisa.

– Por quê?

– Porque há ferrolhos do lado interno da porta.

– Malvada!

– Mandarei tirá-los.

– Ama-me um pouco, então?

– Não sei como é que isto acontece, mas me parece que sim. Agora, vá. Estou caindo de sono.

Permanecemos por mais alguns segundos nos braços um do outro e então parti.

As ruas estavam desertas, a grande cidade ainda dormia, um doce frescor corria naqueles bairros que o barulho dos homens invadiria algumas horas mais tarde.

Pareceu-me que aquela cidade adormecida me pertencia. Vasculhei em minha memória os nomes daqueles cuja felicidade eu, até então, invejara. E não me lembrei de sequer um que eu julgasse mais feliz do que eu.

Ser amado por uma jovem casta, ser o primeiro a revelar-lhe este grande mistério do amor é uma grande felicidade, realmente. Mas é também a coisa mais simples do mundo. Ocupar um coração que não está acostumado aos ataques é entrar em uma cidadela aberta e desprovida de guardas. A educação, o sentimento do dever e da família são sentinelas muito fortes, mas não há sentinelas tão vigilantes que não sejam enganadas por uma moça de dezesseis anos a quem, através da voz do homem que ela ama, a natureza dá aqueles primeiros conselhos do amor, que são tanto mais ardentes quanto mais puros parecem.

Quanto mais a jovem crê no bem, mais se entrega facilmente, se não ao amante, pelo menos ao amor, pois, não tendo desconfiança, também não tem força alguma, e fazer-se amado por ela é um triunfo que qualquer homem de vinte e cinco anos pode conceder a si próprio quando quiser. E tanto isto é verdade que veja como cercam as jovens moças de vigilância e cuidados! Os conventos não têm muros suficientemente altos, as mães, fechaduras suficientemente fortes, a religião, deveres suficientemente inesgotáveis para encerrar todas essas charmosas avezinhas em suas gaiolas, sobre as quais sequer dão-se o trabalho de jogar flores. E assim como elas provavelmente desejam este mundo que lhes é escondido, também devem crer que é tentador, e devem escutar a primeira voz que, através das grades, vai contar-lhes os segredos desse mundo e abençoar a mão que levanta, pela primeira vez, uma pontinha do misterioso véu.

Mas ser realmente amado por uma cortesã é uma vitória muito mais difícil. No caso delas, o corpo gastou a alma, os sentidos queimaram o coração, a devassidão embotou os sentimentos. As palavras que lhes dizemos, elas as ouvem há muito tempo; os métodos que empregamos, elas os conhecem. Mesmo o amor que elas inspiram já foi anteriormente vendido. Amam por razões profissionais, e não por razões passionais. São melhor cuidadas pelos seus cálculos do que uma virgem o é por sua mãe ou por um convento. Assim também inventaram a palavra capricho, para aqueles amores sem comércio que se permitem de tempos em tempos como um descanso, como desculpa ou como consolo. Semelhantes àqueles usurários que provocam a falência de mil indivíduos e que creem tudo poder compensar emprestando, um dia, vinte francos a algum pobre-diabo que morre de fome, sem exigir juros e sem pedir recibo.

E depois, quando Deus permite um pouco de amor a uma cortesã, esse amor, que parece, em princípio, um perdão, torna-se para ela, quase sempre, um castigo. Não há absolvição sem penitência. Quando uma criatura que tem todo o seu passado a se recriminar sente-se, repentinamente, tomada de um amor profundo, sincero, irresistível, do qual jamais ela se acreditou capaz, quando ela admite esse amor, como o homem amado passa a dominá-la! Quão forte ele se sente com aquele cruel direito de dizer-lhe: "Você nada faz por meu amor que não tenha feito por dinheiro".

E, então, elas não sabem que provas dar. Uma criança, diz a fábula, após ter se divertido longamente em um campo gritando "Socorro!", perturbando assim alguns trabalhadores, foi um belo dia devorada por um urso, sem que aqueles que ela enganara tão frequentemente acreditassem, desta vez, nos gritos de pavor verdadeiro. Acontece o mesmo com essas moças infelizes quando amam de verdade. Mentiram tantas vezes que não se pode mais acreditar nelas, e, em meio a remorsos, elas são devoradas pelo seu amor.

Daí aquelas grandes devoções, aqueles austeros retiros dos quais algumas deram exemplo.

Mas quando o homem que inspira esse amor redentor tem a alma suficientemente generosa para aceitá-la sem lembrar do passado; quando ele se entrega; quando, enfim, ele ama assim como é amado, esse homem esgota, de uma só vez, todas as emoções terrestres e, depois desse amor, o coração dela ficará fechado a qualquer outro.

Essas reflexões, eu não as fazia na manhã em que voltava para minha casa. Elas nada mais poderiam ter sido além do pressentimento daquilo que aconteceria comigo, e, apesar do meu amor por Marguerite, eu não entrevia as prováveis consequências; essas reflexões, faço-as hoje. Tudo estando irrevogavelmente terminado, elas resultam, naturalmente, daquilo que aconteceu.

Mas voltemos ao primeiro dia daquela ligação. Enquanto voltava para casa, eu estava loucamente feliz. Ao pensar que as barreiras impostas pela minha imaginação entre Marguerite e eu haviam desaparecido, que eu a possuía, que eu ocupava um lugar em seu pensamento e que tinha no bolso a chave de seu apartamento, assim como o direito de usar aquela chave, eu estava contente da vida, orgulhoso de mim e amando o Deus que permitia tudo aquilo.

Um dia um jovem homem passa por uma rua, delicadamente passa por uma mulher, olha-a, volta-se, segue adiante. Essa mulher, ele não a conhece, ela tem suas alegrias, suas amarguras, amores nos quais ele não toma a menor parte. Ele não existe para ela e, talvez, se lhe falasse, ela se riria dele como Marguerite fizera comigo. Semanas, meses, anos decorrem e, de repente, quando cada um deles seguiu seu destino em uma direção diferente, a lógica do acaso coloca-os face a face. Aquela mulher torna-se amante daquele homem e o ama. Como? Por quê? Suas duas existências fazem uma só; mal a intimidade passa a existir e parece ter sempre existido, e tudo o que veio antes apaga-se da memória dos dois amantes. (É curioso, admitamos.)

Quanto a mim, eu não mais me lembrava como havia vivido antes daquela noite. Todo o meu ser exaltava-se de alegria à lembrança das palavras trocadas durante aquela primeira noite. Ou Marguerite tinha muita habilidade para enganar, ou teve por mim uma daquelas paixões súbitas que se revelam desde o primeiro beijo e que, de resto, algumas vezes morrem do mesmo modo como nasceram.

Quanto mais eu pensava nisso, mais eu me dizia que Marguerite não tinha razão alguma para fingir um amor que não tivesse sentido, e eu me dizia, também, que as mulheres têm duas maneiras de amar, que podem resultar uma da outra: elas amam com o coração ou com os sentidos. Frequentemente uma mulher toma um amante para obedecer unicamente à vontade de seus sentidos e aprende, involuntariamente, o mistério do amor imaterial, e passa a viver apenas para o seu coração; frequentemente uma moça, não buscando no casamento mais do que a reunião de duas afeições puras, recebe a repentina revelação do amor físico, essa conclusão enérgica das mais castas impressões da alma.

Adormeci em meio a esses pensamentos. Fui acordado por uma carta de Marguerite. Um bilhete contendo as seguintes palavras:

Eis minhas ordens: esta noite no teatro Vaudeville. Venha durante o terceiro intervalo

M. G.

Guardei aquele bilhete em uma gaveta, a fim de ter sempre a realidade ao alcance da mão, caso eu tivesse dúvidas, como me acontecia, em certos momentos.

Ela não me dizia para ir vê-la durante o dia: não ousei apresentar-me em sua casa. Mas eu tinha um desejo tão grande de encontrá-la antes da noite que fui ao Champs-Élysées, onde, como na véspera, a vi passar para um lado e para o outro.

Às sete horas, eu estava no Vaudeville. Nunca chegara tão cedo a um teatro. Os camarotes lotaram, uns após os outros. Apenas um permanecia vazio: o camarote central do piso térreo.

No começo do terceiro ato, ouvi a porta daquele camarote – no qual eu mantinha os olhos quase que fixos – ser aberta, e Marguerite apareceu.

Ela instalou-se imediatamente na parte da frente, procurou a orquestra, enxergou-me e me agradeceu com os olhos.

Estava maravilhosamente bela naquela noite.

Era eu a causa daquele capricho? Será que ela me amava o suficiente para crer que quanto mais eu a achasse bela, mais feliz eu ficaria? Eu ainda o ignorava. Mas, se fora essa a sua intenção, ela obteve êxito, pois assim que se mostrou, as cabeças voltaram-se, umas após as outras, e o próprio ator que estava então em cena olhou para aquela que com sua simples aparição tanto perturbava os espectadores.

E eu possuía a chave do apartamento daquela mulher, e em três ou quatro horas ela seria novamente minha.

Costuma-se recriminar aqueles que se arruínam por atrizes e por mulheres da vida. O que me causa espanto é que eles não cometam, por elas, vinte vezes mais loucuras. É preciso como eu ter vivido essa vida para saber o quanto os pequenos agrados de todos os dias que elas fazem ao seu amante costuram fortemente ao coração – já que não temos outra palavra – o amor que eles sentem por elas.

Em seguida Prudence tomou lugar no camarote, e um homem que eu reconheci como sendo o conde de G... sentou-se ao fundo.

Ao vê-lo, um frio me gelou o coração.

Sem dúvida Marguerite percebia a impressão produzida em mim pela presença daquele homem em seu camarote, pois voltou a sorrir para mim e, dando as costas ao conde, pareceu prestar muita atenção na peça. No terceiro intervalo, virou-se para ele, disse algumas palavras, o conde deixou o camarote e Marguerite me fez sinal para que fosse vê-la.

– Boa noite – disse-me ela quando entrei, e me estendeu a mão.

– Boa noite – respondi, dirigindo-me a Marguerite e a Prudence.

– Sente-se.

– Mas não tomo o lugar de alguém? O senhor conde de G... não vai voltar?

– Sim. Mandei que fosse buscar guloseimas para que pudéssemos conversar sozinhos um instante. Madame Duvernoy está ao par.

– Sim, crianças – disse essa última. – Mas fiquem tranquilos, não direi nada.

– O que está acontecendo com você esta noite? – disse Marguerite, levantando-se e vindo para o lado escuro do camarote, beijar-me a testa.

– Estou sofrendo um pouco.

– É preciso ir se deitar – retomou ela com aquele ar irônico tão bem talhado para sua pequena e espirituosa cabecinha.

– Onde?

– Na sua casa.

– Bem sabe que lá não adormecerei.

– Então não deve vir aqui fazer beiço porque viu um homem no meu camarote.

– Não é por esta razão.

– É, sim, bem o sei, e faz muito mal. De modo que não falemos mais nisso. Vá após o espetáculo à casa de Prudence e fique lá até que eu o chame. Entendeu?

– Sim.

Poderia eu desobedecer?

– Ainda me ama? – continuou Marguerite.

– E você ainda me pergunta!

– Pensou em mim?

– Todo o dia.

– Sabe que eu decididamente estou com medo de me apaixonar por você? Pergunte a Prudence.

– Ah – disse a gorda senhora –, chega a ser perturbador.

– Agora, volte ao seu lugar. O conde vai chegar, e de nada servirá que você o encontre aqui.

– Por quê?

– Porque lhe é desagradável vê-lo.

– Não. Só que se você tivesse me dito que desejava vir hoje ao Vaudeville, eu poderia ter-lhe enviado as entradas para este camarote tanto quanto ele.

– Infelizmente, ele me trouxe sem que eu tivesse pedido, oferecendo-se para me acompanhar. Você sabe muito bem, eu não podia recusar. Tudo o que eu podia fazer era escrever dizendo-lhe aonde eu ia para que você me pudesse ver, e porque eu mesma tinha vontade de vê-lo o quanto antes. Mas já que é assim que me agradece, aprenderei a lição.

– Eu errei, me perdoe.

– Já não era hora. Retorne gentilmente ao seu lugar e, sobretudo, não banque o ciumento.

Beijou-me de novo, e saí.

No corredor, encontrei o conde, que retornava.

Voltei ao meu lugar.

No final das contas, a presença do senhor conde de G... no camarote de Marguerite era a coisa mais simples do mundo. Ele fora seu amante, fornecia-lhe um camarote, acompanhava-a no espetáculo, tudo isso era muito natural, e, no momento em que eu tinha por amante uma moça como Marguerite, era preciso que aceitasse os seus costumes.

Entretanto, não deixei de ficar muito infeliz o resto da noite e muito triste ao ir-me embora, depois de ver Prudence, o conde e Marguerite subirem na caleche que lhes esperava à porta.

E, entretanto, quinze minutos depois eu encontrava-me na casa de Prudence. Ela acabava de voltar.

XIII

– O senhor veio quase tão rápido quanto nós – disse-me Prudence.

– Sim – respondi maquinalmente. – Onde está Marguerite?

– Em sua casa.

– Sozinha?

– Com o conde de G...

Caminhei pelo salão a largas passadas.

– Ora, o que o senhor tem?

– A senhora pensa que eu acho graça de esperar aqui que o senhor de G... saia da casa de Marguerite?

– O senhor não está sendo razoável. Compreenda que Marguerite não pode mandar o conde embora. O senhor de G... esteve com ela durante muito tempo, sempre lhe deu muito dinheiro. Ainda dá. Marguerite gasta mais de cem mil francos por ano, tem muitas dívidas. O duque envia-lhe o que ela pede, mas nem sempre Marguerite ousa pedir a ele tudo o que precisa. É necessário que ela não rompa com o conde, que rende a ela no mínimo uma dezena de mil francos por ano. Marguerite quer bem ao senhor, meu caro, mas a ligação de vocês não deve ser séria. Não é com os seus sete ou oito mil francos de pensão que o senhor vai sustentar o luxo dessa moça. Eles não bastariam sequer para a manutenção do carro dela. Aceite Marguerite por aquilo que ela é, por uma boa moça espirituosa e bela, seja seu amante durante um, dois meses. Dê-lhe flores, doces, camarotes, mas não meta nada mais na cabeça e não faça-lhe cenas ridículas de ciúmes. Bem sabe com o que está lidando: Marguerite não é uma virtude. O senhor a agrada, a quer bem, não se preocupe com o resto. Acho-o encantador, fazendo-se de suscetível! Tem a mais agradável amante de Paris! Ela o recebe em um apartamento magnífico, é coberta de diamantes, não vai custar-lhe um centavo, se o senhor assim quiser, e mesmo assim não está contente. Que coisa! Está pedindo demais.

– A senhora tem razão, mas é mais forte do que eu. A ideia de que este homem é seu amante causa-me um mal horroroso.

– Primeiro – retomou Prudence –, será que ele ainda é amante dela? É um homem do qual ela tem necessidade, eis tudo. Há dois dias que ela fecha-lhe as portas. Ele veio esta manhã, ela não pôde fazer outra coisa senão aceitar o seu camarote e permitir que ele a acompanhasse. Ele a trouxe para casa, ele sobe um instante ao apartamento, não permanece lá, já que o senhor está esperando aqui. Tudo isto é muito natural, parece-me. Aliás, o senhor aceita bem o duque?

– Sim, mas aquele lá é um velhote, e tenho certeza de que Marguerite não é sua amante. E depois, pode-se sempre aceitar uma ligação e não aceitar duas. Essa comodidade parece-se muito com um cálculo e aproxima o homem que a consente, mesmo que por amor, daqueles que, em um nível mais baixo, fazem desse consentimento uma profissão e, dessa profissão, um lucro.

– Ah, meu caro! Como você é antiquado! Quantos já vi, e mais nobres, mais elegantes, mais ricos, fazer aquilo que lhe aconselho, e isso tudo sem esforços, sem vergonha, sem remorsos! Isso se vê todos os dias. Mas como o senhor gostaria que as mulheres fáceis de Paris mantivessem o nível de vida que levam se não tendo três ou quatro amantes ao mesmo tempo? Não há fortuna, por mais considerável que seja, que possa, sozinha, financiar as despesas de uma mulher como Marguerite. Uma fortuna de cinco mil francos de renda anual é uma fortuna enorme na França. Pois bem, meu caro amigo, quinhentos mil francos de renda não chegariam, e eis por quê: um homem que tem uma renda assim tem uma casa montada, cavalos, criados, carros, equipamento de caça, amigos. Frequentemente é casado, tem filhos, vai às corridas, joga, viaja, sei lá o que mais! Todos esses hábitos se enraízam de tal maneira que ele não pode desfazer-se deles sem passar por um arruinado e sem causar escândalo. No final das contas, com quinhentos mil francos por ano, ele não pode dar a uma mulher mais de quarenta ou cinquenta mil francos anuais, e já é bastante. Pois bem, outros amores completam a despesa anual da mulher. Com Marguerite, é ainda mais cômodo: ela caiu, por um milagre dos céus, no colo de um velhote rico e dono de dez milhões, cuja mulher e filha morreram, que tem apenas seus sobrinhos, também ricos, e que dá a ela tudo o que ela quer sem nada pedir-lhe em troca. Mas Marguerite não pode pedir a ele mais que sessenta mil francos por ano, e tenho certeza de que se ela pedisse mais, apesar da sua fortuna e do amor que tem por ela, ele recusaria. Todos esses jovens de Paris que têm vinte ou trinta mil francos de renda, ou seja, mal e mal o suficiente para viver no mundo que frequentam, sabem muito bem, quando são amantes de uma mulher como Marguerite, que ela não poderia sequer pagar seu apartamento e seus criados com o que eles lhe dão. Eles não dizem que sabem, fingem nada ver, e, quando já tiveram o bastante, vão-se. Se têm a vaidade de querer suprir a tudo, eles se arruínam como tolos e vão se matar na África depois de deixar cem mil francos de dívidas em Paris. O senhor acha que a mulher lhes terá gratidão? De jeito nenhum. Ao contrário, ela diz que sacrificou sua posição e que, enquanto estava com eles, perdia dinheiro. Ah, o senhor acha vergonhosos todos esses detalhes, não é? Eles são verdadeiros. O senhor é um rapaz encantador, de quem gosto de todo o meu coração. Vivo há vinte anos entre mulheres da vida, sei o que elas são e o que valem, e não gostaria de vê-lo levar a sério o capricho que uma bela moça tem pelo senhor. E depois, além disso, admitamos – continuou Prudence – que Marguerite o ame o suficiente para renunciar ao conde e ao duque, caso esse último percebesse a ligação de vocês e dissesse a ela para escolher entre o senhor e ele. O sacrifício que ela faria seria enorme, é incontestável. De qual sacrifício semelhante o senhor seria capaz, por ela? Quando a saciedade viesse, quando o senhor não mais tivesse desejo, o que faria para compensá-la por aquilo que a teria feito perder?! Nada. O senhor a teria isolado do mundo no qual se encontravam o futuro e a sorte dela, ela lhe teria dado seus mais belos anos e seria esquecida. Ou, então, o senhor seria um homem vil, jogando-lhe o passado na cara, diria que, deixando-a, nada mais faz do que agir como seus outros amantes e a abandonaria a uma miséria inevitável. Ou seria um homem honesto e, sentindo o dever de mantê-la perto de si, o senhor se entregaria, a si próprio, a uma infelicidade inevitável, pois essa ligação, desculpável em um jovem rapaz, não o é no caso de um homem maduro. Ela torna-se um obstáculo a tudo, não permite nem uma família nem a ambição, estes segundo e terceiro amores de um homem. Acredite-me, então, meu amigo: tome as coisas por aquilo que elas valem, as mulheres por aquilo que elas são, e não dê a uma moça da vida o direito de se dizer sua credora no que quer que seja.

Era sabiamente ponderado e de uma lógica da qual eu teria achado Prudence incapaz. Nada encontrei para responder-lhe, senão que ela tinha razão. Tomei-lhe a mão e agradeci por seus conselhos.

– Vamos, vamos – disse-me ela –, espante estas más teorias e ria. A vida é encantadora, meu caro, depende da lente através da qual a olhamos. Veja: consulte o seu amigo Gaston, eis aí um que me parece comprender o amor como eu o compreendo. É preciso que o senhor se convença, sem o que se tornará um moço insípido, de que há, aqui ao lado, uma bela moça que espera impacientemente que o homem que se encontra na casa dela vá embora, que pensa no senhor, que guarda a noite para o senhor e que o ama, tenho certeza disso. Agora, venha se pôr à janela comigo, e olhemos partir o conde, que não tardará a nos ceder o lugar.

Prudence abriu uma janela, e nos acotovelamos, um ao lado do outro, na sacada.

Ela olhava o fraco movimento da rua, eu sonhava.

Tudo o que ela dissera zumbia na minha cabeça, e eu não podia deixar de admitir que ela tinha razão. Mas o amor real que eu tinha por Marguerite não conseguia se acomodar àquele raciocínio. Assim, de tempos em tempos eu dava um suspiro que fazia Prudence se virar e dar de ombros, como um médico que desengana um doente.

"Como percebemos que a vida é curta", eu me dizia, "pela rapidez das sensações! Conheço Marguerite há dois dias apenas, ela é minha amante apenas desde ontem e já invadiu de tal modo o meu pensamento, meu coração e minha vida, que a visita desse conde de G... é uma desgraça para mim."

Finalmente o conde saiu, subiu na carruagem e desapareceu. Prudence fechou a janela.

No mesmo instante, Marguerite chamou-nos.

– Venham, rápido! Estão colocando a mesa – dizia ela –, vamos jantar.

Quando entrei em sua casa, Marguerite correu para mim, pulou no meu pescoço e me abraçou com todas as suas forças.

– Ainda estamos emburrados? – perguntou-me.

– Não, terminou-se – respondeu Prudence. – Dei-lhe um sermão, e ele prometeu comportar-se bem.

– Em boa hora!

Involuntariamente, lancei os olhos sobre a cama: não estava desfeita. Quanto a Marguerite, ela já estava com um penhoar branco.

Colocamo-nos à mesa.

Charme, doçura, expressividade: Marguerite tinha tudo, e eu era forçado, de tempos em tempos, a reconhecer que eu não tinha o direito de pedir-lhe outra coisa; que muitas pessoas ficariam felizes no meu lugar e que, como o pastor de Virgílio, eu nada mais tinha a fazer a não ser gozar dos prazeres que um deus ou, antes, uma deusa concedia-me.

Tentei colocar em prática as teorias de Prudence e ficar tão feliz quanto as minhas duas companheiras. Mas aquilo que nelas era natural, em mim era esforço, e o riso nervoso que eu sustentava, e com o qual elas se iludiram, chegava muito próximo às lágrimas.

Enfim, o jantar terminou, e fiquei a sós com Marguerite. Ela sentou-se, como era seu hábito, sobre o tapete em frente ao fogo, a olhar com um ar triste a chama da lareira.

Ela estava pensando. No quê? O ignoro. Eu olhava-a com amor e quase com terror, pensando naquilo que eu estava prestes a sofrer por ela.

– Sabe no que estou pensando?

– Não.

– Em um arranjo que encontrei.

– E que arranjo é este?

– Ainda não posso confiar a você, mas posso dizer o que resultaria dele. Resultaria que daqui a um mês eu seria livre, não deveria mais nada, e iríamos passar o verão juntos no campo.

– E não pode me dizer de que modo isso será feito?

– Não, é preciso apenas que você me ame como eu o amo, e tudo dará certo.

– E foi você sozinha que chegou a essa ideia?

– Sim.

– E vai levá-la a cabo sozinha?

– Apenas eu terei aborrecimentos – disse-me Marguerite com um sorriso que não esquecerei jamais –, mas nós partilharemos os benefícios.

Não pude me impedir de enrubescer a esta palavra, *benefícios*. Lembrei-me de Manon Lescaut comendo, junto com Des Grieux, o dinheiro do senhor de B...

Respondi com um tom áspero e levantando-me:

– Permita-me, minha cara Marguerite, partilhar apenas dos benefícios de empreitadas que eu conceba e que eu mesmo execute.

– O que isso quer dizer?

– Isso quer dizer que eu suspeito seriamente que o senhor conde de G.... seja seu associado nesse feliz arranjo do qual não aceito nem os encargos nem os benefícios.

– Você é uma criança. Eu pensava que me amasse. Enganei-me, pois bem.

E ao mesmo tempo ela se levantou, abriu o piano e tornou a tocar *Convite à valsa*, até aquela famosa passagem em tom sustenido que sempre a embaralhava.

Era força do hábito, ou para me relembrar o dia em que nos conhecemos? Tudo o que sei é que com aquela melodia as lembranças me voltaram à mente, e me aproximando dela, tomei-lhe a cabeça entre as minhas mãos e beijei-a.

– Me perdoa? – falei.

– Está vendo que sim – Marguerite respondeu. – Mas olhe lá que estamos apenas no segundo dia e já tenho algo a lhe perdoar. Está mantendo muito mal as suas promessas de obediência cega.

– O que quer, Marguerite? Amo-a demais e tenho ciúmes do menor dos seus pensamentos. O que você acabou de propor me deixaria louco de felicidade, mas o mistério que precede a execução do projeto me aperta o coração.

– Vamos ver, raciocinemos um pouco – replicou ela, tomando minhas mãos e olhando-me com um sorriso encantador ao qual me era impossível resistir. – Você me ama, não é?, e ficaria feliz de passar três ou quatro meses no interior apenas comigo. Eu também ficaria feliz com essa solidão a dois, não apenas ficaria feliz, mas dela tenho necessidade por causa da minha saúde. Não posso deixar Paris por tanto tempo sem colocar meus negócios em ordem, e os negócios de uma mulher como eu são sempre muito complicados. Pois bem, encontrei um jeito de conciliar tudo, meus negócios e meu amor por você, sim, por você, não ria, sou louca o bastante para amá-lo. E eis que você se enche de empáfia e me dá um sermão. Infantil, três vezes infantil. Lembre-se somente que eu o amo e não se preocupe com nada. Está combinado, não é mesmo?

– Está combinado tudo aquilo que você quiser, bem o sabe.

– Então, em menos de um mês, estaremos em algum vilarejo, passeando à beira da água e bebendo leite fresco. Parece-lhe estranho que eu, Marguerite Gautier, fale assim. Isso advém, meu amigo, do fato de que, quando essa vida de Paris, que parece me fazer tão feliz, não me abrasa, ela me aborrece, e, então, tenho súbitas inspirações sobre uma existência mais calma que me lembre a minha infância. Sempre houve uma infância, seja lá o que for que tenhamos nos tornado. Oh, fique tranquilo, não vou dizer-lhe que sou a filha de um coronel aposentado e que fui criada em Saint-Denis.

Sou uma pobre moça do campo, e não sabia escrever o meu nome até seis anos atrás. Está mais tranquilo agora, não é mesmo? Por que é você o primeiro a quem convido a dividir a alegria do desejo que tomou conta de mim? Sem dúvida porque percebi que você me amava por mim mesma, e não por você, enquanto que os outros me amaram apenas por eles mesmos. Estive várias vezes no interior, mas nunca do jeito que eu gostaria. É com você que conto para essa felicidade fácil; não seja, então, malvado, e conceda-a a mim. Pense o seguinte: "Ela não vai viver muito, e me arrependerei um dia de não ter feito por ela a primeira coisa que me pediu e que era tão fácil de ser realizada".

O que responder a tais palavras, sobretudo com a lembrança de uma primeira noite de amor, e no aguardo de uma segunda?

Uma hora mais tarde, eu tinha Marguerite nos meus braços, e, tivesse ela pedido que eu cometesse um crime, eu a teria obedecido.

Às seis horas da manhã, parti, e antes de fazê-lo, disse a ela:

– Até a noite?

Ela me abraçou mais forte, mas não respondeu.

Durante o dia, recebi uma carta que continha as seguintes palavras:

Querido menino, estou com um pouco de dor, e o médico me ordena repouso. Deitarei cedo esta noite e não o verei. Mas, para recompensá-lo, esperarei por você amanhã ao meio-dia. Amo-o.

Meu primeiro pensamento foi: "Ela está me enganando!".

Um suor gelado passou pela minha testa, pois eu já amava demais aquela mulher para que tal suspeita não me perturbasse.

E, entretanto, eu devia esperar por esse acontecimento da parte de Marguerite quase todos os dias, e o mesmo havia acontecido frequentes vezes com minhas outras amantes, sem que eu me preocupasse muito. De onde vinha então o poder que aquela mulher tinha sobre a minha vida?

Então pensei, já que eu tinha a chave de seu apartamento, em ir vê-la, como de costume. Assim eu saberia rapidamente a verdade e, se lá encontrasse um homem, o esbofetearia.

Esperando, fui à Champs-Élysées. Lá fiquei por quatro horas. Ela não apareceu. À noite, entrei em todos os teatros nos quais ela tinha o hábito de ir. Não estava em nenhum deles.

Às onze horas, me dirigi à rua d'Antin.

Não havia luzes nas janelas de Marguerite. Mesmo assim, toquei a campainha.

O porteiro perguntou-me aonde eu ia.

– Na casa da senhorita Gautier – respondi.

– Ela ainda não voltou.

– Vou subir e esperá-la.

– Não há ninguém na casa dela.

Evidentemente, era uma proibição que eu podia quebrar, pois tinha a chave, mas receei um escândalo ridículo e saí.

Entretanto, não voltei à minha casa. Não conseguia sair da rua e não perdia de vista a casa de Marguerite. Parecia-me que havia ainda algo para eu saber ou que, no mínimo, as minhas suspeitas se confirmariam.

Por volta da meia-noite, um cupê que eu conhecia bem parou em frente ao número 9.

O conde de G... desceu e entrou na casa, após mandar embora o veículo.

Por um momento pensei que, assim como haviam feito comigo, diriam-lhe que Marguerite não estava em casa, e eu o veria ir embora. Mas às quatro horas da manhã eu ainda esperava por isso.

Faz três semanas que sofro muito, mas nada, acredito, em comparação ao que sofri naquela noite.

XIV

De volta à minha casa, pus-me a chorar como uma criança. Não existe homem algum que não tenha sido traído pelo menos uma vez e que não saiba o quanto dói.

Eu disse a mim mesmo, sob a influência daquelas resoluções febris que sempre pensamos ser capazes de manter, que era preciso romper imediatamente com aquele amor e esperei com impaciência pelo dia, para retomar o meu lugar, voltar para perto de meu pai e de minha irmã, duplo amor sobre o qual não pairavam dúvidas e que, esse sim, não me enganaria.

Mas eu não quis ir embora sem que Marguerite soubesse por que eu partira. Apenas um homem que realmente não ama mais a sua amante a abandona sem nada escrever-lhe.

Na minha mente, fiz e refiz vinte cartas.

Eu metera-me com uma moça semelhante a todas as moças da vida. Romantizara demais. Ela tratara-me como a um colegial, empregando, para me trair, uma estratégia de uma simplicidade ofensiva, era evidente. Meu amor-próprio levou a melhor. Era preciso abandonar aquela mulher sem dar-lhe a satisfação de saber de tudo o que aquela ruptura me fazia sofrer, e eis aqui o que escrevi a ela com o meu estilo mais elegante, e com lágrimas de raiva e de dor nos olhos:

Minha cara Marguerite,

Espero que a sua indisposição de ontem tenha sido coisa de pouca importância. Fui, às onze horas da noite, saber notícias suas, e me responderam que a senhorita não havia voltado. O senhor de G... foi mais feliz que eu, pois ele se apresentou alguns instantes depois e, às quatro horas da manhã, ainda encontrava-se na sua casa.

Perdoe-me algumas horas aborrecidas que lhe fiz passar, e tenha certeza de que não esquecerei jamais os momentos felizes que lhe devo.

Teria ido saber notícias suas hoje, mas devo voltar para perto de meu pai.

Adeus, cara Marguerite. Não sou nem rico o suficiente para amá-la como eu gostaria, nem pobre o suficiente para amá-la como você gostaria. Esqueçamos, então: você, um nome que deve lhe ser quase indiferente; eu, uma felicidade que me é impossível.

Devolvo-lhe sua chave, que de nada jamais me serviu e que lhe poderá ser útil, se costuma ficar doente como estava ontem.

Veja bem, não tive a força de terminar aquela carta sem uma ironia impertinente, o que bem provava que eu ainda estava apaixonado.

Li e reli dez vezes aquela carta, e a ideia de que ela causaria dor a Marguerite acalmou-me um pouco. Tentei convencer-me dos sentimentos que a missiva forjava, e quando, às oitos horas meu empregado entrou no meu quarto, dei-lhe a carta, para que a entregasse logo.

– Devo aguardar por uma resposta? – perguntou-me Joseph (meu empregado chamava-se Joseph, como todos os criados).

– Se perguntarem se é caso de uma resposta, diga que não sabe e espere.

Eu atinha-me à esperança de que ela iria me responder.

Como somos infelizes e fracos!

Durante todo o tempo em que meu empregado esteve fora, eu fiquei em uma agitação extrema. Lembrando-me de como Marguerite se entregara a mim, eu me perguntava com que direito eu lhe escrevia uma carta impertinente, quando ela podia muito bem responder-me que não era o senhor de G... que me enganava, mas que eu é que enganava o senhor de G... – raciocínio que permite a muitas mulheres terem vários amantes. Em outros momentos, recordando-me dos sermões daquela moça, eu queria convencer-me de que minha carta era ainda doce demais e que não continha expressões fortes o suficiente para atingir uma mulher que ria de um amor tão sincero quanto o meu. Então, dizia a mim mesmo que eu teria feito melhor não lhe escrevendo e indo à sua casa durante o dia, e que, deste modo, eu teria me regozijado com as lágrimas que a teria feito derramar.

Enfim, perguntava-me o que ela responderia, já pronto a acreditar na desculpa que me pudesse dar.

Joseph voltou.

– E então? – perguntei.

– Senhor – disse-me –, a senhorita estava deitada e ainda dormia, mas assim que acordar entregarão a sua carta e, se houver resposta, mandarão alguém trazer.

Estava dormindo!

Vinte vezes estive a ponto de mandar buscar de volta aquela carta, mas me dizia, sempre: "Talvez já lhe tenham entregue, e parecerei estar arrependido".

Quanto mais se aproximava a hora em que se poderia esperar que ela me responderia, mais eu me arrependia de ter escrito.

Dez horas, onze horas, meio-dia soaram.

Ao meio-dia, estive a ponto de ir ao encontro marcado, como se nada se tivesse passado. Enfim, não sabia o que pensar para sair daquelas correntes de ferro que me oprimiam.

Então, pensei, com aquela superstição característica das pessoas esperançosas, que, se eu saísse um pouco, na volta encontraria uma resposta. As respostas impacientemente aguardadas sempre chegam quando não estamos em casa.

Saí com o pretexto de ir almoçar.

Em vez de almoçar no café Foy, ao fim do bulevar, como eu tinha o costume de fazer, preferi fazer a refeição no Palais-Royal e passar pela rua d'Antin. Cada vez que eu avistava uma mulher ao longe, eu pensava ver Nanine, trazendo-me uma resposta. Passei pela rua d'Antin sem encontrar um mensageiro sequer. Cheguei ao Palais-Royal, entrei no Chez Véry. O garçom serviu-me alguma comida ou, melhor, serviu-me o que bem entendeu, pois não comi nada.

Involuntariamente, meus olhos fixavam-se sempre no pêndulo.

Voltei para casa, convencido de que iria encontrar uma carta de Marguerite.

O porteiro não havia recebido nada. Esperei ainda pelo meu empregado. Esse não vira ninguém desde a minha saída.

Se Marguerite tivesse intenção de me responder, ela já o teria feito há muito tempo.

Então pus-me a lamentar os termos da minha carta. Eu deveria ter silenciado completamente, o que sem dúvida transformaria a inquietação dela em uma iniciativa. Pois, vendo que eu não comparecia ao encontro, teria indagado a razão da minha ausência, e só então eu a daria. Desse modo, ela não teria podido fazer outra coisa senão desculpar-se, e o que eu queria era que ela se desculpasse. Eu já pressentia que teria acreditado nas razões que ela me desse, e que preferiria tudo do que não voltar a vê-la.

Cheguei a pensar que ela viria em pessoa à minha casa, mas as horas passaram-se, e ela não veio.

Decididamente, Marguerite não era como todas as mulheres, pois são poucas as que, recebendo uma carta como a que eu escrevera, não respondem alguma coisa.

Às cinco horas, corri à Champs-Élysées.

“Se a encontrar”, pensava eu, “bancarei o indiferente, e Marguerite se convencerá de que não mais penso nela.”

Na rótula da rua Royale, a vi passar em seu carro: o encontro foi tão brusco que fiquei lívido. Ignoro se ela percebeu minha emoção: quanto a mim, eu estava tão perturbado que nada mais vi além do veículo.

Não continuei o meu passeio na Champs-Élysées. Fui olhar os cartazes de teatro, pois tinha ainda uma chance de vê-la.

Havia uma primeira apresentação no Palais Royal. Marguerite, evidentemente, deveria assisti-la.

Às sete horas, eu estava no teatro.

Todos os camarotes lotaram, mas Marguerite não apareceu.

Deixei, então, o Palais-Royal e entrei em todos os teatros que ela costumava frequentar: o Vaudeville, o Variedades, a *Opéra-Comique*.

Ela não estava em lugar algum.

Ou a minha carta causara-lhe desconforto demasiado para que ela se ocupasse com espetáculos, ou ela temia encontrar-se comigo e queria evitar uma explicação.

Eis o que minha vaidade assoprava-me ao ouvido no bulevar, quando encontrei Gaston, que me perguntou de onde eu vinha.

– Do Palais-Royal.

– E eu, da Ópera – disse-me. – Pensava que fosse encontrar você lá.

– Por quê?

– Porque Marguerite lá estava.

– Ah, ela estava lá?

– Sim.

– Sozinha?

– Não, com uma de suas amigas.

– Mais ninguém?

– O conde de G... esteve por um momento no seu camarote. Mas ela foi embora com o duque. A todo instante eu esperava vê-lo aparecer. Havia ao meu lado uma cadeira que permaneceu vazia toda a noite, e eu estava convencido de que estava reservada para você.

– Mas por que eu iria aonde Marguerite vai?

– Porque é seu amante, ora!

– E quem lhe disse isso?

– Prudence, quem encontrei ontem. Parabenizo-o, meu caro. É uma bela amante, não é para qualquer um. Fique com ela, vai dar-lhe status.

Aquela simples reflexão de Gaston mostrou-me como minhas suscetibilidades eram ridículas.

Se eu o tivesse encontrado na véspera e ele tivesse falado daquele modo, eu certamente não teria escrito a carta estúpida da manhã.

Estive a ponto de ir à casa de Prudence e de mandar dizer a Marguerite que eu precisava falar-lhe. Mas temi que, para se vingar, ela dissesse que não podia receber-me, e voltei para casa depois de passar pela rua d'Antin.

Perguntei novamente ao meu porteiro se havia alguma carta para mim.

Nada!

"Ela provavelmente quererá ver se vou tomar alguma nova iniciativa e se retirarei hoje o que escrevi na carta", pensei, ao deitar-me. "Mas, vendo que não lhe escrevo, ela me escreverá amanhã."

Naquela noite, especialmente, arrependi-me do que eu fizera. Eu estava sozinho na minha casa, não conseguia dormir, era devorado pela inquietação e pelo ciúme quando, tivesse deixado as coisas seguirem seu verdadeiro curso, poderia estar perto de Marguerite e ouvir pronunciar as doces palavras que eu ouvira apenas duas vezes e que, na minha solidão, faziam arder os meus ouvidos.

O que havia de pavoroso na minha situação é que o raciocínio mostrava que eu estava errado: de fato, tudo me dizia que Marguerite me amava. Primeiro, aquele projeto de passar um verão comigo, sozinhos os dois, no campo; depois, aquela certeza de que nada a forçava a ser minha amante, pois minha fortuna era insuficiente para as suas necessidades e até mesmo para os seus caprichos. Então, não houvera em Marguerite nada mais do que a esperança de encontrar em mim uma afeição sincera, capaz de fazê-la descansar dos amores mercenários em meio aos quais vivia, e desde o segundo dia eu destruía aquela esperança, eu cobria com impertinente ironia o amor aceito durante duas noites. O que eu fazia era, desse modo, muito mais que ridículo. Era indelicado. Pagara eu por aquela mulher, para ter o direito de culpá-la por sua vida? E não me assemelhara, ao ir embora no segundo dia, a um parasita de amor que teme que não lhe deem seu vale para a refeição? Como! Fazia trinta e seis horas que eu conhecia Marguerite. Fazia vinte e quatro horas que era seu amante, e eu bancava o suscetível. E, em lugar de dar-me por satisfeito que ela compartilhasse comigo, eu queria tudo só para mim e queria obrigá-la a romper repentinamente as relações do seu passado, que eram a garantia do seu futuro. O que eu tinha para criticar-lhe? Nada. Ela escrevera-me dizendo que passava mal, quando teria podido me dizer, cruamente, com a terrível franqueza de certas mulheres, que tinha de receber um amante. E, em vez de acreditar na sua carta, em vez de ir passear por todas as ruas de Paris à exceção da rua d'Antin, em vez de passar a noite com meus amigos e de apresentar-me no dia seguinte à hora que ela indicara, eu bancava o Otelo, a espionava e pensava poder puni-la, não mais a vendo. Mas, ao contrário, ela devia estar alegre com aquela separação. Devia achar-me soberanamente idiota, e seu silêncio não era sequer rancor: era desdém.

Eu deveria ter dado então a Marguerite um presente que não deixasse nenhuma dúvida sobre a minha generosidade e que, tratando-a como uma moça da vida, me permitisse considerar-me desobrigado para com ela. Mas temi ofender, pela menor aparência de comércio, senão o amor que ela tinha por mim, pelo menos o amor que eu tinha por ela, e já que esse amor era tão puro que não admitia partilha alguma, ele não podia pagar, com um presente, por mais belo que fosse, a felicidade que lhe fora dada, por mais curta que tivesse sido essa felicidade.

Eis o que eu me repetia, à noite, e o que, a todo instante, eu estava pronto a dizer a Marguerite.

Quando o dia nasceu, eu não estava mais dormindo. Tinha febre. Era-me impossível pensar em outra coisa que não Marguerite.

Como você bem entende, era preciso tomar uma atitude decisiva e terminar ou com a mulher, ou com os meus escrúpulos – isso se ela ainda consentisse em me receber.

Mas, você sabe, retardamos sempre uma decisão definitiva. Assim, não conseguindo ficar em minha casa e não ousando apresentar-me na de Marguerite, tentei um meio de aproximar-me dela, um meio que meu amor-próprio poderia pôr na conta do acaso, no caso de dar certo.

Eram nove horas. Corri à casa de Prudence, que perguntou-me a que se devia aquela visita matinal.

Não ousei dizer-lhe francamente o que me motivava. Respondi-lhe que eu saíra cedo para reservar um lugar na diligência que ia para C..., onde morava meu pai.

– O senhor é bem feliz – disse-me ela – de poder deixar Paris neste tempo tão lindo.

Olhei para Prudence e me perguntei se ela estava brincando comigo.

Mas seu rosto estava sério.

– Vai despedir-se de Marguerite? – perguntou, ainda séria.

– Não.

– Faz bem.

– Acha?

– Naturalmente. Já que rompeu com ela, de que serve revê-la?

– Sabe, então, do nosso rompimento?

– Ela mostrou-me a sua carta.

– E o que ela disse?

– Ela disse: "Minha querida Prudence, seu protegido não é educado. Imaginamos cartas assim, mas não as escrevemos".

– E com que tom ela falou-lhe isso?

– Rindo, e acrescentou: "Ele jantou duas vezes em minha casa e sequer me faz uma visita digestiva".

Eis o efeito que minha carta e meus ciúmes haviam produzido. Fui cruelmente humilhado, na vaidade do meu amor.

– E o que ela fez, ontem à noite?

– Foi à Ópera.

– Isso eu sei. E depois?

– Jantou em casa.

– Sozinha?

– Com o conde de G..., creio.

De modo que meu rompimento nada mudara nos hábitos de Marguerite.

É por circunstâncias como essas que algumas pessoas dizem: “Não se deve pensar em uma mulher que não o ama mais”.

– Ora, fico feliz em ver que Marguerite não se entristece por mim – continuei, com um sorriso forçado.

– Ela tem absoluta razão. O senhor fez o que tinha de fazer, foi mais razoável do que ela, pois aquela moça lá o amava, não fazia outra coisa que falar no senhor e teria sido capaz de qualquer loucura.

– E por que ela não me respondeu, se me ama?

– Porque compreendeu que estava errada em amá-lo. E, depois, as mulheres às vezes permitem que traiam o seu amor, jamais que firam o seu amor-próprio, e fere-se sempre o amor-próprio de uma mulher quando alguém, dois dias após se tornar seu amante, a abandona, sejam quais forem as razões para essa ruptura. Conheço Marguerite: preferiria morrer a responder-lhe.

– O que é preciso que eu faça, então?

– Nada. Ela o esquecerá, o senhor a esquecerá, e nada terão a censurar um ao outro.

– Mas, e se eu lhe escrevesse, para pedir perdão?

– Abstenha-se disso: ela o perdoaria.

Quase pulei no pescoço de Prudence para abraçá-la.

Quinze minutos depois, eu estava chegando em casa e escrevia a Marguerite:

Alguém que se arrepende de uma carta que escreveu ontem, que partirá amanhã se você não o perdoar, gostaria de saber a que horas poderia depositar o seu arrependimento aos vossos pés.

Quando estará sozinha? Pois, a senhorita sabe, as confissões devem ser feitas sem testemunhas.

Dobrei aquele madrigal* em prosa e enviei-o através de Joseph, que entregou a carta à própria Marguerite, que, por sua vez, disse a ele que responderia mais tarde.

* *Madrigal*: tipo de poesia de conteúdo terno e galante, destinada a ser musicada, e que surgiu no século XIV, na Itália. (N.T.)

Estive fora apenas por um instante, para ir jantar, e, às onze horas da noite, ainda não obtivera uma resposta.

Então, resolvi não sofrer mais tempo e partir no dia seguinte.

Como consequência dessa resolução, convencido de que não dormiria, caso me deitasse, me pus a fazer as malas.

XV

Já fazia quase uma hora que eu e Joseph estávamos preparando tudo para a minha partida quando bateram com violência na porta.

– Devo abrir? – perguntou-me Joseph.

– Abra – disse-lhe, imaginando quem poderia vir à minha casa a tal hora e não ousando crer que fosse Marguerite.

– Senhor – disse Joseph, voltando –, são duas senhoras.

– Somos nós, Armand! – gritou para mim uma voz que reconheci como sendo de Prudence.

Saí de meu quarto.

Prudence, em pé, observava algumas curiosidades da minha sala. Marguerite parecia pensativa, sentada em um canapé.

Quando entrei, fui até ela, ajoelhei-me, tomei-lhe as duas mãos e, emocionado, disse-lhe:

– Perdão.

Ela me beijou a testa e falou:

– Já vão lá três vezes que o perdoo.

– Eu ia embora amanhã.

– E como a minha visita muda a sua resolução? Não venho para impedi-lo de deixar Paris. Venho porque não tive durante o dia tempo para lhe responder e porque não quis deixá-lo acreditando que eu estava zangada. E ainda por cima Prudence não queria que eu viesse. Ela dizia que talvez eu fosse incomodá-lo.

– Você, me incomodar? Você, Marguerite? De que jeito?

– Ora, você podia estar com uma mulher em sua casa – respondeu Prudence –, e não seria nem um pouco divertido para ela ver chegar mais duas.

Durante essa observação de Prudence, Marguerite observou-me atentamente.

– Minha cara Prudence – respondi –, a senhorita não sabe o que diz.

– É muito gracioso o seu apartamento – replicou Prudence. – Pode-se ver o quarto de dormir?

– Sim.

Prudence passou ao meu quarto, menos para visitá-lo do que para reparar a bobagem que acabara de dizer e deixar-nos a sós, Marguerite e eu.

– Por que trouxe Prudence? – perguntei-lhe, então.

– Porque ela estava comigo no teatro e porque queria ter alguém que me acompanhasse, ao ir-me embora daqui.

– E eu não poderia fazê-lo?

– Sim, mas além de eu não querer incomodá-lo, eu tinha certeza de que chegando até a porta da minha casa, você pediria para subir, e, como eu não poderia concedê-lo, não queria que partisse com o direito de me jogar na cara uma recusa.

– E por que não poderia me receber?

– Porque estou sendo muito vigiada e porque a menor suspeita poderia causar-me um grande mal.

– É essa a única razão?

– Se houvesse alguma outra, eu diria. Não temos mais segredos um para o outro.

– Olhe, Marguerite, não quero passar por muitas delongas para chegar àquilo que quero dizer-lhe. Sinceramente: você me ama, um pouco que seja?

– Muito.

– Então, por que me enganou?

– Meu querido, se eu fosse a madame duquesa fulana ou beltrana, se eu tivesse duzentas mil libras de renda, se fosse sua amante e tivesse um outro amante além de você, aí teria o direito de me perguntar por que eu lhe enganava. Mas sou a senhorita Marguerite Gautier, tenho quarenta mil francos de dívidas, nenhum centavo de patrimônio e gasto cem mil francos por ano: sua pergunta torna-se vã e a minha resposta, inútil.

– É verdade – falei, deixando minha cabeça cair sobre os joelhos de Marguerite. – Mas eu amo-a como um louco.

– Pois bem, meu querido, deveria me amar um pouco menos ou me compreender um pouco melhor. Sua carta causou-me muita dor. Fosse eu livre, em primeiro lugar não teria recebido o conde anteontem ou, tendo-o recebido, teria vindo pedir o perdão que você me pedia agora há pouco, e não teria, no futuro, outro amante que não você. Por um momento pensei que eu poderia me dar esse prazer por seis meses. Você não o quis. Fez questão de saber os meios. Oh, meu Deus! Era bem fácil adivinhar os meios. E empregar esses meios significava para mim um sacrifício muito maior do que você imagina. Eu poderia ter-lhe dito: "Preciso de vinte mil francos". Você, apaixonado por mim, os teria encontrado, sob risco de me jogá-los à cara mais tarde. Preferi não lhe dever nada. Você não compreendeu essa delicadeza, pois é disso que se trata. Nós, quando ainda temos um pouco de coração, damos às palavras e às coisas uma extensão e uma significação desconhecidas às outras mulheres. Repito, então, que da parte de Marguerite Gautier o modo que ela encontrava para pagar suas dívidas sem pedir a você o dinheiro necessário para isso era uma delicadeza da qual você deveria aproveitar sem nada dizer. Se tivesse me conhecido apenas hoje, você ficaria muito feliz com o que eu lhe prometeria e não me perguntaria o que fiz anteontem. Somos, algumas vezes, forçadas a comprar uma satisfação para nossa alma às custas de nossos corpos e sofremos muito quando, depois, essa satisfação nos escapa.

Eu escutava e olhava Marguerite com admiração. Quando pensava que aquela maravilhosa criatura, cujos pés eu outrora desejara beijar, consentia que eu entrasse de algum modo em seu pensamento, que tivesse um papel em sua vida e que ainda assim eu não me contentava com o que ela me dava, eu perguntava-me se há limites para o desejo do homem, quando, satisfeito tão prontamente quanto fora o meu, ele aspira, ainda, por alguma coisa.

– É verdade – retomou ela –, nós, criaturas do acaso, temos desejos fantásticos e amores inconcebíveis. Nos entregamos ora por uma coisa, ora por outra. Há pessoas que se arruinariam sem nada obter de nós; outras, que nos têm apenas com um buquê. Nosso coração tem seus caprichos: é sua única distração e sua única justificativa. Entreguei-me a você mais rápido do que a qualquer homem, juro, e por quê? Porque, ao me ver cuspindo sangue, você me tomou a mão, porque chorou, porque é a única criatura humana que sofreu comigo. Vou dizer uma bobagem, mas há muito tempo tive um cachorro que me olhava de um jeito todo triste quando eu tossia: foi o único ser que amei. Quando morreu, chorei mais do que na morte da minha mãe. É bem verdade que ela me bateu durante doze anos de sua vida. Pois bem, amei você tão prontamente quanto ao meu cão. Se os homens soubessem o que podem obter com uma lágrima, seriam mais amados e nós custaríamos menos caro. A sua carta desmentiu você, revelou-me que você não possuía todos os conhecimentos do coração. Ela causou-lhe mais danos, no amor que eu tinha por você, do que tudo o que você teria podido me fazer. Era ciúme, é verdade, mas ciúme irônico e impertinente. Eu já estava triste, quando recebi aquela carta. Esperava vê-lo ao meio-dia, almoçar com você, apagar, enfim, com a sua visão um incessante pensamento que eu tinha e que, antes de conhecê-lo, eu admitia sem esforço algum. Além disso – continuou Marguerite –, você era a única pessoa com a qual eu podia pensar e falar livremente, compreendi isso em seguida. Todos aqueles que cercam moças como eu têm interesse em escrutinar nossas menores palavras, em tirar uma consequência de nossas ações mais insignificantes. Nós, naturalmente, não temos amigos. Temos amantes egoístas que gastam sua fortuna não conosco, como dizem, mas com a sua própria vaidade. Para essas pessoas, é preciso que sejamos alegres quando estão felizes, comportadas quando querem jantar, céticas quando o são. É proibido, para nós, ter um coração, sob pena de sermos vaiadas e arruinarmos o nosso crédito. Não pertencemos mais a nós mesmas. Não somos mais seres, mas coisas. Somos as primeiras no amor-próprio deles, as últimas na sua estima. Temos amigas, mas são amigas como Prudence, mulheres outrora da vida que ainda têm gostos extravagantes que a idade não mais lhes permite. Então, tornam-se nossas amigas, ou, melhor, nossas comensais. A amizade delas chega às raias da servilidade, jamais ao desinteresse. Nunca darão mais do que um conselho lucrativo. Pouco importa-lhes que tenhamos dez amantes ou mais, desde que ganhem vestidos, ou um bracelete, e que possam, de tempos em tempos, passear no nosso coche e ir ao teatro no nosso camarote. Ficam com os nossos buquês da véspera e pegam emprestadas as nossas caxemiras. Jamais nos fazem um favor, por pequeno que seja, sem fazer com que seja pago pelo dobro do que vale. Você próprio o viu, na noite em que Prudence levou-me seis mil francos que eu mandara que ela pedisse ao duque em meu nome: pegou emprestado quinhentos francos que jamais me devolverá ou que pagará em forma de chapéus que jamais sairão das caixas. Então, só podemos, ou melhor, eu só podia ter uma felicidade, e esta era, triste como fico às vezes, agonizante como o sou sempre, encontrar um homem superior o suficiente para não me pedir contas da minha vida e para ser amante dos meus sentimentos bem mais do que do meu corpo. Esse homem, encontrei-o no duque, mas o duque é velho, e a velhice não protege nem consola. Acreditei poder aceitar a vida que ele me dava: mas o que você quer? Eu morria de tédio, e, se é para se consumir, tanto faz jogar-se em um incêndio quanto asfixiar-se com o carvão. Então, encontrei você. Jovem, ardente, feliz, e tentei fazer de você o homem pelo qual ansiei em meio à minha abrasante solidão. Aquilo que eu amava em você não era o homem que existia, mas o homem que deveria existir. Mas você não aceita esse papel, rejeita-o como indigno de você, é um amante vulgar. Faça como os outros: pague-me, e não falemos mais nisso.

Marguerite, que a longa confissão fatigara, largou-se contra o encosto do canapé e, para abafar um fraco acesso de tosse, levou o lenço aos lábios e aos olhos.

– Perdão, perdão – murmurei –, compreendi tudo isso, mas eu queria ouvi-lo de você, minha adorada Marguerite. Esqueçamos o resto e lembremos de apenas uma coisa: que somos um do outro, que somos jovens e nos amamos. Marguerite, faça de mim tudo o que bem entender, sou seu escravo, seu cão, mas, pelo amor dos céus, rasgue a carta que escrevi e não me deixe partir amanhã, eu morreria.

Marguerite tirou a minha carta do corpete do seu vestido e, entregando-a para mim, disse-me com um sorriso de uma doçura inefável:

– Tome, eu a trazia para você.

Rasguei a carta e beijei em meio a lágrimas a mão que ela me estendia.

Neste momento, reapareceu Prudence.

– Diga lá, Prudence. Sabe o que ele está me pedindo? – perguntou Marguerite.

– Ele está pedindo perdão.

– Justamente.

– E você perdoa?

– É preciso. Mas ele quer ainda outra coisa.

– O que, ora essa?

– Quer vir jantar conosco.

– E você concorda?

– O que você acha?

– Acho que vocês são duas crianças, sem miolos, nem um nem o outro. Mas acho também que estou com muita fome e que quanto mais cedo você concordar, mais cedo jantaremos.

– Vamos – disse Marguerite –, caberemos os três no meu carro. Tome – acrescentou, voltando-se para mim –, Nanine estará deitada. Você abrirá a porta. Pegue a minha chave e trate de não mais perdê-la.

Abracei Marguerite até quase sufocá-la.

Naquele momento, Joseph entrou.

– Senhor – disse-me ele, com o ar de um homem satisfeito consigo mesmo –, as malas estão prontas.

– Completamente?

– Sim, senhor.

– Pois bem, desapronte-as: não vou mais.

XVI

"Eu teria podido", disse-me Armand, "contar-lhe em apenas algumas linhas o início daquela relação, mas eu queria que você visse bem por quais acontecimentos e de que modo nós chegamos, eu, a consentir tudo o que queria Marguerite, e Marguerite, a não mais poder viver a não ser comigo."

Foi no dia seguinte à noite em que ela foi ter comigo que lhe enviei *Manon Lescaut*.

A partir daquele momento, como eu não podia mudar a vida da minha amante, mudei a minha. Eu queria, antes de qualquer coisa, não dar ao meu espírito o tempo de pensar sobre o papel que eu acabara de aceitar, pois, ainda que sem querer, o teria concebido como uma grande tristeza. Assim, a minha vida, normalmente tão calma, revestiu-se, repentinamente, de uma aparência de barulho e desordem. (Não pense que o amor que uma mulher da vida tem por você não custa nada, por mais desinteressado que seja. Nada é tão caro quanto os mil caprichos de flores, camarotes, jantares, bailes no campo que jamais se pode recusar à amante.)

Como lhe disse, eu não era rico. Meu pai era e é ainda cobrador fiscal de impostos em C... Lá, goza de uma grande reputação de lealdade, graças à qual conseguiu a caução que era necessária para assumir suas funções. Tal receita rende-lhe quarenta mil francos por ano, e durante esses dez anos que ele a recebe, ele pagou a caução e se preocupou em poupar para o dote da minha irmã. Meu pai é o homem mais honrado que se pode encontrar. Minha mãe, ao morrer, deixou seis mil francos de renda que ele dividiu entre a minha irmã e eu, no dia em que conseguiu o cargo que solicitava; depois, quando fiz vinte e um anos, ele juntou ao pequeno vencimento uma pensão anual de cinco mil francos, assegurando que, com oito mil francos, eu poderia ser muito feliz em Paris, se eu quisesse, junto a essa renda, obter uma posição fosse na tribuna, fosse na medicina. Vim, então, para Paris, fiz meu curso de Direito, fui admitido como advogado e, como muitos jovens, pus meu diploma no bolso e me deixei ir um tanto na vida dissipada de Paris. Minhas despesas eram bem modestas. Mas gastava em oito meses a minha renda do ano todo e passava os quatro meses de verão na casa do meu pai, o que equivalia a doze mil francos de renda e me dava a reputação de bom filho. De resto, nenhum centavo de dívidas.

Era aí que me encontrava quando travei conhecimento com Marguerite.

Você compreenderá que, mesmo sem querer, meu custo de vida aumentou. Marguerite era de uma natureza muito caprichosa e fazia parte daquelas mulheres que nunca encararam como um gasto importante as mil distrações que compõem sua existência. Daí resultava que, querendo passar comigo o máximo de tempo possível, ela escrevia-me, de manhã, que iria jantar comigo, não na sua casa, mas em algum restaurante, fosse em Paris, fosse nos arredores da cidade. Eu ia pegá-la, jantávamos, íamos ao teatro, com frequência ceávamos e eu gastava, em uma noite, quatro ou cinco mil luíses, o que fazia dois mil e quinhentos ou três mil francos por mês, e reduzia o meu ano a três meses e meio e me punha ou na necessidade de endividar-me ou de deixar Marguerite.

Ora, eu aceitaria tudo, com a exceção dessa última possibilidade.

Perdoe-me se forneço-lhe todos esses detalhes, mas verá que foram a causa dos acontecimentos que vão se seguir. O que conto é uma história verdadeira, simples, e à qual deixo toda a ingenuidade dos detalhes e toda a simplicidade do desenvolvimento.

Compreendi, então, que, como nada no mundo teria sobre mim a influência de me fazer esquecer minha amante, era preciso encontrar um modo de sustentar as despesas que ela me fazia arcar. E depois, aquele amor mexia comigo ao ponto de que todos os momentos que eu passava longe de Marguerite eram como se fossem anos, e senti a necessidade de inflamar esses momentos no fogo de uma paixão qualquer e de vivê-los tão rápido que eu não percebesse que os vivia.

Peguei emprestado cinco ou seis mil francos do meu pequeno capital e comecei a jogar, pois desde que foram destruídas as casas de jogo, joga-se em qualquer parte. Antigamente, quando se entrava no Frascati, tinha-se a chance de lá fazer fortuna: jogava-se contra dinheiro, e, se perdíamos, tínhamos o consolo de dizer que poderíamos ter ganho. Ao passo que agora, com a exceção dos círculos fechados, onde há ainda uma certa severidade para o pagamento, tem-se quase a certeza, a partir do momento em que se ganha uma soma importante, de não recebê-la. Se compreenderá facilmente por quê.

O jogo só pode ser praticado por jovens que têm grandes gastos sem possuir a fortuna necessária para sustentar a vida que levam. Então jogam, e daí resulta, naturalmente, o seguinte: ganham, e então os perdedores servem para pagar os cavalos e as amantes daqueles senhores, o que é muito desagradável; dívidas são contraídas, relações iniciadas ao redor de um feltro verde terminam com querelas nas quais a honra e a vida sempre despedaçam-se bastante; e quando se é um homem honrado, arruína-se por causa de jovens muito honestos que não tinham outro defeito a não ser não disporem de duzentas mil libras de renda.

Não preciso falar daqueles que roubam no jogo, de cuja partida necessária e condenação tardia ficamos sabendo, um dia.

Lancei-me, então, nessa vida rápida, espalhafatosa, vulcânica, que outrora assustava-me, quando eu nela pensava, e que se tornou, para mim, o complemento inevitável do meu amor por Marguerite. O que você queria que eu fizesse?

As noites que eu não passava na rua d'Antin, se as tivesse passado sozinho em minha casa, eu não teria dormido. O ciúme me teria mantido acordado, fervendo-me o pensamento e o sangue. Ao passo que o jogo distraía, por um momento, a febre que invadia o meu coração e o transportava a uma paixão que me interessava e me dominava, até que soasse a hora em que eu deveria me dirigir para perto de minha amante. Então, e era aí que eu percebia toda a violência de meu amor, estivesse eu ganhando ou perdendo, eu deixava irrefutavelmente a mesa, apiedando-me por aqueles que eu lá abandonava e que, ao deixá-la, não encontrariam, como eu, a felicidade.

Para a maioria, o jogo era uma necessidade. Para mim, era um remédio.

Curado de Marguerite, eu estava curado do jogo.

Assim, em meio a tudo isso, eu guardava um incrível sangue-frio. Perdia apenas aquilo pelo que podia pagar e ganhava apenas aquilo que poderia perder.

De resto, a sorte me foi favorável. Eu não contraía dívidas e gastava três vezes mais dinheiro do que quando não jogava. Não era fácil resistir a uma vida que me permitia satisfazer, sem apertos, os mil caprichos de Marguerite. Quanto a ela, amava-me tanto quanto antes, e talvez até mais.

Como já disse, comecei sendo recebido apenas entre a meia-noite e as seis horas da manhã. Depois, passei a ser admitido, de tempos em tempos, nos camarotes; então ela vinha, às vezes, jantar comigo, e chegou um dia em que fui embora apenas ao meio-dia.

Na espera de uma metamorfose moral, uma metamorfose física se operara em Marguerite. Eu empreendera sua cura, e a pobre moça, adivinhando o meu objetivo, obedecia-me, para demonstrar sua gratidão. Sem atropelos ou pressão demasiada, cheguei quase a isolá-la de seus antigos hábitos. Meu médico, com quem fiz que ela consultasse, me havia dito que apenas o repouso e uma vida calma podiam conservar-lhe a saúde, de modo que consegui substituir as ceias e a insônia por um regime saudável e um sono regular. Sem querer, Marguerite habituava-se a essa nova existência, cujos efeitos salutares ela própria percebia. Já começava a passar algumas noites em casa ou, se fizesse tempo bom, enrolava-se em uma caxemira, cobria-se com um véu e íamos a pé, como duas crianças, percorrer à noite as alamedas escuras da Champs-Élysées. Ela voltava para casa cansada, jantava algo leve, deitava-se após tocar um pouco de música e ler, o que nunca lhe ocorrera antes. As tosses, que, a cada vez que eu as ouvia, cortavam-me o coração, desapareceram quase que por inteiro.

Ao fim de seis semanas, não se falava mais do conde, definitivamente abandonado. Apenas o duque ainda forçava-me a esconder minha ligação com Marguerite, e, ainda assim, foi várias vezes mandado embora enquanto eu lá me encontrava, sob o pretexto de que a madame dormia e proibira que lhe acordassem.

Do hábito, e mesmo da necessidade de me ver que Marguerite contraíra, resultou que abandonei o jogo no justo momento em que um jogador hábil o teria feito. No final das contas, eu encontrava-me, devido aos meus ganhos, de posse de uma dezena de mil francos, que pareciam-me um capital inesgotável.

A época em que eu costumava ir juntar-me ao meu pai e à minha irmã chegou, e eu não partia. Assim, recebia frequentemente cartas de um e de outro, pedindo-me para ir ao encontro deles.

A todas essas solicitações eu respondia o melhor que podia, repetindo sempre que eu passava bem e que não precisava de dinheiro – duas coisas que, eu acreditava, consolariam um pouco o meu pai do atraso que eu impunha à minha visita anual.

Em meio a esses acontecimentos, uma certa manhã, Marguerite, tendo sido acordada por um sol brilhante, pulou da cama e perguntou-me se eu gostaria de levá-la para o campo, para passar o dia.

Prudence foi chamada, e partimos, todos os três, depois de Marguerite orientar Nanine a dizer ao duque que ela quisera aproveitar o dia e que fora para o campo com a madame Duvernoy.

Além do fato de que a presença da senhora Duvernoy era necessária para tranquilizar o velho duque, Prudence era uma dessas mulheres que parecem feitas especialmente para passeios no campo. Com sua alegria inalterável e seu eterno apetite, ela não deixava um só momento de tédio que fosse àqueles que a acompanhavam e entendia-se perfeitamente com as encomendas de ovos, cerejas, leite, coelho salteado e tudo o que compõe, enfim, o almoço tradicional nos arredores de Paris.

Restava-nos apenas decidir para onde iríamos.

Também aí Prudence tirou-nos do aperto.

– É para um campo de verdade que querem ir? – perguntou.

– Sim.

– Pois bem, vamos à Bougival, à taverna Point du Jour, na casa da viúva Arnould. Armand, vá alugar uma caleche.

Uma hora e meia depois, nos encontrávamos na pensão da viúva Arnould.

Talvez você conheça essa pousada, hotel durante a semana, local de baile aos domingos. Do jardim, que fica à altura de um primeiro andar, descobre-se uma vista magnífica. À esquerda, o aqueduto de Marly encerra o horizonte; à direita, a vista estende-se sobre o infinito de colinas. O rio, quase sem corrente nesse ponto, desenrola-se como uma grande fita branca ondulada, entre a planície dos Gabillons e a ilha de Croissy, eternamente rodeada pelo balançar dos altos salgueiros e pelo murmúrio dos chorões.

Ao fundo, sobre uma vasta área ensolarada, elevam-se pequenas casas brancas com tetos avermelhados e fabriquetas que, perdendo pela distância o seu aspecto duro e comercial, completam admiravelmente a paisagem.

Ao fundo, Paris, em meio às brumas!

Como nos dissera Prudence, tratava-se do campo de verdade, e, devo dizê-lo, foi um desjejum de verdade.

Não é por gratidão pela felicidade que lhe devo que digo tudo isso, mas Bougival, apesar de seu terrível nome, é uma das regiões mais belas que se possam imaginar. Viajei muito, vi coisas maiores, mas não mais charmosas do que esse pequeno vilarejo, alegremente recostado aos pés da colina que o protege.

Madame Arnould ofereceu-nos um passeio de barco, o que Marguerite e Prudence aceitaram com alegria.

Sempre se associou o campo ao amor, e fez-se bem: nada enquadra a mulher amada como o céu azul, os perfumes, as flores, as brisas, a solidão resplandecente dos campos ou das florestas. Por mais que se ame uma mulher, não importa a confiança que se tenha nela, por mais certeza sobre o futuro que nos dê o seu passado, somos sempre mais ou menos ciumentos. Se já esteve apaixonado, seriamente apaixonado, deve ter experimentado aquela necessidade de isolar do mundo o ser no qual você gostaria de viver por inteiro. Parece que, por mais indiferente que ela seja àquilo que a cerca, a mulher amada perde seu perfume e sua unidade ao contato de homens e de coisas. E, eu sentia isso bem mais do que qualquer outro. Meu amor não era um amor comum: eu estava tão apaixonado quanto uma criatura comum pode estar, mas por Marguerite Gautier, o que quer dizer que em Paris, a cada passo, eu podia esbarrar em um homem que fora o amante dessa mulher – ou que seria, futuramente. Ao passo que no campo, em meio a pessoas que nunca havíamos visto e que não prestavam atenção em nós, no seio de uma natureza toda enfeitada pela primavera – esse perdão anual – e separada do barulho da cidade, eu podia esconder a minha amada e amar sem vergonha nem temor.

A cortesã desaparecia pouco a pouco. Eu tinha ao meu lado uma mulher jovem, bela, que eu amava e pela qual era amado, e que se chamava Marguerite: o passado não tinha mais forma alguma, nem o futuro tinha nuvens. O sol iluminava minha amante como teria iluminado a noiva mais casta. (Passeávamos os dois nesses locais charmosos que parecem feitos especialmente para lembrar os versos de Lamartine ou para cantar as canções de Scudo.) Marguerite usava um vestido branco, pendurava-se em meu braço, repetia-me à noite, sob o céu estrelado, as palavras que me havia dito na véspera, e o mundo continuava sua vida ao longe, sem manchar com sua sombra o sorridente quadro da nossa juventude e do nosso amor.

Eis o sonho que, através das folhas, trazia-me o sol ardente daquele dia, enquanto que, estendido sobre a grama da ilha onde aportáramos, livre de todos os elos humanos que antes o prendiam, eu deixava o meu pensamento correr e colher todas as esperanças que encontrasse.

Acrescente a isso que, do lugar onde eu me encontrava, eu enxergava, na margem, uma charmosa casinha de dois andares, com uma cerca semicircular. Através da cerca, em frente à casa, uma grama verde, homogênea como veludo e, atrás da construção, um pequeno bosque cheio de misteriosos refúgios e que deveria apagar a cada manhã, sob o seu musgo, a trilha feita na véspera.

Flores trepadeiras escondiam as escadarias daquela casa inabitada, que elas abraçavam até o segundo andar.

De tanto olhar aquela casa, terminei por convencer-me que ela me pertencia, tão bem resumia o sonho que eu acalentava. Nela eu via Marguerite e eu, de dia, no bosque que cobria a colina, de noite, sentados sobre a relva, e perguntava-me que criaturas terrestres teriam sido tão felizes quanto nós.

– Que casa linda! – disse-me Marguerite, que seguira a direção do meu olhar e talvez do meu pensamento.

– Onde? – perguntou Prudence.

– Lá embaixo – e Marguerite apontava com o dedo a casa em questão.

– Ah, encantadora! – replicou Prudence. – Agrada-lhe?

– Muito.

– Pois bem, diga ao duque para alugá-la para você. Ele a alugará, tenho certeza. Posso me encarregar disso, se quiser.

Marguerite olhou para mim, como que para me perguntar o que eu pensava a respeito.

Meu sonho desvanecera-se com as últimas palavras de Prudence e me jogara tão brutalmente na realidade que eu ainda estava aturdido pela queda.

– Realmente, é uma ideia excelente – balbuciei, sem saber o que dizia.

– Pois bem, vou tratar disso – Marguerite falou, apertando-me a mão e interpretando minhas palavras segundo seu desejo. – Vamos ver se ela está para alugar.

A casa estava vaga e para alugar, por dois mil francos.

– Você seria feliz aqui? – perguntou-me ela.

– Tenho o convite garantido?

– E por quem, então, eu viria me enterrar aqui, senão por você?

– Pois bem, Marguerite. Deixe-me alugar essa casa eu mesmo.

– Está louco? Não apenas é inútil como seria perigoso. Bem sabe que não tenho direito de aceitar isso a não ser de um só homem. Então, deixe estar, seu menino grande, e não diga nada.

– Quando eu tiver dois dias livres, virei passá-los com você – disse Prudence.

Deixamos a casa e retomamos a estrada para Paris, conversando sobre aquela nova resolução. Naquele momento eu tinha Marguerite nos braços, mas, ao descer do carro, eu começava a encarar o arranjo de minha amante com um espírito menos escrupuloso.

XVII

No dia seguinte, Marguerite mandou-me embora logo, dizendo que o duque iria chegar muito cedo e prometendo escrever-me assim que ele partisse, para me conceder o encontro de cada noite.

Com efeito, de dia recebi as seguintes palavras:

"Vou a Bougival com o duque. Esteja na casa de Prudence, esta noite, às oitos horas".

Na hora indicada, Marguerite estava de volta e vinha ao meu encontro na casa da madame Duvernoy.

– Pois bem, tudo está arranjado – declarou, ao entrar.

– A casa está alugada? – perguntou Prudence.

– Sim. Ele logo consentiu.

Eu não conhecia o duque, mas tinha vergonha de enganá-lo como eu o fazia.

– Mas isso não é tudo! – continuou Marguerite.

– O que há mais, então?

– Tratei da hospedagem de Armand.

– Na mesma casa? – Prudence perguntou, rindo.

– Não, mas no Point du Jour, onde almoçamos, o duque e eu. Enquanto ele olhava a vista, perguntei à madame Arnould, pois é assim que ela se chama, madame Arnould, não é mesmo?, perguntei-lhe se tinha um apartamento adequado. Ela tem um exatamente assim, com salão, antessala e quarto de dormir. É tudo o que é preciso, creio. Sessenta francos por mês. Tudo mobiliado de modo a distrair um hipocondríaco. Reservei as acomodações. Fiz bem?

Enlacei-me ao pescoço de Marguerite.

– Será encantador – continuou –, você terá uma chave da porta de trás, e prometi ao duque uma chave da cerca, que ele não vai perder, pois irá apenas de dia, quando for. Cá entre nós, acho que ele ficou encantado com esse capricho que me distancia de Paris durante algum tempo e que acalmará um pouco a sua família. Entretanto, ele me perguntou como é que eu, que amo tanto Paris, poderia decidir por me enterrar naquele interior. Respondi que eu estava com dores e que era para descansar. Não pareceu acreditar em mim. Aquele pobre velho está sempre desesperado. Tomaremos, então, muitas precauções, Armand, pois ele me fará vigiar, lá, e alugar uma casa para mim não é tudo, é preciso ainda que ele pague as minhas dívidas, e, infelizmente, tenho várias delas. Isso tudo lhe convém?

– Sim – respondi, tentando calar todos os escrúpulos que aquele modo de vida, de tempos em tempos, despertava em mim.

– Examinamos a casa em todos os seus detalhes: ficaremos acomodados às mil maravilhas. O duque preocupava-se com tudo. Ah, meu caro – acrescentou a louquinha, abraçando-me –, você não é infeliz: um milionário faz a sua cama.

– E quando você vai de muda? – perguntou Prudence.

– O quanto antes.

– Vai levar o seu carro e os cavalos?

– Levarei toda a minha casa. Você se encarregará do meu apartamento durante a minha ausência.

Oito dias depois, Marguerite tomara posse da casa de campo, e eu estava instalado no Point du Jour.

Então, teve início uma existência que eu teria dificuldade em descrever.

No início da sua estada em Bougival, Marguerite não conseguiu romper de todo com os seus hábitos, e, como a casa estava sempre em festa, todas suas amigas iam visitá-la. Durante um mês não passou um só dia sem que Marguerite tivesse oito ou dez pessoas à mesa. Prudence, por sua vez, levava todos os seus conhecidos e fazia-lhes todas as honras da casa, como se aquela casa lhe pertencesse.

O dinheiro do duque pagava por tudo aquilo, como acertadamente você está pensando, e, entretanto, acontecia de tempos em tempos de Prudence me pedir uma nota de mil francos, pretensamente em nome de Marguerite. Você sabe que eu fiz algum ganho no jogo. Apressava-me, então, a dar a Prudence o que Marguerite pedia através dela e, com o temor que precisasse mais do que eu tinha, vim a Paris pedir emprestada uma quantia igual àquela que eu já tomara antes emprestada, e a qual eu devolvera totalmente.

Eu encontrava-me, então, novamente rico com uma dezena de milhares de francos, sem contar minha pensão.

Porém, o prazer que Marguerite experimentava ao receber suas amigas se amainou um pouco frente às despesas que esse prazer acarretava e, sobretudo, frente à necessidade de às vezes me pedir dinheiro. O duque, que havia alugado aquela casa para que Marguerite lá descansasse, não aparecia mais, temendo encontrar sempre uma companhia alegre e numerosa demais, pela qual não queria ser visto. Isso se devia sobretudo ao fato de que, um dia, tendo viajado para cear a sós com Marguerite, ele aterrissou em meio a um almoço que ainda não havia terminado na hora em que ele contava se pôr à mesa para jantar. Quando, sem suspeitar de nada, ele abriu a porta da sala de jantar e um riso geral acolheu a sua entrada, ele foi obrigado a retirar-se bruscamente, frente à impertinente hilariedade das moças que lá se encontravam.

Marguerite levantou-se da mesa, procurou o duque no cômodo vizinho e tentou, tanto quanto possível, fazê-lo esquecer aquela aventura. Mas o velho, ferido em seu amor-próprio, guardara rancor: disse de modo bastante cruel à jovem que estava cansado de pagar as loucuras de uma mulher que sequer sabia fazer com que o respeitassem na casa dela e partiu, enraivecido.

Depois daquele dia, não mais ouvimos falar dele. Marguerite poderia muito bem mandar embora os seus convidados, alterar os seus hábitos, que o duque não daria sinal de vida. Eu conseguira com que minha amante me pertencesse completamente, e meu sonho se realizava, enfim. Marguerite não conseguia mais passar sem mim. Sem preocupar-se com o que resultaria disso, ela exibia publicamente nossa relação, e finalmente, eu não mais saía da sua casa. Os criados chamavam-me de senhor e encaravam-me, oficialmente, como o patrão.

Prudence bem que tentou, em relação a essa nova vida, dar uma lição de moral em Marguerite. Mas esta respondeu que me amava, que não podia viver sem mim e que, acontecesse o que acontecesse, não renunciaria à felicidade de me ter intermitentemente ao seu lado, acrescentando que todos aqueles a quem isto não agradasse estavam livres para não voltar.

Foi isso o que ouvi, em um dia em que Prudence falara a Marguerite que tinha algo de muito importante a dizer-lhe, quando escutei através da porta do quarto em que elas se haviam fechado.

Algum tempo depois, Prudence retornou.

Eu estava no fundo do jardim quando a vi entrar: ela não me viu. Eu suspeitava, pelo modo com que Marguerite se aproximou dela, que uma conversa semelhante àquela que eu já surpreendera iria acontecer novamente e quis ouvi-la, como à outra.

As duas mulheres foram para uma sala, e me pus a escutar.

– E então? – perguntou Marguerite.

– E então? Falei com o duque.

– E o que ele disse?

– Que perdoaria de bom grado a primeira cena, mas que ficou sabendo que você vive publicamente com o senhor Armand Duval e que isto ele não lhe perdoará. "Que Marguerite deixe esse jovem", disse-me ele, "e, como antigamente, lhe darei tudo o que ela quiser. Senão, ela terá de renunciar a me pedir o que seja."

– Você respondeu?

– Que comunicaria a você a decisão dele, e prometi-lhe que iria chamá-la à razão. Pense, minha querida, na posição que você perde e que Armand jamais poderá lhe fornecer. Ele a ama de todo o coração, mas não tem fortuna suficiente para financiar todas as suas necessidades, e um dia precisará deixá-la, quando será tarde demais e o duque não poderá fazer mais nada por você. Quer que eu fale com Armand?

Marguerite parecia pensar, pois não respondeu. O coração batia-me violentamente, à espera da sua resposta.

– Não – replicou. – Não deixarei Armand e não me esconderei para viver com ele. Talvez seja uma loucura, mas o amo, o que quer? E, além disso, agora ele se acostumou a me amar sem qualquer obstáculo. Sofreria demais se fosse forçado a me deixar, ainda que só uma hora por dia. Além disso, não tenho tanto tempo de vida para ser infeliz e fazer as vontades de um velhaco que me faz envelhecer apenas de enxergá-lo. Ele que guarde o seu dinheiro, viverei sem ele.

– Mas como vai fazer?

– Não faço a menor ideia.

Prudence sem dúvida iria responder alguma coisa, mas entrei bruscamente e corri para me jogar aos pés de Marguerite, cobrindo suas mãos de lágrimas vertidas pela alegria de ser amado daquele modo.

– Minha vida é sua, Marguerite, você não tem mais necessidade daquele homem. Não estou aqui? Por acaso eu a abandonaria? Como poderia eu retribuir a felicidade que você me dá? Sem mais amarras, minha Marguerite. Nós nos amamos, o que importa o resto?

– Oh, sim, te amo, meu Armand! – murmurou ela, enlaçando os dois braços ao redor de meu pescoço. – Te amo como jamais acreditaria ser capaz de amar. Seremos felizes, viveremos na tranquilidade e darei um adeus eterno a esta vida que agora me envergonha. Você jamais me criticará pelo passado, não é?

As lágrimas embargavam a minha voz. Fui capaz de responder apenas abraçando Marguerite contra o meu coração.

– Vamos – disse ela voltando-se para Prudence, e com uma voz emocionada. – Relate esta cena para o duque e acrescente que não precisamos dele.

A partir daquele dia, não se ouviu mais falar no duque. Marguerite não era mais a moça que eu conhecera. Evitava tudo o que pudesse vir a me lembrar a vida em meio à qual eu a encontrara. Jamais nenhuma mulher, nenhuma irmã teve por seu marido ou por seu irmão o amor e os cuidados que ela tinha para comigo. Aquela natureza frágil estava suscetível a todas as impressões, acessível a todos os sentimentos. Ela rompera com as suas amigas assim como com os seus hábitos, com a sua linguagem assim como com as suas despesas de outrora. Quando éramos vistos saindo de casa para fazer um passeio em um pequeno e charmoso barco que eu havia comprado, jamais se acreditaria que aquela mulher, usando um vestido branco, coberta por um grande chapéu de palha e levando nos braços uma simples peliça de seda que deveria resguardá-la do frescor da água, era aquela Marguerite Gautier que, quatro meses antes, causava furor com seus luxos e seus escândalos.

Ai de nós! Nos apressávamos em ser felizes, como se tivéssemos adivinhado que não o poderíamos ser durante muito tempo.

Ao cabo de dois meses, sequer havíamos ido a Paris. Ninguém viera nos ver, com exceção de Prudence e de Julie Duprat, de quem já falei e a quem Marguerite enviaria, mais tarde, o tocante relato que tenho aqui.

Passei dias inteiros aos pés de minha amada. Abríamos as janelas que davam para o jardim e, vendo o verão caindo alegremente sobre as flores que ele faz brotar, e à sombra das árvores, respirávamos, um ao lado do outro, esta vida verdadeira, que nem Marguerite nem eu havíamos compreendido até então.

Aquela mulher entusiasmava-se como uma criança pelas menores pequenas coisas. Havia dias em que corria pelo jardim, como uma menina de dez anos, atrás de uma borboleta ou de uma libélula azul. Aquela cortesã, que fizera gastar em buquês mais dinheiro do que seria necessário para toda uma família viver alegremente, sentava-se às vezes sobre a grama, durante uma hora, para examinar a simples flor cujo nome ela própria levava.

Foi naquela época que ela leu e releu *Manon Lescaut*. Surpreendi-a várias vezes tomando nota no livro: e dizia-me sempre que, quando uma mulher ama, ela não pode fazer o que fizera Manon.

Duas ou três vezes, o duque escreveu-lhe. Ela reconheceu a caligrafia e me deu as cartas, sem as ler.

Às vezes os termos daquelas cartas me faziam vir lágrimas aos olhos.

Ele acreditara que, fechando seu bolso a Marguerite, a atrairia de volta. Mas, quando viu a inutilidade daquela estratégia, não se conteve: escreveu, pedindo novamente, como outrora, a permissão de voltar, quaisquer que fossem as condições impostas a esse retorno.

Eu lera, então, aquelas cartas prementes e reiteradas e as rasgara, sem dizer a Marguerite o que continham e sem aconselhá-la a rever o velhote, ainda que um sentimento de piedade pela dor do pobre homem me comovesse. Mas temi que ela visse, em tal conselho, o desejo de fazê-lo assumir novamente os encargos pela casa – fazendo com que o duque retomasse suas antigas visitas. Eu temia, sobretudo, que ela me julgasse capaz de me eximir das responsabilidades de sua vida, com todas as consequências às quais seu amor por mim podia levá-la.

Disso resultou que o duque, sem receber qualquer resposta, cessou de escrever, e Marguerite e eu continuamos a viver juntos sem pensar no futuro.

XVIII

Fornecer detalhes sobre a nossa nova vida seria coisa difícil. Ela se compunha de uma série de criancices para nós encantadoras, mas insignificantes para aqueles a quem eu contasse. Você sabe o que é amar uma mulher, sabe como os dias ficam curtos e com qual preguiça amorosa nos deixamos ser levados ao amanhã. Certamente não ignora aquele esquecimento de todas as coisas, que nasce de um amor violento, confiante e partilhado. Todo ser que não é a mulher amada parece um ente inútil da criação. Nos arrependemos de já ter jogado migalhas de nosso coração a outras mulheres e não entrevemos a possibilidade de jamais apertar outra mão que não aquela que seguramos entre as nossas. O cérebro não admite nem trabalho, nem lembrança. Nada, enfim, daquilo que poderia distraí-lo do único pensamento que, sem cessar, lhe ofertamos. Cada dia descobrimos na amada um charme novo, uma voluptuosidade desconhecida.

A existência não é mais do que a realização reiterada de um desejo intermitente, a alma nada mais é do que a vestal encarregada de manter aceso o fogo sagrado do amor.

Frequentemente, chegada a noite, sentávamos sob o pequeno bosque que cercava a casa. Lá, escutávamos as alegres harmonias da noite, pensando, os dois, na hora próxima que nos deixaria, até o dia seguinte, nos braços um do outro. Outras vezes permanecíamos deitados durante todo o dia, sem deixar sequer o sol penetrar em nosso quarto. As cortinas ficavam hermeticamente fechadas, e o mundo externo parava um momento, para nós. Apenas Nanine tinha a permissão de abrir a porta, mas tão somente para trazer nossas refeições. E ainda as desfrutávamos sem nos levantar e interrompendo-as, incessantemente, com risos e folias. A isso sucedia um sono de alguns instantes, pois, desvanecendo em nosso amor, éramos como dois mergulhadores obstinados que apenas vêm à superfície para retomar fôlego.

Entretanto, eu me surpreendia com alguns momentos de tristeza e às vezes até mesmo de lágrimas, por parte de Marguerite. Perguntava-lhe de onde vinha aquela súbita amargura, e ela respondia:

– Nosso amor não é um amor comum, meu querido Armand. Você me ama como se eu jamais tivesse pertencido a alguém, e tremo à ideia de que mais tarde, se arrependendo do seu amor e vendo o meu passado como um crime, você me force a me jogar, novamente, na existência em meio à qual você me resgatou. Pense: agora que experimentei uma nova vida, eu morreria ao retomar àquela outra. Diga-me que não vai me deixar nunca!

– Eu juro!

A essas palavras, ela olhava-me como que para ler nos meus olhos se o meu juramento era sincero, então jogava-se nos meus braços e, escondendo a cabeça no meu peito, dizia-me:

– É que não sabe o quanto o amo!

Uma noite, estávamos debruçados sobre a sacada, olhando a lua, que parecia ter dificuldades para sair do seu leito de nuvens, e escutávamos o vento agitando intempestivamente as árvores. Estávamos de mãos dadas e havia um quarto de hora não falávamos, quando Marguerite disse-me:

– Eis aqui o inverno. Quer que partamos?

– E para onde?

– Para a Itália.

– Você está entediada, então?

– Temo o inverno. Temo, sobretudo, o nosso retorno a Paris.

– Por quê?

– Por várias coisas.

E continuou bruscamente, sem me fornecer as razões para os seus receios:

– Quer ir embora? Venderei tudo que tenho, iremos viver lá, nada me sobrará daquilo que eu era, ninguém saberá quem sou. Quer?

– Partamos, se isso lhe dá prazer, Marguerite. Vamos fazer uma viagem – disse-lhe –, mas onde está a necessidade de vender as coisas que vão deixá-la feliz ao serem encontradas, na volta? Não tenho fortuna para aceitar tal sacrifício, mas tenho o suficiente para que possamos viajar muito confortavelmente durante cinco ou seis meses, se isso vai diverti-la o mínimo que seja.

– Na verdade, não – continuou, abandonando a janela e indo sentar-se sobre o canapé, na parte ensombrecida do quarto. – Para que ir gastar dinheiro lá longe? Já custo o bastante para você aqui.

– Você está me censurando, Marguerite. Não é bondoso.

– Perdão, meu amigo – disse, estendendo a mão. – Este prenúncio de tempestade me faz mal aos nervos. Não digo o que quero dizer.

E, depois de me abraçar, caiu em um longo devaneio.

Cenas semelhantes aconteceram várias vezes, e, se eu ignorava o que as fazia nascer, tampouco deixava de surpreender, em Marguerite, um sentimento de inquietude pelo futuro. Ela não podia duvidar do meu coração, pois a cada dia o amor dentro dele aumentava, e, entretanto, eu a via frequentemente triste, sem que nunca me explicasse a causa daquelas tristezas, a não ser por alguma razão física.

Temendo que ela estivesse cansando de uma vida monótona demais, eu propunha voltarmos a Paris, mas ela sempre rejeitava essa proposta e assegurava-me não poder ser feliz em nenhum outro lugar do mesmo modo como era no campo.

Prudence visitáva-nos apenas raramente, mas, em compensação, escrevia cartas que eu jamais pedi para ver, ainda que, a cada vez, elas jogassem Marguerite em uma profunda preocupação. Eu não sabia o que pensar.

Um dia, Marguerite não saiu do quarto. Entrei. Ela escrevia.

– A quem está escrevendo? – perguntei-lhe.

– A Prudence. Quer que eu leia para você o que escrevo?

Eu tinha horror a tudo que pudesse parecer uma suspeita. Respondi, então, a Marguerite que eu não precisava saber o que ela estava escrevendo, e, entretanto – eu tinha a certeza disso – aquela carta teria revelado para mim a verdadeira causa de suas tristezas.

No dia seguinte, fazia um tempo magnífico. Marguerite me propôs irmos fazer um passeio de barco e visitarmos a ilha de Croissy. Parecia muito feliz. Eram cinco horas quando retornamos.

– Madame Duvernoy esteve aqui – disse Nanine ao nos ver entrar.

– Ela já foi embora? – perguntou Marguerite.

– Sim, no carro da senhora. Ela disse que assim estava combinado.

– Muito bem – disse Marguerite, positivamente. – Mande que nos sirvam.

Dois dias depois, chegou uma carta de Prudence, e durante quinze dias Marguerite pareceu ter rompido com as suas misteriosas melancolias, pelas quais não cessava de me pedir perdão, a partir do momento em que pararam de existir.

Porém, o carro não voltava nunca.

– Por que Prudence não devolve o seu cupê? – perguntei, um dia.

– Um dos dois cavalos está doente e há reparos a serem feitos no carro. É melhor que se trate disso enquanto ainda estamos aqui, onde não temos necessidade de condução, do que esperar por nosso regresso a Paris.

Prudence foi nos ver alguns dias depois e confirmou o que Marguerite dissera.

As duas mulheres passearam sozinhas no jardim e, quando fui me juntar a elas, mudaram de assunto.

À noite, ao ir embora, Prudence queixou-se do frio e pediu que Marguerite lhe emprestasse uma caxemira.

Um mês se passou assim, durante o qual Marguerite foi mais alegre e mais amável do que nunca.

Entretanto, o carro não foi devolvido, a caxemira não foi mandada de volta, tudo isso me deixava involuntariamente intrigado, e, como eu sabia em qual gaveta Marguerite colocava as cartas de Prudence, aproveitei um momento em que ela estava no jardim, ao longe, corri até aquela gaveta e tentei abri-la. Mas foi em vão: estava trancada.

Então, vasculhei aquelas gavetas nas quais se encontravam, normalmente, as bijuterias e os diamantes. Essas abriram-se facilmente, mas os estojos haviam desaparecido, com aquilo que continham, é claro.

Um temor pungente apertou-me o coração.

Eu ia exigir de Marguerite a verdade sobre aqueles desaparecimentos, mas ela certamente não a admitiria.

– Minha boa Marguerite – disse-lhe então –, venho pedir permissão para ir a Paris. Em minha casa não se sabe onde estou, e devem ter recebido cartas de meu pai. Ele se inquieta, sem dúvida alguma. É preciso responder-lhe.

– Vá, meu amigo – disse ela –, mas esteja aqui cedo.

Parti.

Corri diretamente à casa de Prudence.

– Vamos – disse-lhe, sem preâmbulos –, responda-me francamente: onde estão os cavalos de Marguerite?

– Foram vendidos.

– A caxemira?

– Vendida.

– Os diamantes?

– Empenhados.

– E quem os vendeu e empenhou?

– Eu.

– Por que não me avisou?

– Porque Marguerite proibiu-me de fazê-lo.

– E por que você não me pediu dinheiro?

– Porque ela não queria que eu o fizesse.

– E para que foi usado o dinheiro?

– Para dívidas.

– Ela deve muito, então?

– Uns trinta mil francos, ainda, mais ou menos. Ah, meu caro, eu bem que lhe avisei, não? Você não quis acreditar. Pois bem, agora, está convencido. O decorador contratado pelo duque foi mandado embora quando se apresentou na casa do velho, que escreveu-lhe no dia seguinte dizendo que nada faria pela senhorita Gautier. Esse homem exigiu, foram quitadas as contas, que são os vários milhares de francos que lhe pedi; depois, almas caridosas advertiram-no de que sua devedora, abandonada pelo duque, estava vivendo com um rapaz sem fortuna. Os outros credores foram igualmente avisados, exigiram o seu dinheiro e retomaram alguns bens. Marguerite quis vender tudo, mas já era tarde, e, aliás, eu teria sido contra. Era necessário pagar, e para não pedir dinheiro a você, ela vendeu os seus cavalos, as suas caxemiras e empenhou as suas joias. Quer ver os recibos dos compradores e os canhotos da casa de penhor?

E Prudence, abrindo uma gaveta, mostrava os papéis.

– Ah, você pensa – continuou, com aquela persistência da mulher que tem o direito de dizer “Eu tinha razão!” – que basta amar um ao outro e ir viver no campo uma vida pastoral e vaporosa? Não, meu amigo, não. Ao lado da vida ideal, há a vida material, e as resoluções mais castas são mantidas junto ao solo por fios ridículos, mas feitos de ferro, e que não se quebram assim tão facilmente. Se Marguerite não o traiu umas vinte vezes, é porque ela é de uma natureza excepcional. Não foi por falta de aconselhamento, pois me dava pena ver a pobre menina se desfazendo de tudo. Ela não quis! Respondeu que o amava e que não o trairia por nada no mundo. Tudo isso é muito bonito, muito poético, mas não é com essa moeda que se paga os credores, e hoje ela não pode sair dessa por menos de uns trinta mil francos, eu repito.

– Está bem, eu darei esta quantia.

– Vai pedir emprestado?

– Por Deus, sim.

– Vai fazer uma grande coisa: desentender-se com o seu pai, entravar os seus recursos, e não se encontra trinta mil francos assim, do dia para a noite. Creia-me, meu caro Armand, conheço as mulheres melhor do que você. Não faça esta loucura, da qual se arrependerá. Seja razoável. Não digo para deixar Marguerite, mas viva com ela como vivia no início do verão. Deixe ela encontrar um jeito de sair do apuro. O duque voltará a ela aos poucos. O conde de N..., se ela aceitá-lo, ele me dizia ainda ontem, lhe pagará todas as dívidas e lhe dará quatro ou cinco mil francos por mês. Ele tem duzentas mil libras de renda. Será uma estabilidade para ela, ao passo que você, você ainda terá, um dia, de deixá-la.

Não espere estar arruinado para fazê-lo, ainda mais que esse conde de N... é um imbecil e que nada impedirá você de ser amante de Marguerite. Ela vai chorar um pouco no começo, mas terminará por se acostumar, e um dia lhe agradecerá pelo que você fez. Imagine que Marguerite está casada e que esteja traindo o marido, eis tudo. Já lhe disse tudo isso uma vez. Só que, naquela época, não passava de um conselho, e hoje é quase uma necessidade.

Prudence tinha cruelmente razão.

– A verdade é que – continuou ela, fechando os papéis que acabara de mostrar – as mulheres da vida sempre preveem que vão ser amadas, jamais que irão amar, de outro modo guardariam algum dinheiro e, aos trinta anos, poderiam se dar o luxo de ter um amante sem receber nada em troca. Se eu tivesse sabido o que sei! Enfim, não diga nada a Marguerite e traga-a de volta a Paris. Você viveu quatro ou cinco meses sozinho com ela, é bem razoável. Feche os olhos, é tudo que lhe é pedido. Ao final de quinze dias, ela aceitará o conde de N..., economizará um pouco esse inverno e no próximo verão vocês recomeçarão. É assim que se faz, meu caro!

E Prudence parecia encantada com o conselho que eu rejeitava com indignação.

Não apenas o meu amor e a minha dignidade não me permitiam agir assim, mas, ainda, eu estava muito convencido de que, naquela altura, Marguerite preferiria morrer do que aceitar tal partilha.

– Chega de brincadeiras – falei a Prudence. – De quanto exatamente Marguerite necessita?

– Já disse, uns trinta mil francos.

– E para quando precisa esta quantia?

– Para daqui a menos de dois meses.

– Ela a terá.

Prudence deu de ombros.

– Entregarei o dinheiro a você – continuei –, mas vai me jurar que não dirá a Marguerite que eu dei o dinheiro.

– Fique tranquilo.

– E se ela lhe enviar outra coisa para vender ou empenhar, me avise.

– Não há esse perigo, ela não tem mais nada.

Primeiro passei em minha casa para ver se havia correspondência do meu pai.

Havia quatro cartas.

XIX

Nas três primeiras cartas, meu pai inquietava-se com o meu silêncio e perguntava qual a causa. Na última, dava-me a perceber que havia sido informado das mudanças em minha vida e anunciava a sua chegada para breve.

Sempre tive um grande respeito e uma sincera afeição pelo meu pai. Respondi-lhe, então, que uma pequena viagem fora a causa do meu silêncio e pedi que me avisasse do dia de sua chegada, a fim de que eu pudesse ir ao seu encontro.

Dei ao meu empregado o meu endereço no campo, recomendando-lhe que me levasse a primeira carta com o selo da cidade de C... e em seguida parti correndo para Bougival.

Marguerite esperava por mim no portão do jardim.

Seu olhar exprimia inquietude. Saltou-me ao pescoço e não pôde deixar de me dizer:

– Viu Prudence?

– Não.

– Ficou muito tempo em Paris?

– Encontrei algumas cartas de meu pai que precisei responder.

Alguns instantes depois, Nanine entrou, toda esbaforida. Marguerite levantou-se e foi falar-lhe baixinho.

Quando Nanine saiu, Marguerite me disse, tornando a sentar-se perto de mim e tomando a minha mão:

– Por que me enganou? Foi à casa de Prudence?

– Quem disse?

– Nanine.

– E como ela sabe?

– Ela seguiu você.

– Então, disse para ela me seguir?

– Sim. Pensei que era necessário um motivo muito forte para fazer você ir assim a Paris, você que há quatro meses não sai de perto de mim. Temi que uma infelicidade tivesse acontecido, ou que talvez você fosse se encontrar com outra mulher.

– Criança!

– Estou tranquila agora, sei o que você fez, mas não sei ainda o que lhe disseram.

Mostrei a Marguerite as cartas de meu pai.

– Não é isso que estou perguntando: o que eu gostaria de saber é por que foi à casa de Prudence.

– Para vê-la.

– Está mentindo, meu caro.

– Pois bem, fui perguntar se o cavalo estava melhor e se ela não precisava mais das suas caxemiras e das suas joias.

Marguerite enrubesceu, mas não respondeu.

– E – continuei – tomei conhecimento do uso que você fez dos seus cavalos, caxemiras e diamantes.

– Está bravo comigo?

– Estou bravo com você por não ter tido a ideia de me pedir aquilo que precisava.

– Em um relacionamento como o nosso, se a mulher tem ainda um pouco de dignidade, ela deve se impor todos os sacrifícios possíveis em vez de pedir dinheiro ao seu amante e dar uma conotação venal ao seu amor. Você me ama, eu tenho certeza, mas não sabe o quanto é tênue o fio que guarda no coração o amor que se tem por moças como eu. Quem sabe? Talvez, em um dia de brigas ou tédio, você enxergasse na nossa ligação um cálculo habilmente estabelecido! Prudence é uma fofoqueira. Eu por acaso precisava daqueles cavalos? Fiz uma economia ao vendê-los. Posso muito bem passar sem eles e não preciso gastar mais nada com eles. Que você me ame, é tudo o que eu peço, e me amará do mesmo modo sem cavalos, sem caxemira e sem diamantes.

Tudo isso era dito com um tom tão natural que, ao escutá-la, eu tinha lágrimas nos olhos.

– Mas, minha boa Marguerite – respondi, pressionando com amor as mãos de minha amada –, bem sabia que um dia eu ficaria sabendo desse sacrifício e que, no dia em que o descobrisse, eu não o suportaria.

– Por que isso?

– Porque, minha criança, não pretendo que a afeição que você quer ter por mim lhe prive de uma só joia que seja. Não quero, tampouco, que em um momento de briga ou de tédio você possa pensar que se vivesse com outro homem esses momentos não existiriam, e que se arrependa, ainda que por um só minuto, de viver comigo. Em alguns dias os seus cavalos, diamantes e caxemiras serão devolvidos. Eles são tão necessários a você quanto o ar à vida, e é talvez ridículo, mas eu gosto mais de você suntuosa do que simples.

– Então é porque não me ama mais.

– Tola!

– Se me amasse, deixaria que eu o amasse à minha maneira. Ao contrário: continua a ver em mim apenas uma moça a quem esse luxo é indispensável, e o qual crê sempre ter obrigação de pagar. Tem vergonha de aceitar provas do meu amor. Mesmo sem querer, pensa em me deixar um dia, e quer pôr a sua delicadeza a salvo de qualquer suspeita. Tem razão, meu amigo, mas esperei por coisa melhor.

E Marguerite fez um movimento para levantar-se. Retive-a, dizendo:

– Quero que você seja feliz, e que nada tenha a me censurar, eis tudo.

– E nós vamos nos separar!

– Por quê, Marguerite? Quem pode nos separar? – gritei.

– Você, que não quer me permitir compreender a sua posição e que tem a vaidade de querer sustentar a minha. Você, que, conservando para mim o luxo em meio ao qual vivi, quer conservar a distância moral que nos separa. Você, enfim, que não acredita que a minha afeição seja suficientemente desinteressada para partilhar comigo a fortuna que tem, com a qual poderíamos viver felizes juntos, e que prefere arruinar-se, escravo que é de um preconceito ridículo. Crê então que eu compare um carro e joias ao seu amor? Crê que a felicidade consiste para mim nas verdades com as quais nos contentamos quando não amamos nada, mas que tornam-se bem mesquinhas quando amamos? Pagará minhas dívidas, escoará a sua fortuna e, enfim, me sustentará! Quanto tempo durará tudo isso? Dois ou três meses, e então será tarde demais para tomar a vida que proponho, pois então aceitará tudo de mim, e é isso o que um homem honrado não pode fazer. Ao passo que agora tem oito ou dez mil francos de renda com os quais podemos viver. Venderei o supérfluo do que tenho e, com essa venda apenas, terei duas mil libras por ano. Alugaremos um pequeno e belo apartamento no qual moraremos todos os dois. No verão, viremos ao campo, não para uma casa como esta, mas para uma pequena casa suficiente para duas pessoas. Você é independente, eu sou livre, somos jovens, pelos céus!, Armand, não torne a me jogar na vida que outrora fui forçada a levar.

Eu não podia responder, lágrimas de reconhecimento e de amor inundavam meus olhos, e precipitei-me nos braços de Marguerite.

– Eu queria – ela retomou – preparar tudo sem nada dizer-lhe, pagar todas as minhas dívidas e mandar preparar meu novo apartamento. No mês de outubro, estaríamos de volta a Paris, e tudo teria sido dito. Mas, já que Prudence contou-lhe tudo, é preciso que consinta antes, em vez de consentir depois. Ama-me o suficiente para isso?

Era impossível resistir a tanto devotamento. Eu beijava as mãos de Marguerite com efusão e disse-lhe:

– Farei tudo que você quiser.

O que ela havia decidido estava então combinado.

A partir daí ela foi tomada por uma alegria louca: dançava, cantava, fazia uma festa a respeito da simplicidade do seu novo apartamento e me consultava sobre a localização e o bairro do mesmo.

Eu a via feliz e orgulhosa daquela resolução que parecia que iria nos aproximar definitivamente um do outro.

Por isso, eu não quis ficar para trás.

Em um instante, decidi minha vida. Averiguei a situação das minhas posses e confiei a Marguerite a renda que me vinha por parte de minha mãe, e que me pareceu bem insuficiente para recompensar o sacrifício que eu aceitava.

Restavam-me os cinco mil francos de pensão que meu pai me concedia, e, o que quer que acontecesse, com aquela pensão anual eu tinha o suficiente para viver.

Não falei a Marguerite sobre o que eu resolvera, convencido estava de que ela recusaria aquela doação.

Aquela renda provinha de uma hipoteca de sessenta mil francos sobre uma casa que eu jamais sequer vira. Tudo o que sabia era que a cada trimestre o notário de meu pai, velho amigo de nossa família, enviava-me setecentos e cinquenta francos contra um simples recibo meu.

No dia em que Marguerite e eu chegamos em Paris para procurar apartamentos, fui à casa do referido notário e perguntei-lhe como deveria proceder para fazer a transferência daquela renda a outra pessoa.

O bravo homem pensou que eu estivesse arruinado e me questionou sobre a causa daquela decisão. Ora, como seria necessário, mais cedo ou mais tarde, que eu lhe dissesse em favor de quem eu fazia aquela doação, preferi contar a verdade de uma vez.

Ele não me fez nenhuma das objeções que a sua posição de notário e de amigo o autorizava a fazer, e me assegurou que se encarregaria de arranjar tudo para o melhor.

Recomendei-lhe, naturalmente, a maior discrição em relação ao meu pai e fui juntar-me a Marguerite, que me esperava na casa de Julie Duprat, onde ela preferira descer, em vez de ir ouvir as lições de moral de Prudence.

Pusemo-nos à busca por apartamentos. Todos os que víamos, Marguerite os achava muito caros, e eu os achava muito simples. Entretanto, terminamos por concordar e paramos em um dos bairros mais tranquilos de Paris, em um pequeno pavilhão, isolado da casa principal.

Atrás desse pequeno pavilhão estendia-se um jardim encantador, jardim este que dele dependia, rodeado por muralhas elevadas o suficiente para nos separar de nossos vizinhos e suficientemente baixas para não atrapalhar a vista.

Era melhor do que havíamos esperado.

Enquanto eu iria à minha casa para desembaraçar-me do meu apartamento, Marguerite iria a um homem de negócios que, dizia ela, já fizera por uma de suas amigas o que ela pediria que fizesse por ela.

Veio encontrar-me na rua de Provence, encantada. O homem prometera-lhe pagar todas as suas dívidas, dar-lhe a quitação e enviar-lhe uns vinte mil francos por conta de todos os móveis.

Você bem viu, pelo preço ao qual chegou o leilão, que aquele homem honesto teria ganho mais de trinta mil francos em cima de sua cliente.

Voltamos a partir, felizes, para Bougival, continuando a falar de nossos projetos para o futuro que, graças à nossa despreocupação e sobretudo ao nosso amor, víamos sob as tintas as mais douradas.

Oito dias depois, estávamos almoçando, quando Nanine veio advertir-me que meu criado perguntava por mim.

Mandei que ele entrasse.

– Senhor – me disse –, seu pai chegou a Paris e pede que o senhor volte imediatamente para a sua casa, onde está ao seu aguardo.

Aquela notícia era a coisa mais simples do mundo, e, entretanto, ao ouvi-la, Marguerite e eu nos olhamos.

Adivinhávamos uma desgraça naquele incidente.

Assim, sem que ela me tivesse admitido aquela apreensão da qual eu partilhava, respondi, estendendo-lhe a mão:

– Não tema por nada.

– Volte o mais cedo que puder – murmurou Marguerite, me abraçando. – Vou esperá-lo na janela.

Mandei Joseph dizer ao meu pai que eu estava chegando.

De fato, duas horas depois, eu estava na rua de Provence.

XX

Meu pai, vestindo um roupão, estava sentado em minha sala e escrevia.

Compreendi logo, pelo modo como levantou os olhos para mim quando entrei, que trataríamos de assuntos sérios.

Entretanto, cumprimentei-o como se eu nada tivesse adivinhado em seu rosto e o abracei:

– Quando o senhor chegou, meu pai?

– Ontem à noite.

– Veio para a minha casa, como de hábito?

– Sim.

– Sinto não ter estado aqui para recebê-lo.

Eu pensava que dessas palavras surgiria a lição de moral que a feição fria de meu pai me prometia. Mas ele nada respondeu, selou a carta que acabara de escrever e a entregou a Joseph para que ele a colocasse no correio.

Quando nos encontramos sozinhos, meu pai levantou-se e me disse, encostando-se na chaminé:

– Precisamos, meu querido Armand, conversar sobre coisas sérias.

– Estou lhe ouvindo, meu pai.

– Promete ser franco?

– É o meu costume.

– É verdade que vive com uma mulher chamada Marguerite Gautier?

– Sim.

– Sabe o que essa mulher costumava ser?

– Uma moça da vida.

– É por ela que esqueceu de vir nos ver este ano, a sua irmã e a mim?

– Sim, meu pai, admito.

– Então, ama muito essa mulher.

– O senhor bem o vê, meu pai, pois ela me fez faltar a um dever sagrado, pelo que, hoje, lhe peço humildemente perdão.

Meu pai sem dúvida não esperava respostas tão categóricas, porque pareceu refletir um instante, após o que me disse:

– Você compreendeu, evidentemente, que não poderá viver assim para sempre?

– Assim o temi, meu pai, mas não o compreendi.

– Mas deveria ter compreendido – continuou meu pai com um tom um pouco mais seco – que eu não toleraria isso, não eu.

– Eu disse a mim mesmo que, contanto que eu não fizesse nada que fosse contrário ao respeito que devo ao seu nome e à probidade tradicional da família, eu poderia viver como vivo, o que me tranquilizou um pouco a respeito dos temores que eu tinha.

As paixões fortalecem-nos contra os sentimentos. Eu estava pronto para todas as lutas, mesmo contra o meu pai, para conservar Marguerite.

– Pois bem, é chegado o momento de viver de outro modo.

– Ah, e por que, meu pai?

– Porque você está no momento de fazer coisas que abençoem o respeito que você crê ter por sua família.

– Não entendo essas palavras.

– Eu as explicarei. Que você tenha uma amante, é muito normal. Que a pague como um homem elegante deve pagar o amor de uma moça da vida, nada pode ser melhor. Mas que por ela esqueça as coisas mais santas, que permita que os rumores da sua vida escandalosa cheguem aos confins da minha região e joguem a sombra de uma mácula sobre o nome honrável que lhe dei, eis o que não pode ser, eis o que não será.

– Permita que lhe diga, meu pai, que aqueles que o instruíram desse modo a meu respeito estavam mal-informados. Sou o amante da senhorita Gautier, vivo com ela, é a coisa mais simples do mundo. Não dou à senhorita Gautier o nome que recebi do senhor, gasto com ela apenas o que os meus meios permitem gastar, não fiz uma dívida sequer e não me coloquei em nenhuma daquelas situações que autorizam um pai a dizer ao filho o que o senhor acaba de me dizer.

– Um pai está sempre autorizado a resgatar o seu filho do mau caminho no qual o vê se engajar. Você ainda nada fez de errado, mas fará.

– Meu pai!

– Senhor, conheço a vida melhor que você. Sentimentos inteiramente puros existem apenas nas mulheres inteiramente castas. Toda Manon pode fazer um Des Grieux, e o tempo e os costumes mudaram. Seria inútil que o mundo envelhecesse se não fosse para se corrigir. Você deixará a sua amante.

– Fico aborrecido de desobedecê-lo, meu pai, mas é impossível.

– Obrigá-lo-ei.

– Infelizmente, meu pai, não existem mais as ilhas Sainte-Marguerite, para onde enviar cortesãs e, se ainda existissem, para lá eu seguiria a senhorita Gautier, se o senhor conseguisse que para lá ela fosse mandada. O que o senhor quer? Talvez eu esteja errado, mas só posso ser feliz na condição de permanecer o amante desta mulher.

– Vamos, Armand, abra os olhos, reconheça o seu pai, que sempre o amou e que apenas quer a sua felicidade. É honroso para você viver maritalmente com uma moça que todos possuíram?

– Que importa, meu pai, se ninguém mais a terá? O que importa, se essa moça me ama, se ela se regenera por causa do amor que tem por mim e pelo amor que tenho por ela? Que importa, enfim, se há o arrependimento?

– Ah! Acredita, então, que a missão de um homem honrado seja converter cortesãs? Acredita, então, que Deus deu esse objetivo grotesco à vida, e que o coração não precisa ter outro entusiasmo que não esse? Qual será a conclusão dessa cura maravilhosa, e o que você pensará daquilo que hoje diz quando tiver quarenta anos? Rirá do seu amor, se ainda lhe for permitido fazê-lo, se não tiver deixado marcas fundas demais em seu passado. O que seria de você a essa altura, se o seu pai tivesse tido as suas ideias e tivesse abandonado a vida dele a todos esses ventos de amor, em lugar de se estabelecer de modo inabalável sobre uma ideia de honra e lealdade? Reflita, Armand, e não diga mais tais bobagens. Vamos, deixará essa mulher, o seu pai lhe suplica.

Nada respondi.

– Armand – presseguiu meu pai –, pelo nome de sua santa mãe, acredite em mim: renuncie a esta vida que você vai esquecer mais rápido do que pensa, e à qual uma teoria impossível o acorrenta. Você tem vinte e quatro anos, pense no futuro. Não poderá amar sempre essa mulher, que tampouco o amará para sempre. Você está fechando as portas para a sua carreira. Um passo a mais e não poderá mais deixar o caminho em que se encontra e terá, por toda a sua vida, o arrependimento de sua juventude. Vá embora, venha passar um mês ou dois junto de sua irmã. O descanso e o amor devoto da família o curarão rapidamente dessa febre, pois nada mais é do que isso. Durante esse tempo, sua amante se consolará, aceitará um outro homem, e quando você vir por quem quase se desentendeu com seu pai e por quem quase perdeu sua afeição, me dirá que fiz bem em vir buscá-lo e me abençoará. Vamos, você virá embora, não é, Armand?

Eu sentia que meu pai tinha razão no tocante a todas as mulheres, mas eu estava convencido de que ele não tinha razão quanto a Marguerite. Entretanto, o tom com o qual ele me disse essas últimas palavras era tão doce, tão suplicante que não ousei responder-lhe.

– E então? – disse ele, com uma voz emocionada.

– E então, meu pai, nada posso prometer-lhe – falei, enfim. – Aquilo que o senhor me pede está acima das minhas forças. Acredite-me – continuei, vendo-o fazer um movimento de impaciência –, o senhor exagera os resultados desse relacionamento. Marguerite não é a moça que o senhor imagina. Esse amor, longe de jogar-me em um mau caminho, é capaz, ao contrário, de desenvolver em mim os mais honráveis sentimentos. O amor verdadeiro torna tudo melhor, seja qual for a mulher que o inspira. Se o senhor conhecesse Marguerite, compreenderia que não estou me expondo a nada. Ela é nobre como as mais nobres mulheres. Tanto quanto há de cupidez nas outras, nela há desinteresse.

– O que não a impede de aceitar toda a sua fortuna, pois os sessenta mil francos que você herdou da sua mãe, e que está dando a ela, são, lembre-se bem daquilo que lhe digo, sua única fortuna.

Meu pai havia, provavelmente, guardado essa peroração e essa ameaça como um último recurso.

Eu era mais forte frente a essas ameaças do que frente às suas súplicas.

– Quem disse ao senhor que eu abriria mão dessa quantia?

– O meu notário. Um homem honesto executaria tal ato sem me avisar? Pois bem, é para impedir a sua ruína por causa de uma moça que vim a Paris. Sua mãe, ao morrer, deixou-lhe algo com que viver de modo honrado e não com o que fazer caridade às suas amantes.

– Meu pai, juro para o senhor que Marguerite ignorava essa doação.

– E por que a faz, então?

– Porque Marguerite, essa mulher que o senhor calunia e quer que eu abandone, sacrifica tudo o que possui para viver comigo.

– E você aceita esse sacrifício? Que tipo de homem é, então, senhor, para permitir que uma senhorita Marguerite lhe sacrifique alguma coisa? Vamos, já basta. Você deixará essa mulher. Agora há pouco eu o suplicava, agora, o ordeno. Não quero sujeiras desse tipo na minha família. Faça suas malas e apronte-se para vir comigo.

– Perdoe-me, meu pai – falei então –, mas não irei.

– Por quê?

– Porque já tenho idade para não mais obedecer a uma ordem.

A essa resposta, meu pai empalideceu.

– Está bem, senhor – falou. – Sei o que me resta a fazer.

Tocou a campainha.

Joseph apareceu.

– Mande levar as minhas malas ao Hotel de Paris – disse ao meu criado. E, ao mesmo tempo, foi ao seu quarto, onde terminou de se vestir.

Quando reapareceu, fui ao seu encontro.

– O senhor me prometerá, meu pai – disse-lhe –, de nada fazer que possa ferir Marguerite?

Meu pai parou, olhando-me com desprezo, e contentou-se em me responder:

– Você está louco, creio.

E então saiu, fechando violentamente a porta atrás de si.

Quanto a mim, desci, tomei um cabriolé e parti para Bougival.

Marguerite esperava-me à janela.

XXI

– Finalmente! – gritou ela, saltando-me ao pescoço. – Aí está você! Como está pálido!

Contei-lhe, então, a cena com meu pai.

– Ah, meu Deus! Eu suspeitava – falou. – Quando Joseph veio anunciar a chegada do seu pai, arrepiei-me como à notícia de um desastre. Pobre querido! E sou eu que lhe causo todos esses desgostos. Talvez seja melhor me deixar do que se desentender com o seu pai. Entretanto, nada fiz a ele.

Vivemos bem tranquilos, e viveremos mais tranquilamente ainda. Ele bem sabe que é preciso que tenha uma amante, e deveria ficar feliz de que seja eu, pois te amo e não ambiciono nada além do que a sua posição permite. Disse a ele como planejamos o futuro?

– Sim, e foi isso o que mais lhe irritou, pois viu nessa determinação a prova do nosso amor mútuo.

– O que fazer, então?

– Permanecer juntos, minha boa Marguerite, e deixar passar essa tempestade.

– E ela passará?

– Será preciso que sim.

– Mas seu pai não se oporá?

– Que quer que ele faça?

– Sabe-se lá! Tudo o que um pai pode fazer para que seu filho lhe obedeça. Ele recordará a você minha vida passada e me dará talvez a honra de inventar alguma nova história para que você me abandone.

– Bem sabe que a amo.

– Sim, mas o que também sei é que se precisa mais cedo ou mais tarde obedecer ao pai, e você terminará, talvez, por se deixar convencer.

– Não, Marguerite, sou eu quem vai convencê-lo. São as fofocas de alguns amigos dele que causam tal cólera. Mas ele é bom, é justo, e voltará atrás quanto à sua primeira impressão. E, além do mais, o que me importa?

– Não diga isso. Armand, eu preferiria tudo a deixar que acreditem que faço você se desentender com a sua família. Deixe passar esta noite e amanhã volte a Paris. Seu pai terá refletido o ponto de vista dele, assim como você o seu, e talvez vocês se entendam melhor. Não fira os princípios dele, pareça fazer algumas concessões aos desejos dele. Pareça não fazer tanta questão de mim, e ele deixará as coisas como elas estão. Aguarde, meu amigo, e esteja bem certo de uma coisa: aconteça o que acontecer, a sua Marguerite será sempre sua.

– Jura?

– Preciso jurar?

Como é doce deixar-se persuadir por uma voz que amamos! Marguerite e eu passamos todo o dia a repetir para nós nossos projetos, como se tivéssemos compreendido a necessidade de realizá-los mais rápido. Esperávamos algum acontecimento a cada minuto, mas, felizmente, o dia passou sem trazer nada de novo.

No dia seguinte, parti às dez horas e cheguei ao hotel por volta do meio-dia.

Meu pai já havia saído.

Dirigi-me à minha casa, onde pensava que talvez ele tivesse estado. Ninguém estivera lá. Fui ao meu notário: ninguém.

Voltei ao hotel e esperei até as seis horas. O senhor Duval não retornou.

Encontrei Marguerite não mais esperando-me, como na véspera, mas sentada junto ao fogo, que exigia já a estação.

Estava bastante mergulhada em suas reflexões para deixar eu me aproximar da sua poltrona sem me ouvir e sem se voltar. Quando pousei meus lábios sobre o seu rosto, estremeceu como se o beijo a tivesse acordado em um sobressalto.

– Você me assustou – ela disse. – E seu pai?

– Não o vi. Não sei o que isso quer dizer. Não o encontrei no seu hotel, tampouco em nenhum dos lugares onde ele poderia estar.

– Vamos, será preciso tentar novamente amanhã.

– Bem que tenho vontade de esperar que ele procure por mim. Fiz, creio, tudo o que eu devia fazer.

– Não, meu caro, isso não basta. É preciso voltar a procurar o seu pai, amanhã sobretudo.

– Por que amanhã mais do que qualquer outro dia?

– Porque – disse Marguerite, que me pareceu enrubescer um pouco a essa pergunta –, porque a insistência da sua parte parecerá mais viva e daí nosso perdão resultará mais prontamente.

Todo o resto do dia, Marguerite esteve preocupada, distraída, triste. Eu era obrigado a repetir-lhe duas vezes o que eu dizia para obter uma resposta. Ela justificava a preocupação com os temores que lhe inspiraram quanto ao futuro os acontecimentos ocorridos havia dois dias.

Passei a noite a tranquilizá-la, e ela me fez partir no dia seguinte com uma inquietação insistente que eu não conseguia compreender.

Como na véspera, meu pai estava ausente. Mas, ao ir embora, ele me deixara a seguinte carta:

Se você vier me ver hoje, espere-me até as quatro horas. Se às quatro horas eu não estiver de volta, volte amanhã para almoçar comigo. Preciso falar-lhe.

Esperei até a hora indicada. Meu pai não apareceu. Fui embora.

Na véspera, eu havia encontrado Marguerite triste; naquele dia, encontrei-a febril e agitada. Ao me ver entrar, saltou ao meu pescoço, mas chorou longamente em meus braços.

Questionei-a sobre aquela dor súbita, cuja gravidade me alarmava. Ela não me forneceu nenhuma razão positiva, alegando tudo o que uma mulher pode alegar quando não quer responder a verdade.

Quando ela se acalmou um pouco, contei-lhe os resultados de minha viagem: mostrei-lhe a carta de meu pai, fazendo-a observar que a partir dela podíamos esperar pelo melhor.

À vista daquela carta e à reflexão que fiz, as suas lágrimas aumentaram a tal ponto que chamei Nanine e, temendo uma crise nervosa, colocamos na cama a pobre moça, que chorava sem dizer uma sílaba, mas que segurava as minhas mãos e as beijava a todo instante.

Perguntei a Nanine se, durante a minha ausência, sua patroa havia recebido alguma carta ou visita que pudesse motivar o estado em que eu a encontrava, mas Nanine respondeu que ninguém aparecera e que nada fora trazido.

No entanto, desde a véspera passava-se alguma coisa de muito inquietante, para que Marguerite o escondesse de mim.

Ela pareceu um pouco mais calma à noite e, fazendo-me sentar aos pés de sua cama, reafirmou-me a certeza do seu amor. Depois sorriu para mim, mas com esforço, pois, sem querer, seus olhos cobriam-se de lágrimas.

Empreguei todos os meios para fazê-la admitir a verdadeira causa daquela amargura, mas ela se obstinou a me dar sempre as vagas razões que já mencionei.

Terminou por adormecer em meus braços, mas naquele tipo de sono que alquebra o corpo em vez de repousá-lo: de tempos em tempos, ela gritava, acordava de sobressalto e, após certificar-se de que eu estava bem próximo a ela, fazia-me jurar amá-la para sempre.

Eu nada compreendia daquelas intermitências de dor que se prolongaram até a manhã. Marguerite caiu então em uma espécie de dormência. Fazia duas noites que ela não dormia.

Aquele repouso não durou muito.

Por volta das onze horas, Marguerite acordou e, vendo-me em pé, olhou ao redor de si, gritando:

– Então você já vai?

– Não – falei, tomando-lhe as mãos –, mas eu quis deixá-la dormir. Ainda é cedo.

– A que horas vai a Paris?

– Às quatro horas.

– Tão cedo? Até lá ficará comigo, não é?

– Sem dúvida. Não é esse o meu costume?

– Que felicidade! Vamos tomar café da manhã? – retomou, com um ar distraído.

– Se você quiser.

– E, depois, vai me abraçar até o momento de partir?

– Sim, e voltarei o mais cedo possível.

– Voltará? – disse ela, olhando-me com olhos assustados.

– Naturalmente.

– É verdade, voltará à noite, e eu o esperarei, como sempre, e você me amará, e seremos felizes como temos sido desde que nos conhecemos.

Todas essas palavras eram ditas com um tom tão entrecortado que pareciam ocultar um pensamento doloroso tão contínuo que eu temia, a cada instante, ver Marguerite cair em delírio.

– Escute – disse-lhe –, você está doente, não posso deixá-la assim. Vou escrever ao meu pai dizendo que não espere por mim.

– Não! Não! – gritou ela, bruscamente. – Não faça isso! Seu pai ainda me acusaria de impedir você de ir ter com ele quando ele quer vê-lo. Não, não, é preciso que você vá, é preciso! Aliás, não estou doente, sinto-me maravilhosamente bem. É que tive um sonho ruim e não estava bem acordada.

A partir daquele momento, Marguerite tentou parecer mais alegre. Não chorou mais.

Quando chegou a hora em que eu devia partir, beijei-a e perguntei se ela queria me acompanhar até o trem: esperava que a caminhada a distraísse e que o ar lhe fizesse bem.

Eu queria, sobretudo, ficar o máximo de tempo possível com ela.

Ela aceitou, pegou um casaco e me acompanhou, junto a Nanine, para não voltar sozinha.

Vinte vezes estive prestes a não partir. Mas a esperança de voltar rapidamente e o temor de novamente indispor o meu pai contra mim me mantiveram firme, e o comboio levou-me.

– Até a noite – falei a Marguerite, ao deixá-la.

Ela não me respondeu.

Uma vez ela já não respondera às mesmas palavras, e o conde de G..., vocês lembram, passou a noite na casa dela. Mas aquele tempo estava tão longe que parecia apagado da minha memória, e se eu temia alguma coisa, certamente não era que Marguerite me traísse.

Chegando a Paris, corri à casa de Prudence, pedi-lhe para ir ver Marguerite, esperando que sua verve e sua alegria a distraíssem.

Entrei sem me fazer anunciar e encontrei Prudence arrumando-se.

– Ah! – disse-me ela de um modo inquieto. – Marguerite está consigo?

– Não.

– Como vai ela?

– Está doente.

– Ela não virá?

– Deveria vir?

Madame Duvernoy enrubesceu e respondeu, com certo embaraço:

– Eu queria dizer: já que o senhor vem a Paris, ela não virá encontrá-lo?

– Não.

Observei Prudence: ela baixou os olhos, e em sua fisionomia pensei ler o temor de ver minha visita se prolongar.

– Eu vinha mesmo pedir-lhe, minha cara Prudence, se não tiver nada a fazer, para ir ver Marguerite esta noite. A senhora faria companhia a ela e poderia passar a noite lá. Nunca a vi do jeito que ela estava hoje e temo que ela vá cair doente.

– Almoçarei na cidade – respondeu-me Prudence – e não poderei ver Marguerite esta noite, mas a verei amanhã.

Despedi-me de madame Duvernoy, que me parecia quase tão preocupada quanto Marguerite, e dirigi-me ao meu pai, cujo primeiro olhar estudou-me com atenção.

Ele estendeu-me a mão.

– Suas duas visitas me alegraram, Armand – disse-me. – Elas me fizeram imaginar que você tivesse refletido sobre o seu ponto de vista, como eu refleti sobre o meu.

– Posso me permitir perguntar-lhe, meu pai, qual foi o resultado das suas reflexões?

– Foi, meu querido, que eu exagerei a importância dos relatos que me foram feitos e prometi a mim mesmo ser menos severo com você.

– O que diz, meu pai? – gritei com alegria.

– Digo, querido rapaz, que é preciso que todo jovem homem tenha uma amante e que, após novas informações, prefiro sabê-lo amante da senhorita Gautier do que de uma outra.

– Meu excelente pai! Como o senhor me deixa feliz!

Conversamos assim alguns instantes e depois nos colocamos à mesa. Meu pai foi encantador durante todo o tempo que durou o jantar.

Eu tinha pressa em voltar a Bougival para contar a Marguerite a feliz mudança. A cada instante, eu olhava o pêndulo.

– Você olha a hora – dizia o meu pai –, está impaciente por deixar-me. Oh, jovens! Sacrificaria, ainda, as afeições sinceras pelas afeiçoes duvidosas?

– Não diga isso, meu pai! Marguerite me ama, tenho certeza disso.

Meu pai não respondeu. Não parecia nem duvidar nem acreditar.

Insistiu muito em fazer com que eu passasse a tarde inteira com ele e para que eu partisse apenas no dia seguinte. Mas eu havia deixado Marguerite adoentada, disse-lhe, e pedi-lhe a permissão para ir encontrá-la cedo, prometendo voltar no dia seguinte.

O dia estava bonito. Ele quis me acompanhar até a estação. Nunca fui tão feliz. O futuro me aparecia assim como eu procurava vê-lo há muito tempo.

Amava meu pai mais do que jamais o amara.

No momento de partir, ele insistiu uma última vez para que eu ficasse. Recusei.

– Ama-a muito, então? – me perguntou.

– Loucamente.

– Vá, então! – e passou a mão sobre o seu rosto como se tivesse querido afugentar um pensamento, e então abriu a boca como que para dizer-me alguma coisa, mas contentou-se em apertar-me a mão e me deixou bruscamente, falando alto:

– Até amanhã, então!

XXII

A mim, parecia que o trem não andava.

Cheguei a Bougival às onze horas.

Nenhuma janela da casa estava iluminada, e bati sem que ninguém respondesse.

Era a primeira vez que algo assim me acontecia. Finalmente o jardineiro apareceu. Entrei.

Nanine veio até mim com uma luz. Fui até o quarto de Marguerite.

– Onde está a madame?

– A madame partiu para Paris – respondeu Nanine.

– Para Paris!

– Sim, senhor.

– Quando?

– Uma hora depois do senhor.

– Ela não deixou nada para mim?

– Nada.

Nanine retirou-se.

"É possível que ela tenha tido medo – pensei – e tenha ido a Paris para certificar-se de que a visita que eu dissera que iria fazer a meu pai não era um pretexto para um dia de liberdade. Talvez Prudence tenha lhe escrito por alguma razão importante", falei para mim mesmo quando encontrei-me só. Mas eu vira Prudence assim que chegara, e ela nada me dissera que pudesse fazer supor que tivesse escrito a Marguerite.

De repente, lembrei-me da seguinte pergunta que madame Duvernoy me fizera, "Então ela não virá hoje?", quando eu lhe disse que Marguerite estava doente. Lembrei ao mesmo tempo o ar embaraçado de Prudence, quando olhei-a, após aquela frase, que parecia trair um encontro marcado. Aquela recordação juntava-se à das lágrimas de Marguerite ao longo de todo o dia, lágrimas que o bom acolhimento de meu pai fizera-me esquecer um pouco.

A partir daquele momento, todos os incidentes do dia vieram agrupar-se em torno da minha primeira suspeita e fixaram-na tão solidamente em minha mente que tudo veio a confirmá-la, até mesmo a clemência paternal.

Marguerite havia quase exigido que eu fosse a Paris. Fingira calma quando eu propusera ficar junto a ela. Caíra eu em uma armadilha? Marguerite enganava-me? Teria ela pensado que estaria de volta a tempo para que eu não me apercebesse de sua ausência, e o acaso a retivera? Por que ela nada disse a Nanine, ou por que não me havia escrito? Que queriam dizer aquelas lágrimas, aquela ausência, aquele mistério?

Eis o que eu me perguntava com pavor, no meio daquele quarto vazio e com os olhos fixos no pêndulo que, marcando meia-noite, parecia dizer-me que era tarde demais para que eu esperasse ainda ver minha amada voltar.

Entretanto, depois das decisões que acabáramos de tomar, com o sacrifício oferecido e aceito, era possível que ela me traísse? Não. Tentei rejeitar minhas primeiras suposições.

"A pobre moça deve ter encontrado um comprador para a sua mobília e deve ter ido a Paris para fechar negócio. Não quis avisar-me, pois sabe que, ainda que eu a aceite, essa venda, necessária à nossa felicidade vindoura, é-me penosa, e terá temido ferir meu amor-próprio e minha delicadeza falando-me dela. Ela prefere aparecer quando tudo estiver concluído. Prudence evidentemente a esperava para isso e traiu-se na minha frente: Marguerite não terá podido terminar sua transação hoje e dorme em sua casa, ou talvez ela vá, até, chegar em seguida, pois deve imaginar a minha inquietação e certamente não quererá deixar-me nela. Mas, então, por que aquelas lágrimas? Sem dúvida, apesar do seu amor por mim, a pobre moça não terá conseguido se decidir, sem chorar, a abandonar o luxo em meio ao qual viveu até o presente e que sempre a fazia feliz e invejada."

Eu perdoava de bom grado esses arrependimentos de Marguerite. Esperava-a impacientemente para dizer-lhe, cobrindo-a de beijos, que eu adivinhara a causa de sua misteriosa ausência.

Porém, a noite avançava, e Marguerite não chegava.

A inquietação fechava pouco a pouco o seu cerco e me esmagava a mente e o coração. Talvez algo lhe tivesse acontecido! Talvez ela estivesse ferida, doente, morta! Talvez chegasse um mensageiro, anunciando-me algum acidente doloroso! Talvez o dia viesse a me encontrar na mesma incerteza e com os mesmos temores!

A ideia de que Marguerite traía-me enquanto eu a esperava em meio aos terrores que sua ausência me causava não mais me vinha à mente. Era preciso uma causa independente da sua vontade para retê-la longe de mim, e quanto mais eu pensava nisso, mais eu ficava convencido de que a causa só podia ser um acidente qualquer. Ó, vaidade do homem! Vós vos apresentais sob todas as formas.

Uma hora acabava de soar. Disse a mim mesmo que eu iria esperar ainda uma hora, mas que, às duas, se Marguerite não estivesse de volta, eu partiria para Paris.

Esperando, procurei um livro, pois não ousava pensar.

Manon Lescaut estava aberto sobre a mesa. Pareceu-me que em alguns lugares as páginas estavam umedecidas como que por lágrimas. Depois de folheá-lo, tornei a fechar o livro cujas palavras, através do véu de minhas dúvidas, pareciam-me vazias de sentido.

O tempo caminhava lentamente. O céu estava coberto, uma chuva de outono fustigava os vidros. A cama vazia parecia tomar, em certos momentos, o aspecto de uma tumba. Eu estava com medo.

Abri a porta. Eu escutava e não ouvia nada mais além do barulho do vento nas árvores. Nenhum carro passava pela rua. A meia hora soou tristemente no sino da igreja.

Eu chegara a temer que qualquer pessoa entrasse. Parecia-me que apenas uma infelicidade podia ir ao meu encontro àquela hora e naquela atmosfera sombria.

Duas horas soaram. Esperei ainda um pouco. Apenas o pêndulo perturbava o silêncio, com o seu ruído monótono e cadenciado.

Enfim deixei aquele quarto, cujos menores objetos haviam tomado aquele aspecto triste que dá a inquieta solidão do coração a tudo que lhe rodeia.

No quarto vizinho, encontrei Nanine, dormindo sobre seu trabalho de costura. Com o barulho da porta, acordou e perguntou-me se a sua patroa havia voltado.

– Não, mas se voltar, diga a ela que não consegui resistir à minha inquietação e que parti para Paris.

– A esta hora?

– Sim.

– Mas como? O senhor não encontrará um carro para lhe conduzir.

– Irei a pé.

– Mas está chovendo.

– E o que me importa?

– A patroa vai voltar ou, se não voltar, sempre haverá tempo, ao amanhecer, de ir ver o que a reteve. O senhor pode ser assassinado na estrada.

– Não há perigo, minha cara Nanine. Até amanhã.

A valorosa moça foi buscar-me o meu casaco, jogou-o sobre meus ombros, ofereceu-se para ir acordar a senhora Arnould e perguntar-lhe se era possível conseguir um carro. Mas me opus, convencido de que eu perderia, com tal tentativa, talvez infrutífera, mais tempo do que eu levaria para fazer metade do caminho.

E, além disso, eu sentia necessidade de ar e de uma fadiga física que esgotasse a excitação da qual eu era presa.

Peguei a chave do apartamento da rua d'Antin e, depois de despedir-me de Nanine, que me acompanhara até a cerca, parti.

Primeiro pus-me a correr, mas a terra fora molhada havia pouco, e eu me cansava duplamente. Ao fim de meia hora naquele ritmo, fui obrigado a parar. Estava todo suado. Retomei o fôlego e continuei o meu caminho. A noite estava tão espessa que eu tremia, a cada instante, à ideia de chocar-me contra uma das árvores da estrada, as quais, surgindo bruscamente diante dos meus olhos, assemelhavam-se a grandes fantasmas correndo em minha direção.

Encontrei uma ou duas carroças, que logo deixei para trás.

Uma caleche dirigia-se, a grandes trotes, para o lado de Bougival. No momento em que passava por mim, veio-me a esperança de que Marguerite estivesse dentro dela.

Parei, gritando:

– Marguerite! Marguerite!

Mas ninguém respondeu, e a caleche seguiu o seu caminho. Observei-a se distanciando e tornei a caminhar.

Levei duas horas para chegar à Étoile.

A vista de Paris me deu forças, e desci correndo a longa alameda que tantas vezes já havia percorrido.

Naquela noite, ninguém trafegava nela.

Dir-se-ia as calçadas de uma cidade-fantasma.

O dia começava a raiar.

Quando cheguei à rua d'Antin, a grande cidade já se movimentava um pouco, antes de acordar completamente.

Cinco horas soaram na igreja Saint-Roch, no momento em que eu adentrava a casa de Marguerite.

Falei meu nome ao porteiro, o qual havia recebido de mim moedas de vinte francos em número suficiente para saber que eu tinha o direito de vir às cinco horas à casa da senhorita Gautier.

Passei, então, sem obstáculos.

Poderia ter-lhe perguntado se Marguerite estava em casa, mas ele poderia dizer-me que não, e eu preferia ficar na dúvida por mais dois minutos, pois, duvidando, eu ainda tinha esperanças.

Encostei a orelha à porta, tentando surpreender algum barulho, algum movimento.

Nada. O silêncio do campo parecia estender-se até ali.

Abri a porta e entrei.

Todas as cortinas estava hermeticamente fechadas.

Puxei as da sala de jantar e dirigi-me para o quarto de dormir, empurrando-lhe a porta.

Saltei sobre o cordão da cortina e puxei-o violentamente.

As cortinas abriram-se, um dia fraco penetrou, corri à cama.

Estava vazia!

Abri as portas, umas após as outras, percorri todos os cômodos.

Ninguém.

Era enlouquecedor.

Passei ao quarto de banho, onde abri a janela e chamei por Prudence repetidas vezes.

A janela de madame Duvernoy permaneceu fechada.

Desci, então, até o porteiro, a quem perguntei se a senhorita Gautier estivera em casa durante o dia.

– Sim – respondeu-me aquele homem –, com a senhora Duvernoy.

– Ela nada deixou dito para mim?

– Nada.

– Sabe o que elas fizeram depois?

– Elas voltaram ao carro.

– Que tipo de carro?

– Um cupê particular.

O que tudo aquilo queria dizer?

Bati na porta vizinha.

– Onde vai, senhor? – perguntou-me o zelador, após ter aberto.

– À casa de madame Duvernoy.

– Ela não voltou.

– Tem certeza disso?

– Sim, senhor. Eis aqui uma carta que trouxeram para ela ontem à noite e que ainda não lhe entreguei.

E o zelador mostrou-me uma carta por sobre a qual joguei automaticamente os olhos.

Reconheci a caligrafia de Marguerite.

Peguei a carta.

O envelope trazia as seguintes palavras:

À Mme. Duvernoy, para entregar ao Sr. Duval

– Esta carta é para mim – disse ao zelador e mostrei-lhe o destinatário.

– É o senhor Duval? – replicou o homem.

– Sim.

– Ah, estou lhe reconhecendo, o senhor vem frequentemente à casa da madame Duvernoy.

Uma vez na rua, rompi o selo da carta.

Tivesse um raio caído aos meus pés, eu não teria ficado mais apavorado do que fiquei com aquela leitura.

À hora em que você estiver lendo esta carta, Armand, já serei a amante de outro homem. Tudo está terminado entre nós. Volte para junto do seu pai, meu caro amigo, vá rever a sua irmã, jovem moça casta, ignorante de todas as nossas misérias, e junto à qual você esquecerá bem rápido o que lhe terá feito sofrer aquela moça perdida que chamam Marguerite Gautier, que você bem quis amar um instante e que deve a você os únicos momentos felizes de uma vida que, ela espera, não será muito longa.

Quando li as últimas palavras, pensei que fosse ficar louco.

Por um momento, realmente tive medo de cair sobre o pavimento da rua. Uma névoa passava sobre os meus olhos e o sangue batia nas minhas têmporas.

Enfim me recompus um pouco, olhei ao redor, estupefato de ver a vida dos outros continuar, sem parar para olhar a minha infelicidade.

Eu não era forte o suficiente parar suportar sozinho o golpe que Marguerite me dava.

Então lembrei-me que meu pai estava na mesma cidade que eu, que em dez minutos eu poderia estar junto a ele e que, qualquer que fosse o motivo da minha dor, ele a partilharia.

Corri como um louco, como um ladrão, até o Hotel de Paris: encontrei a chave na porta do apartamento de meu pai. Entrei.

Ele estava lendo.

Frente à pouca surpresa que mostrou ao me ver chegar, dir-se-ia que me esperava.

Eu me precipitei em seus braços sem dizer-lhe uma palavra, dei-lhe a carta de Marguerite e, deixando-me cair frente à sua cama, chorei grossas e quentes lágrimas.

XXIII

Quando todas as coisas da vida retomaram seu curso, custou-me acreditar que o dia que se levantava não seria igual, para mim, àqueles que o haviam precedido. Havia momentos em que pensava que alguma circunstância, da qual eu não recordava, me fizera passar a noite longe de Marguerite, mas que, se eu retornasse a Bougival, a encontraria inquieta, como eu havia estado, e que ela me perguntaria o que me detivera assim longe dela.

(Quando a existência contrai um hábito como o do amor, parece impossível que esse hábito se rompa sem ao mesmo tempo quebrar todas as outras engrenagens da vida.)

Eu era então forçado a reler, de tempos em tempos, a carta de Marguerite, para convencer-me bem de que não havia sonhado.

Meu corpo, sucumbindo ao abalo moral, era incapaz de qualquer movimento. A inquietação, a caminhada à noite, a notícia da manhã me haviam esgotado. Meu pai aproveitou aquela prostração total das minhas forças para extrair de mim a promessa formal de partir com ele.

Prometi tudo o que ele quis. Eu estava incapacitado de sustentar uma discussão e tinha necessidade de uma afeição real para me ajudar a viver depois do que acabara de se passar.

Fiquei muito feliz em ver que meu pai estava disposto a me consolar de uma tristeza tamanha.

Tudo o que lembro é que, naquele dia, por volta das cinco horas, ele me fez subir, em sua companhia, em uma carruagem de posta. Sem nada dizer-me, mandara preparar minhas malas, colocá-las com as suas atrás do carro, e levava-me embora.

Só percebi o que estava fazendo quando a cidade desapareceu e a solidão da estrada recordou-me o vazio do meu coração.

As lágrimas, então, levaram a melhor.

Meu pai compreendera que palavras, ainda que vindas dele, não me consolariam, e deixava-me chorar sem nada me dizer, contentando-se, às vezes, em apertar minha mão, como para lembrar que eu tinha um amigo ao meu lado.

À noite, dormi um pouco. Sonhei com Marguerite.

Acordei de sobressalto, não entendendo por que estava em um carro.

Então a realidade me voltou à mente e deixei a minha cabeça cair sobre o meu peito.

Não ousava conversar com meu pai. Temia que ele dissesse: "Você vê como eu tinha razão quando reprovava o amor daquela mulher".

Mas ele não abusou da sua vantagem, e chegamos a C... sem que ele me tivesse dito outra coisa além de palavras totalmente alheias ao acontecimento que me fizera partir.

Quando abracei minha irmã, lembrei-me das palavras da carta de Marguerite a ela concernentes, mas compreendi logo que, por mais bondosa que ela fosse, minha irmã seria insuficiente para fazer-me esquecer Marguerite.

A temporada de caça fora aberta. Meu pai pensou que seria uma distração para mim. Organizou então caçadas com seus vizinhos e amigos. Eu participava sem repugnância, assim como sem entusiasmo, com aquele tipo de apatia que era característico de todas minhas ações desde a minha partida.

Caçávamos batendo o mato para levantar as presas. Colocavam-me em meu lugar. Eu pousava o fuzil desengatilhado ao meu lado e devaneava.

Olhava as nuvens passarem. Deixava meu pensamento errar nas planícies solitárias e, de tempos em tempos, ouvia-me chamar por algum caçador que mostrava uma lebre a dez passos de mim.

Nenhum desses detalhes fugia ao meu pai, e ele não se deixava enganar pela minha calma exterior. Ele compreendia bem que, por mais abatido que estivesse, meu coração teria algum dia uma reação terrível, perigosa talvez. Fazia o possível para distrair-me.

Minha irmã, naturalmente, não estava a par de todos os acontecimentos. Ela não conseguia entender, então, por que eu, outrora tão alegre, tornara-me, repentinamente, tão distante e tão triste.

Às vezes, surpreendido em meio à minha tristeza pelo olhar inquieto de meu pai, eu estendia-lhe a mão e apertava a sua como para pedir-lhe tacitamente perdão pelo mal que, sem querer, eu lhe causava.

Um mês se passou assim, mas foi tudo o que consegui suportar.

A lembrança de Marguerite perseguia-me sem parar. Eu amara demasiado e ainda amava demais aquela mulher para que ela pudesse, de súbito, tornar-se indiferente para mim. Era preciso, sobretudo, qualquer que fosse o sentimento que eu tinha por ela, que eu voltasse a vê-la, e isso o mais rápido possível.

Esse desejo penetrou na minha mente e lá fixou-se com toda a violência da vontade que reaparece, enfim, em um corpo inerte há muito.

Não era no futuro, em um mês, em oito dias que Marguerite me era necessária. Tratava-se do dia seguinte ao dia em que eu tivera a ideia. E fui dizer ao meu pai que iria deixá-lo para negócios que chamavam-me de volta a Paris, mas que retornaria em breve.

Ele adivinhou sem dúvida o motivo que me fazia partir, pois insistiu para que eu ficasse. Porém, vendo que a não realização daquele desejo, no terrível estado em que eu me encontrava, poderia ter consequências fatais para mim, abraçou-me e rogou, quase às lágrimas, que eu voltasse em seguida para junto dele.

Não dormi até chegar a Paris.

Uma vez lá, o que eu faria? Eu o ignorava. Mas era preciso antes de tudo que eu me ocupasse de Marguerite.

Fui à minha casa vestir-me e, como o dia estava bonito e como ainda havia tempo, dirigi-me à Champs-Élysées.

Após meia hora, avistei vindo ao longe, da rótula à praça da Concorde, o carro de Marguerite.

Ela recuperara seus cavalos, pois o carro estava tal como antes. Apenas, não se encontrava dentro dele.

Mal havia me dado conta dessa ausência, passando os olhos ao meu redor, vi Marguerite, que descia a pé, acompanhada de uma mulher que eu jamais vira antes.

Ao passar ao meu lado, ela empalideceu e um sorriso nervoso crispou-lhe os lábios. Quanto a mim, um violento batimento de coração desestabilizou-me o peito. Mas consegui dar uma expressão fria ao meu rosto e saudei friamente minha antiga amante, que voltou quase que imediatamente para o seu carro, ao qual subiu, com sua amiga.

Eu conhecia Marguerite. O encontro inesperado devia tê-la abalado. Sem dúvida, tomara conhecimento da minha partida ao interior do país, que tranquilizara-a sobre o prosseguimento da nossa ruptura. Mas, vendo-me de volta e encontrando-se face a face comigo, pálido como eu estava, ela compreendeu que meu retorno tinha uma meta, e devia estar se perguntando o que iria acontecer.

Se Marguerite tivesse me parecido infeliz, se, para vingar-me dela, eu tivesse podido ir em seu socorro, talvez a perdoasse e certamente não teria sonhado em fazer-lhe mal. Mas eu a encontrava feliz – na aparência, pelo menos. Um outro concedera-lhe o luxo que eu não havia podido garantir. Nosso rompimento, vindo dela, tomava, consequentemente, ares do mais baixo interesse. Eu estava ferido em meu amor-próprio assim como em meu amor. Era necessário que ela pagasse por aquilo que eu havia sofrido.

Eu não podia ser indiferente ao que fazia aquela mulher. Consequentemente, o que devia fazer-lhe mais mal era a minha indiferença. Era, então, esse o sentimento que era necessário fingir, não apenas aos seus olhos, mas aos olhos de outros.

Tentei fazer-me sorridente e me dirigi à casa de Prudence.

A empregada foi anunciar-me e me fez esperar alguns instantes no salão.

Madame Duvernoy apareceu, enfim, e me introduziu na sua sala de estar íntima. No momento em que me sentava, ouvi abrir a porta da sala principal e um passo leve fez ranger o assoalho, e então a porta do vestíbulo foi fechada violentamente.

– Eu a incomodo? – perguntei a Prudence.

– De modo algum. Marguerite estava aqui. Quando ela ouviu o senhor ser anunciado, fugiu: é ela quem acaba de sair.

– Causo medo a ela, agora?

– Não, mas ela teme que revê-la seja desagradável para o senhor.

– Por quê? – exclamei, fazendo um esforço para respirar livremente, pois a emoção sufocava-me. – A pobre moça deixou-me para reaver seu carro, seus móveis e seus diamantes. Ela fez bem, e não devo querer-lhe mal por isso. Encontrei-a hoje – continuei, negligentemente.

– Onde? – perguntou Prudence, que me observava e parecia se perguntar se aquele homem era o mesmo que ela conhecera tão apaixonado.

– Na Champs-Élysées. Ela estava com uma outra mulher muito bonita. Quem é aquela mulher?

– Como ela é?

– Uma loira, pequena, usando luvas tipo inglesa. Olhos azuis, muito elegante.

– Ah, é Olympe. Uma moça muito bonita, realmente.

– Com quem ela vive?

– Com ninguém, com todo mundo.

– E mora onde?

– Na rua Tronchet, número... Ah, então quer cortejá-la?

– Nunca se sabe o que pode acontecer.

– E Marguerite?

– Dizer que absolutamente não penso mais nela seria mentir. Mas sou daquele tipo de homem para quem o modo de romper significa muito. Ora, Marguerite mandou-me embora de um modo tão leviano, que me achei muito tolo de ter sido apaixonado como o fui, pois estive realmente muito apaixonado por essa moça.

Você adivinhará com que tom eu tentava dizer essas coisas: o suor corria-me sobre a testa.

– Ela amava-o muito, e ainda o ama. A prova é que, após tê-lo encontrado hoje, ela veio em seguida confidenciar-me sobre o encontro. Quando chegou, tremia inteiramente, quase a ponto de passar mal.

– Pois bem, o que ela lhe disse?

– Ela me disse: "Sem dúvida ele virá vê-la", e rogou-me que eu implorasse ao senhor por perdão.

– Eu a perdoei, pode dizer-lhe. É uma boa moça, mas uma moça da vida, e o que ela me fez, eu bem que deveria ter esperado. Sou-lhe grato pela decisão dela, pois hoje pergunto-me onde nos teria levado a minha ideia de viver realmente com ela. Era loucura.

– Ela ficará contente ao saber que o senhor compreendeu a necessidade em que ela se encontrava. Era tempo que ela o deixasse, meu caro. O canalha do negociante a quem ela havia proposto vender seu mobiliário foi procurar seus credores para perguntar-lhes quanto ela devia. Esses ficaram com medo e iam executá-la em dois dias.

– E agora, está tudo pago?

– Praticamente.

– E quem forneceu o capital?

– O conde de N... Ah, meu caro! Há homens que são feitos especialmente para isso. Em resumo, ele deu vinte mil francos, mas esgotou suas possibilidades. Ele bem sabe que Marguerite não gosta dele, o que não o impede de ser muito gentil com ela. O senhor viu, ele comprou-lhe de volta os cavalos, tirou do penhor as joias dela e dá-lhe tanto dinheiro quanto o duque fazia. Se ela quer viver tranquilamente, esse homem ficará com ela por muito tempo.

– E o que ela tem feito? Está morando em Paris?

– Ela não quis mais voltar a Bougival depois que o senhor partiu. Eu é que fui lá buscar as suas coisas, e mesmo as do senhor, com as quais fiz um pacote que o senhor mandará buscar aqui. Lá está tudo, exceto uma pequena carteira com as suas iniciais. Marguerite quis ficar com ela e levou-a para casa. Se faz questão, pedirei de volta.

– Que fique com ela – balbuciei, pois sentia as lágrimas subirem do meu coração aos meus olhos à lembrança daquele vilarejo onde eu fora tão feliz e à ideia de que Marguerite quisesse guardar uma coisa que vinha de mim e que fazia com que me recordasse.

Se ela tivesse entrado naquele momento, minhas resoluções de vingança teriam desaparecido, e eu cairia aos seus pés.

– De resto – retomou Prudence –, nunca a vi do jeito que está agora: quase não dorme mais, vai a todos os bailes, ceia, chega a se embriagar. Recentemente, depois de um jantar, ficou oito dias de cama. E quando o médico permitiu que se levantasse, recomeçou tudo, sob risco de morrer. O senhor poderia visitá-la?

– Para quê? Vim vê-la, a senhora, porque sempre foi bondosa comigo e porque eu lhe conhecia antes de conhecer

Marguerite. É à senhora que devo ter sido o amante dela, como é à senhora que devo não mais sê-lo, não é mesmo?

– Ah, fiz tudo o que pude para que ela o deixasse e creio que, mais tarde, o senhor não me quererá mal por isso.

– Tenho por si dupla gratidão – acrescentei, levantando-me, pois eu tinha desprezo por aquela mulher, vendo-a levando a sério tudo o que eu dizia.

– Vai embora?

– Sim.

Eu já sabia o suficiente.

– Quando nos veremos?

– Em breve. Adeus.

– Adeus.

Prudence conduziu-me até a porta, e voltei para casa com lágrimas de raiva nos olhos e uma necessidade de vingança no coração.

De modo que Marguerite era decididamente uma moça como as outras: assim, aquele amor profundo que tinha por mim não lutara contra o desejo de retomar a sua vida passada e contra a necessidade de ter um carro e fazer orgias.

Eis o que eu me dizia em meio às minhas insônias, ao passo que, se eu tivesse refletido tão friamente quanto eu fingia fazê-lo, eu veria naquela nova existência agitada de Marguerite a sua tentativa de calar um pensamento insistente, uma lembrança incessante.

Infelizmente, a paixão negativa dominava-me, e eu não buscava nada além de um modo de torturar aquela pobre criatura.

Oh! O homem é bem pequeno e bem vil quando uma de suas estreitas paixões é ferida.

Aquela Olympe, com quem a tinha visto, era, senão amiga de Marguerite, pelo menos quem ela mais frequentava desde o seu retorno a Paris. Olympe daria um baile, e, como eu supunha que Marguerite estaria lá, procurei ser convidado, e o consegui.

Quando, cheio das minhas dolorosas emoções, cheguei naquele baile, ele já estava bem animado. Dançavam, gritavam até, e, em uma das quadrilhas, percebi Marguerite dançando com o conde de N..., o qual parecia muito orgulhoso de ostentá-la e parecia dizer a todo mundo: "Esta mulher é minha!".

Fui me encostar na chaminé, bem de frente a Marguerite, e olhei-a dançar. Perturbou-se, tão logo me viu. Fiz uma saudação distraída, com as mãos e os olhos.

Quando eu pensava que, depois daquele baile, não seria mais comigo, mas com aquele rico imbecil que ela iria embora, quando eu imaginava o que provavelmente aconteceria em seguida à volta dos dois à casa dela, o sangue me subia ao rosto, e me vinha a necessidade de perturbar-lhes o namoro.

Após a contradança, fui comprimentar a dona da casa, que expunha aos olhos dos convidados ombros magníficos e metade de um colo deslumbrante.

Era uma bela moça e, do ponto de vista das formas, mais bela que Marguerite. Compreendi-o melhor ainda devido a alguns olhares que esta jogava para Olympe enquanto conversávamos. O homem que fosse o amante daquela mulher poderia orgulhar-se tanto quanto o senhor de N..., e ela era bela o suficiente para inspirar uma paixão igual àquela que Marguerite me havia inspirado.

Ela não tinha, então, nenhum amante. Não seria difícil tornar-me eu esse amante. Bastava mostrar ouro o suficiente para se fazer olhar.

Minha decisão foi tomada. Aquela mulher seria minha amante.

Iniciei meu papel de pretendente dançando com Olympe.

Cerca de meia hora depois, Marguerite, pálida como uma morta, colocava sua peliça e deixava o baile.

XXIV

Já era alguma coisa, mas não era tudo. Eu compreendia o domínio que eu tinha sobre aquela mulher e disso abusei largamente.

Quando penso que ela agora está morta, pergunto-me se Deus jamais me perdoará o mal que fiz.

Depois da ceia, que foi das mais agitadas, pusemo-nos a jogar.

Sentei-me ao lado de Olympe e apostei meu dinheiro com tanta audácia que ela não podia deixar de repará-lo. Em um instante, ganhei cento e cinquenta ou duzentos luíses, que espalhei à minha frente e sobre os quais ela fixou uns olhos ardentes.

Eu era o único que não estava completamente preocupado com o jogo e que dava atenção a ela. Todo o resto da noite eu ganhei, e fui eu que lhe dei dinheiro para jogar, pois ela perdera tudo o que tinha à sua frente e provavelmente em toda a sua casa.

Às cinco horas da manhã, as pessoas partiram.

Eu ganhei trezentos luíses.

Todos os jogadores já estavam lá embaixo, apenas eu havia ficado para trás sem que ninguém disso se apercebesse, pois eu não era amigo de nenhum daqueles senhores.

A própria Olympe iluminava a escada, e eu ia descer, como os outros, quando, voltando-me para ela, disse-lhe:

– Preciso falar com a senhora.

– Amanhã – falou.

– Não, agora.

– O que o senhor tem a me dizer?

– A senhora verá.

E entrei nos aposentos.

– A senhora perdeu – disse-lhe.

– Sim.

– Tudo o que tinha em sua casa?

Ela hesitou.

– Seja franca.

– Pois bem, é verdade.

– Ganhei trezentos luíses. Aqui estão, se quiser que eu fique aqui.

Nesse mesmo instante, joguei o ouro sobre a mesa.

– E por que essa proposta?

– Porque a amo, ora!

– Não, mas porque o senhor é apaixonado por Marguerite e quer vingar-se dela tornando-se meu amante. Não se engana assim uma mulher como eu, meu caro. Infelizmente, sou ainda muito jovem e muito bela para aceitar o papel que me propõe.

– De modo que o recusa?

– Sim.

– Então, a senhora prefere me amar por nada? Então seria eu que não aceitaria. Reflita, minha cara Olympe. Tivesse eu mandado uma pessoa qualquer oferecer-lhe esses trezentos luíses de minha parte sob as condições que estabeleço, a senhora teria aceito. Preferi tratar diretamente consigo. Aceite sem buscar as causas que me fazem agir: pense que a senhora é bela e que nada há de supreendente que eu esteja apaixonado por si.

Marguerite era uma mulher da vida como Olympe, e, entretanto, eu jamais teria ousado dizer-lhe, na primeira vez em que a conheci, o que eu acabara de dizer àquela mulher. É que eu amava Marguerite, havia adivinhado nela instintos que faltavam àquela outra criatura e, no momento mesmo em que eu propunha aquele negócio, apesar de sua extrema beleza, aquela com quem eu iria fechá-lo enojava-me.

Ela terminou por aceitar, é claro, e, ao meio-dia, saí de sua casa como seu amante. Mas deixei a cama dela sem trazer junto a lembrança dos carinhos e das palavras de amor que ela pensou ser obrigada a prodigar pelos seis mil francos que eu lhe deixava.

E, no entanto, chegaram a se arruinar por aquela mulher.

A partir daquele dia, fiz Marguerite sofrer uma perseguição incessante. Olympe e ela pararam de ver-se, você facilmente compreende por quê. Eu dei à minha nova amante um carro, joias; eu jogava; cometi, enfim, todas as loucuras próprias a um homem apaixonado por uma mulher como Olympe. Os boatos de minha nova paixão espalharam-se rapidamente.

A própria Prudence deixou-se enganar e terminou por crer que eu havia esquecido Marguerite completamente. Esta, fosse porque adivinhara o motivo que me fazia agir, fosse porque se enganava como os outros, respondia com grande dignidade às feridas que eu lhe infligia todos os dias. Só que ela parecia estar sofrendo, pois por toda parte onde eu a encontrava, via-a cada vez mais e mais pálida, mais e mais triste. Meu amor por ela, exaltado a tal ponto que parecia ter se transformado em raiva, regojizava-se à visão daquela dor cotidiana. Várias vezes, em circunstâncias nas quais fui de uma crueldade infame, Marguerite erguia-me olhares tão suplicantes que eu enrubescia pelo papel que havia assumido e ficava prestes a pedir-lhe perdão.

Mas esses arrependimentos tinham a duração de um raio, e Olympe, que acabara colocando qualquer tipo de amor-próprio de lado e que entendera que fazendo mal à Marguerite obteria de mim o que quisesse, incitava-me sem parar contra esta e a insultava cada vez que tinha oportunidade, com aquela persistência covarde da mulher autorizada por um homem.

Marguerite terminara por não mais ir nem a bailes nem a espetáculos, de temor de lá nos encontrar, Olympe e eu. Então as cartas anônimas sucederam às impertinências diretas, e não havia qualquer coisa vergonhosa que eu não empenhasse minha amante a contar e que eu mesmo não contasse a respeito de Marguerite.

Era preciso ser louco para chegar naquele ponto. Eu era como um homem que, embriagado com um vinho de má qualidade, cai em uma daquelas crises nervosas em que a mão é capaz de um crime sem que o pensamento sirva para alguma coisa. Em meio a tudo aquilo, a dignidade desprovida de desprezo com a qual Marguerite respondia a todos meus ataques e que, aos meus próprios olhos, faziam-na superior a mim, irritavam-me mais ainda contra ela.

Uma noite, Olympe fora não sei onde e lá encontrou Marguerite, que dessa vez não poupou a moça que a insultava, a ponto de esta última ser forçada a ceder o lugar. Olympe voltou para casa furiosa, e Marguerite foi levada embora desmaiada.

Em casa, Olympe contou-me o que havia acontecido. Disse que Marguerite, vendo-a sozinha, quis se vingar do fato de ser ela minha amante, e que era necessário que eu lhe escrevesse, dizendo para respeitar, comigo ausente ou não, a mulher que eu amava.

Não preciso dizer que concordei e que tudo o que pude encontrar de amargo, de vergonhoso e de cruel, o pus naquela epístola, que enviei no mesmo dia ao endereço de Marguerite.

Dessa vez, o golpe era forte demais para que a infeliz o suportasse sem nada dizer.

Eu bem suspeitava de que uma resposta iria chegar; igualmente, eu estava resolvido a não sair da minha casa o dia inteiro.

Por volta das duas horas bateram, e vi entrar Prudence.

Tentei fingir um ar indiferente para perguntar-lhe a que eu devia a sua visita, mas naquele dia madame Duvernoy não estava sorridente e, com um tom seriamente comovido, disse-me que, desde a minha volta, ou seja, há cerca de três semanas, eu não deixara escapar uma só ocasião de agredir Marguerite. Que por isso ela estava doente, e que a cena da véspera e a carta da manhã deixaram-na de cama.

Em resumo: sem me fazer críticas, Marguerite mandara pedir uma trégua, mandando dizer que não tinha mais força moral nem física para suportar o que eu lhe fazia.

– Que a senhorita Gautier – falei à Prudence – mande-me embora de sua casa é um direito dela. Mas que ela insulte a mulher que eu amo, sob pretexto de que essa mulher é minha amante, é o que não permitirei.

– Meu amigo – disse-me Prudence –, você está sofrendo a influência de uma moça sem coração nem personalidade. Está apaixonado por ela, é verdade, mas isso não é uma razão para torturar uma mulher que não pode se defender.

– Que a senhorita Gautier envie o seu conde de N.., e as forças serão iguais.

– O senhor bem sabe que ela não o fará. De modo que, meu caro Armand, deixe-a em paz. Se a visse, perceberia o modo com que se conduz para com ela. Ela está pálida, tosse, não irá muito longe, agora.

E Prudence estendeu-me a mão, acrescentando:

– Venha vê-la. Sua visita a deixará bem contente.

– Não tenho vontade de encontrar o senhor de N...

– O senhor de N... nunca está na casa de Marguerite. Ela não consegue suportá-lo.

– Se Marguerite quer me ver, ela sabe onde moro, ela que venha. Mas eu, eu não colocarei os pés na rua d'Antin.

– E vai recebê-la bem?

– Perfeitamente.

– Pois bem, tenho certeza de que ela virá.

– Que venha.

– Vai sair hoje?

– Estarei em casa toda a noite.

– Vou avisá-la.

Prudence foi embora.

Sequer escrevi a Olympe para dizer-lhe que não iria vê-la. Com aquela moça eu não me dava ao trabalho. Quando muito, eu passava com ela uma noite por semana. Ela se consolava disso, creio, com um ator de não sei qual teatro do bulevar.

Saí para jantar e voltei quase que imediatamente. Mandei fazer fogo em todos os cômodos e dispensei Joseph.

Eu não poderia prestar contas das diversas impressões que me agitaram durante uma hora de espera: mas, assim que, às nove horas, ouvi baterem à porta, elas se resumiram em uma emoção tal, que, indo abrir a porta, fui forçado a me segurar contra a parede para não cair.

Felizmente, a antecâmara estava na penumbra e a alteração dos meus traços era menos visível.

Marguerite entrou.

Estava toda de preto e envolta por um véu. Mal reconheci seu rosto por entre as rendas.

Ela passou ao salão e levantou o véu.

Estava pálida como mármore.

– Eis-me aqui, Armand – disse. – Desejou me ver, aqui estou.

E, segurando a cabeça nas mãos, caiu em prantos.

Aproximei-me dela.

– O que você tem? – disse-lhe com uma voz alterada.

Ela apertou a minha mão sem responder, pois as lágrimas turvavam ainda a sua voz. Mas, alguns instantes depois, tendo retomado um pouco da calma, disse-me:

– Você me causou muito mal, e eu nada lhe fiz.

– Nada? – repliquei, com um sorriso amargo.

– Nada além daquilo que as circunstâncias me obrigaram a fazer.

Não sei se na sua vida você já experimentou ou se experimentará jamais aquilo que eu sentia à visão de Marguerite.

Na última vez que ela viera à minha casa, sentara-se no lugar em que acabava de sentar. Só que, desde aquela época, era a amante de outro. Outros beijos que não os meus haviam tocado os seus lábios, aos quais, sem querer, inclinavam-se os meus, e, entretanto, eu sentia que amava aquela mulher tanto ou talvez mais do que jamais a amara.

Porém, era difícil para mim começar uma conversa sobre o assunto que a trazia. Marguerite compreendeu-o, sem dúvida, pois retomou:

– Venho aborrecê-lo, Armand, porque tenho duas coisas a pedir-lhe: perdão pelo que falei ontem à senhorita Olympe e um favor que talvez ainda esteja pronto a me conceder. Voluntariamente ou não, desde o seu retorno, causou-me tanto mal que eu seria incapaz de suportar agora um quarto das emoções que suportei até esta manhã. Terá piedade de mim, não é mesmo? E compreenderá que há, para um homem de bom coração, coisas mais nobres do que vingar-se de uma mulher doente e triste como eu? Venha, tome minha mão. Tenho febre, deixei minha cama para vir pedir-lhe não sua amizade, mas sua indiferença.

De fato, tomei a mão de Marguerite. Ardia, e a pobre mulher tremia sob o seu casaco de veludo.

Levei para perto do fogo a poltrona na qual ela estava sentada.

– Crê, então, que eu não sofri – retomei – na noite em que, depois de tê-la esperado no campo, vim procurá-la em Paris, onde nada mais encontrei além daquela carta que quase me enlouqueceu? Como pôde me enganar, Marguerite, a mim, que a amava tanto?!

– Não falemos disso, Armand. Não vim para falar sobre isso. Quis vê-lo de outro modo que não como inimigo, só isso, e quis apertar-lhe ainda uma vez a mão. Você tem uma amante jovem, bonita e que o ama, dizem. Seja feliz com ela e me esqueça.

– E você? É feliz, sem dúvida?

– Tenho, por acaso, o rosto de uma mulher feliz, Armand? Não zombe do meu sofrimento, você que sabe melhor que ninguém quais são as causas e a extensão dele.

– Dependia apenas de você não estar nunca mais doente, se é como o diz.

– Não, meu amigo, as circunstâncias foram mais fortes do que a minha vontade. Obedeci não aos meus instintos femininos, como você parece insinuar, mas a uma necessidade séria e a razões que conhecerá um dia e que o farão me perdoar.

– Por que não me revela essas razões hoje?

– Porque elas não restabeleceriam uma reaproximação impossível entre nós, e talvez o distanciassem de pessoas de quem não deve se distanciar.

– Quem são essas pessoas?

– Não posso dizê-lo.

– Então está mentindo.

Marguerite levantou-se e dirigiu-se para a porta.

Eu não podia assistir àquela dor muda e expressiva sem ficar comovido ao comparar aquela mulher pálida e lacrimosa com aquela cortesã que zombara de mim no *Opéra-Comique*.

– Não vá embora – falei, colocando-me em frente à porta.

– Por quê?

– Porque, apesar do que me fez, amo-a ainda e quero mantê-la aqui.

– Para expulsar-me amanhã, não é? Não, é impossível! Nossos destinos estão separados, não tentemos reuni-los. O senhor me desprezaria, talvez, enquanto que agora não pode mais do que me odiar.

– Não, Marguerite – gritei, sentindo todo o meu amor e todos os meus desejos acordarem ao contato daquela mulher. – Não, esquecerei tudo e seremos felizes como havíamos prometido ser.

Marguerite balançou a cabeça em sinal de dúvida e disse:

– Eu não sou a sua escrava, o seu animalzinho? Faça o que quiser de mim: sou sua.

E, tirando o casaco e o chapéu, jogou-os no sofá e pôs-se a abrir bruscamente os colchetes do seu corpete, pois, por causa de uma dessas reações tão frequentes da sua doença, o sangue subia-lhe do coração até a cabeça e a sufocava.

Uma tosse seca e rouca se seguiu.

– Mande dizer ao meu cocheiro – retomou – para levar embora o meu carro.

Eu mesmo desci para dispensar aquele homem.

Quando voltei, Marguerite estava estendida em frente ao fogo e seus dentes batiam de frio.

Tomei-a em meus braços, despi-a sem que ela fizesse um só movimento e levei-a, toda enregelada, para a minha cama.

Sentei-me então junto a ela e tentei aquecê-la com carícias. Ela não dizia uma palavra sequer, mas sorria para mim.

Oh! Foi uma noite estranha. Toda a vida de Marguerite parecia ter passado para os beijos com os quais ela me cobria, e eu amava-a tanto que em meio aos meus transportes de amor fervoroso perguntava-me se não a mataria para que ela não pertencesse nunca mais a outro homem.

Com um mês daquele amor, tanto de coração como de corpo, não seríamos mais do que cadáveres.

O dia encontrou a nós dois acordados.

Marguerite estava lívida. Não dizia palavra. Lágrimas caudalosas corriam de tempos em tempos dos seus olhos e estacionavam sobre as bochechas, brilhantes como diamantes. Seus braços exaustos abriam-se de tempos em tempos para me abraçar e recaíam, sem forças, na cama.

Em um momento pensei que poderia esquecer o que se passara desde a minha partida de Bougival e disse a Marguerite:

– Quer que partamos? Que deixemos Paris?

– Não, não – disse-me ela quase com medo. Seríamos infelizes demais, não posso mais servir à sua felicidade, mas, enquanto me restar um sopro de vida, serei escrava dos seus caprichos. A qualquer hora do dia ou da noite que me desejar, venha, pertencerei a você. Mas não associe mais o seu futuro ao meu, você seria muito infeliz e me deixaria muito infeliz. Ainda sou, por mais algum tempo, uma moça bonita. Aproveite, mas não me peça outra coisa.

Quando partiu, fiquei aparavorado com a solidão na qual ela me deixava. Duas horas após a sua partida, eu ainda estava sentado sobre a cama que ela acabara de abandonar, olhando o travesseiro que guardava as dobras de sua forma e me perguntando o que seria de mim, entre meu amor e o meu ciúme.

Às cinco horas, sem saber o que fazia, me dirigi à rua d'Antin.

Foi Nanine quem abriu a porta.

– A madame não pode receber o senhor – disse-me com embaraço.

– Por quê?

– Porque o senhor conde de N... está aqui, e ele mandou que eu não deixasse ninguém entrar.

– É justo – balbuciei. – Eu tinha esquecido.

Voltei para casa como um homem bêbado, e sabe o que fiz durante um minuto de delírio ciumento que era o suficiente para a ação vergonhosa que eu estava para cometer? Sabe o que fiz? Disse a mim mesmo que aquela mulher estava zombando de mim. Eu imaginava-a em seu encontro íntimo inviolável com o conde, repetindo as mesmas palavras que me dissera à noite, e, pegando uma nota de quinhentos francos, enviei-a a ela, com as seguintes palavras:

A senhora partiu tão rapidamente essa manhã que esqueci de pagá-la. Eis o pagamento pela sua noite.

Depois, quando a carta foi levada, saí, como que para fugir do instantâneo remorso por aquela infâmia.

Fui à casa de Olympe, a quem encontrei experimentando vestidos e que, assim que ficamos a sós, cantarolou-me obscenidades para me distrair.

Aquela lá era bem o protótipo da cortesã sem-vergonha, sem coração e sem alma. Para mim, pelo menos, pois talvez algum homem tivesse tido com ela o sonho que eu sonhara com Marguerite.

Ela pediu-me dinheiro. Dei-lhe e então, livre para ir-me embora, voltei para casa.

Marguerite não me respondera.

É inútil tentar descrever a agitação em que passei todo o dia seguinte.

Às seis e meia, um comissário trouxe um envelope contendo a minha carta e a nota de quinhentos francos. Nenhuma palavra além disso.

– Quem lhe entregou isto? – perguntei ao homem.

– Uma senhora que estava partindo com a camareira na diligência para Boulogne e que me recomendou que fizesse a entrega apenas quando o carro já estivesse longe.

Corri à casa de Marguerite.

– A madame partiu para a Inglaterra hoje às seis horas – respondeu-me o porteiro.

Nada mais me retinha em Paris, nem raiva, nem amor. Eu estava esgotado por todas aquelas agitações. Um dos meus amigos estava para fazer uma viagem ao Oriente: fui expressar ao meu pai o desejo que eu tinha de acompanhá-lo. Meu pai deu-me alguns cheques, recomendações, e, oito ou dez dias mais tarde, embarquei em Marselha.

Foi em Alexandria que fiquei sabendo, através de um funcionário da embaixada que eu havia visto algumas vezes na casa de Marguerite, da doença da pobre moça.

Escrevi-lhe, então, a carta à qual ela deu uma resposta, a qual você conhece e que recebi em Toulon.

Parti imediatamente, e o resto você já sabe.

Agora, nada mais lhe resta a não ser ler as folhas que Julie Duprat me entregou e que são o complemento indispensável daquilo que acabo de contar.

XXV

Armand, cansado por aquele longo relato, várias vezes interrompido por suas lágrimas, pousou as duas mãos sobre o rosto e fechou os olhos, fosse para pensar, fosse para tentar adormecer, após dar-me as folhas escritas pela mão de Marguerite.

Alguns instantes depois, uma respiração um pouco mais acelerada provava-me que Armand dormia, mas aquele tipo de sono leve que o menor barulho dispersa.

Eis o que li e o que transcrevi, sem acrescentar ou cortar uma sílaba sequer:

Hoje é o dia 15 de dezembro. Há uns três ou quatro dias que tenho dores. Hoje de manhã, fiquei de cama. O dia está sombrio, eu estou triste. Não há ninguém junto a mim, penso em você, Armand. E você? Onde estará você no momento em que escrevo estas linhas? Longe de Paris, bem longe, disseram-me, e talvez você já tenha esquecido Marguerite. Enfim, seja feliz, você, a quem devo os únicos momentos de alegria da minha vida.

Não consegui resistir ao desejo de explicar-lhe a minha conduta e escrevi uma carta para você. Mas, escrita por uma moça como eu, tal carta pode ser vista como uma mentira, a menos que a morte a santifique com sua autoridade e que, em vez de ser uma carta, ela seja uma confissão.

Hoje, estou doente. Posso morrer desta doença, pois sempre tive o pressentimento de que morreria jovem. Minha mãe morreu por causa dos pulmões, e o modo como vivi até o presente só pôde piorar este mal, a única herança que ela me deixou. Mas não quero morrer sem que você saiba bem o que pensar de mim, se, todavia, quando voltar, ainda pensar na pobre moça que você amou antes de partir.

Eis o que continha aquela carta, que ficarei feliz em transcrever, para dar a mim mesma mais uma prova das minhas justificativas:

Você se lembra, Armand, como a chegada do seu pai nos surpreendeu, em Bougival. Lembra do terror involuntário que aquele anúncio causou-me, da cena que aconteceu entre você e ele, e que você, à noite, me relatou.

No dia seguinte, enquanto você estava em Paris e esperava pelo seu pai, que não voltava nunca, um homem apresentava-se em minha casa e me trazia uma carta do senhor Duval.

Aquela carta, que anexo a esta que escrevo, pedia-me, nos termos mais sérios, que eu afastasse você de casa no dia seguinte sob um pretexto qualquer e que recebesse o seu pai. Ele precisava falar-me e me recomendava, sobretudo, nada dizer a você a respeito da sua iniciativa.

Você sabe com qual insistência lhe aconselhei, à sua volta, de ir novamente a Paris no dia seguinte.

Fazia uma hora que você havia partido quando o seu pai se apresentou. Poupá-lo-ei da impressão que me causou o seu severo semblante. O seu pai estava imbuído de velhas teorias, que querem que toda cortesã seja um ser sem coração, sem razão, uma espécie de máquina de tomar dinheiro, sempre pronta, como as máquinas de ferro, a esmigalhar a mão que lhe dá algo e a despedaçar sem piedade, sem discernimento, aquele que a faz viver e agir.

Seu pai me havia escrito uma carta muito educada para que eu consentisse em recebê-lo. Não se apresentou exatamente do mesmo modo como escrevera. Ele foi bastante pedante, impertinente e fez até mesmo ameaças, em suas primeiras palavras, até que eu o fiz compreender que eu estava em minha casa e que não tinha conta nenhuma a prestar-lhe da minha vida, a não ser pela sincera afeição que eu tinha pelo filho dele.

O senhor Duval acalmou-se um pouco e se pôs, entretanto, a dizer-me que não podia suportar por mais tempo que o seu filho se arruinasse por mim. Que eu era bela, é verdade, mas que, por mais bela que fosse, não deveria utilizar-me da minha beleza para fazer perder o futuro de um jovem rapaz com despesas como as que eu fazia.

A tudo isso, havia apenas uma coisa a responder, não é mesmo? Tratava-se de mostrar as provas de que, desde que eu era sua amante, não medira esforços para permanecer-lhe fiel sem pedir a você mais dinheiro do que você podia dar. Mostrei os canhotos do penhor, os recibos de pessoas a quem eu vendera os objetos que não conseguira penhorar, comuniquei ao seu pai a minha resolução de desfazer-me da minha mobília para pagar minhas dívidas e para viver com você sem ser um fardo pesado demais. Contei-lhe nossa felicidade, a revelação que você me fizera de uma vida mais tranquila e mais feliz, e ele terminou por render-se às evidências, pegar a minha mão e me pedir perdão pelo modo com que se comportara.

Em seguida, disse-me: "Então, madame, não é mais com repreensões e ameaças, mas através de preces, que tentarei obter de você um sacrifício maior do que todos aqueles que a senhora já fez pelo meu filho".

Estremeci diante daquele preâmbulo.

Seu pai aproximou-se de mim, tomou-me as duas mãos e continuou, com um tom afetuoso: "Minha criança, não entenda errado o que vou lhe dizer; compreenda apenas que a vida tem por vezes necessidades cruéis para o coração, mas que é preciso submeter-se a elas. A senhora é boa, e sua alma, de generosidade desconhecida a muitas mulheres que talvez a desprezem e que não a equivalem. Mas pense que ao lado da amante há a família, que além dos amores, há os deveres, que à idade das paixões sucede a idade na qual o homem, para ser respeitado, tem necessidade de estar solidamente assentado em uma posição séria. Meu filho não tem uma fortuna própria e, entretanto, está pronto a entregar à senhora a herança da mãe dele. Se ele aceitasse o sacrifício que a senhora está a ponto de fazer, caberia à honra e à dignidade dele fazer-lhe, em troca, essa doação que colocaria a senhora a salvo de uma adversidade completa. Mas esse seu sacrifício, ele não o pode aceitar, pois o mundo, que não a conhece, daria a esse consentimento uma causa desleal que não deve atingir o nome que nós portamos. Ninguém verificaria se Armand a ama, se a senhora o ama, se esse duplo amor é uma felicidade para ele e uma reabilitação para a senhora. Enxergariam apenas uma coisa: que Armand Duval permitiu que uma moça da vida – perdoe-me, filha, tudo o que sou forçado a dizer-lhe – vendesse por ele tudo o que possuía. Depois, o dia das acusações e dos arrependimentos viria, tenha certeza disso, para a senhora assim como para os outros, e vocês carregariam, todos os dois, uma corrente que não conseguiriam romper. O que a senhora faria, então? A sua juventude estaria perdida, o futuro do meu filho, destruído, e eu, seu pai, teria apenas de um de meus filhos a recompensa que espero dos dois.

A senhora é jovem, bela; a vida a consolará. É nobre, e a lembrança de uma boa ação compensará várias coisas passadas. Há seis meses que a conhece e que esquece de mim. Por quatro vezes escrevi-lhe, sem que uma vez sequer ele pensasse em me responder. Eu podia ter morrido sem que ele soubesse!

Qualquer que seja a sua resolução de viver de modo diferente do que viveu até aqui, Armand, que a ama, não permitirá a reclusão à qual a modesta posição dele a condenaria e que não é feita para a sua beleza. Quem pode dizer o que ele faria, então? Ele andou jogando, fiquei sabendo. Sem nada ter-lhe dito, também sei disso. Mas, em um momento de embriaguez, ele poderia ter perdido parte do que eu junto, há muitos anos, para o dote da minha filha, para ele e para a tranquilidade de meus últimos anos. O que poderia ter acontecido ainda pode acontecer.

Além disso, tem certeza de que a vida que a senhora deixaria por ele não a atrairia novamente? Tem certeza, a senhora, que o amou, de não amar mais a nenhum outro? Enfim, não sofrerá com as dificuldades que a sua ligação imporá à vida do seu amante, e das quais talvez você não poderá consolá-lo se, com a idade, as ideias de ambição sucederem a sonhos de amor? Pense em tudo isso, madame; a senhora ama Armand, prove-o pelo único meio que lhe resta ainda prová-lo: sacrificando o seu amor pelo futuro dele. Nenhuma infelicidade aconteceu ainda, mas aconteceria, e talvez ainda maiores do que as que eu prevejo. Armand pode vir a ter ciúmes de um homem que a senhora tenha amado; pode provocá-lo, duelar, pode, enfim, ser morto, e pense no que a senhora sofreria frente a este pai que lhe pediria contas da vida de seu filho.

Enfim, minha filha, saiba tudo, pois ainda não lhe disse tudo: saiba, então, o que me trazia a Paris. Eu tenho uma filha, falei-lhe há pouco, jovem, bela, pura como um anjo. Ela ama, e também ela fez desse amor o sonho de sua vida. Eu escrevi tudo isso a Armand, mas, totalmente ocupado consigo, ele não me respondeu. Pois bem, minha filha vai casar-se. Ela casa-se com o homem que ama, entra para uma família honrada que quer que tudo seja honrado na minha. A família do homem que deve tornar-se meu genro descobriu o modo como Armand vive em Paris e declarou-me que voltariam atrás na sua palavra se Armand continuasse com aquela vida. O futuro de uma moça que nada lhe fez e que tem o direito de contar com o futuro está nas suas mãos. A senhora tem o direito e a força para despedaçá-lo? Em nome do seu amor e do seu arrependimento, Marguerite, conceda-me a felicidade da minha filha."

Eu chorava silenciosamente, meu amigo, frente a todas aquelas reflexões que eu fizera frequentes vezes e que, na boca do seu pai, adquiriam uma realidade ainda mais séria. Eu dizia a mim mesma tudo o que o seu pai não ousava dizer-me, e que, vinte vezes, viera-lhe aos lábios: que eu nada mais era, afinal de contas, que uma moça da vida, e que, fosse a razão que eu desse à nossa ligação, ela teria sempre ares de cálculo, que minha vida passada não me deixava nenhum direito de sonhar com tal futuro e que eu aceitava responsabilidades às quais meus costumes e minha reputação não davam garantia alguma. Enfim, eu o amava, Armand. A maneira paternal com a qual falava-me o senhor Duval, os sentimentos castos que ele evocava em mim, a estima daquele leal senhor que eu iria conquistar, a sua, que eu estava segura de ter, mais tarde, tudo isso acordava em meu coração pensamentos nobres que me redimiam aos meus próprios olhos e faziam falar vaidades santas, desconhecidas até então. Quando eu pensava que um dia aquele velho, que me implorava pelo futuro do filho, diria à sua filha para incluir meu nome em suas preces, como o nome de uma amiga misteriosa, eu transformava-me e ficava orgulhosa de mim.

A exaltação do momento exagerava talvez a verdade dessas impressões. Mas eis o que eu experimentava, amigo, e aqueles sentimentos novos silenciavam os conselhos que me davam a lembrança dos dias felizes passados com você.

"– Pois bem, senhor –, falei ao seu pai, secando minhas lágrimas. – Acredita que eu amo o seu filho?

"– Sim – disse o senhor Duval.

"– De um amor desinteressado?

"– Sim.

"– O senhor acredita que eu fiz desse amor a esperança, o sonho e a salvação da minha vida?

"– Piamente.

"– Pois bem, senhor, dê-me um beijo, como daria à sua filha, e juro-lhe que esse beijo, o único verdadeiramente casto que recebi, me fará forte contra o meu coração e que antes de oito dias o seu filho terá voltado para junto do senhor, talvez infeliz durante algum tempo, mas para sempre curado.

"– A senhora é uma moça nobre – o seu pai replicou, beijando-me na testa – e está prestes a tentar algo em que Deus prestará atenção. Mas temo que a senhora não consiga nada de meu filho.

"– Oh, esteja tranquilo, senhor: ele me odiará."

Era preciso pôr entre nós uma barreira intransponível, tanto para mim quanto para você.

Escrevi a Prudence que eu aceitava as propostas do senhor conde de N... e que ela fosse dizer-lhe que eu jantaria com eles.

Fechei minha carta e, sem dizer ao seu pai o que o envelope encerrava, pedi a ele que, chegando em Paris, a mandasse entregar no endereço de Prudence.

Ele perguntou-me, entretanto, o que ela continha.

"A felicidade do seu filho", respondi.

Seu pai beijou-me uma última vez. Senti sobre meu rosto duas lágrimas de gratidão que foram como que o batismo dos meus erros de outrora, e, quando chegou o momento de me entregar a outro homem, resplandeci de orgulho, pensando tudo o que eu compensava através daquele novo erro.

Era de se esperar, Armand. Você me havia dito que o seu pai era o homem mais honesto que se poderia encontrar.

O senhor Duval subiu no carro e partiu.

Entretanto, sou uma mulher e, quando o revi, não pude me impedir de chorar, mas não fraquejei.

Fiz bem? Eis o que me pergunto hoje, quando me encontro doente, em uma cama que talvez só deixe quando morta.

Você foi testemunha do que eu sentia à medida que a hora da nossa inevitável separação se aproximava. Seu pai não estava mais lá para me encorajar, e houve um momento em que estive muito perto de contar-lhe tudo, tanto eu estava apavorada com a ideia de que você iria me odiar e me desprezar.

Uma coisa que talvez você não acredite, Armand, é que rezei a Deus para me dar forças, e o que prova que ele aceitou o meu sacrifício foi que ele deu-me a força pela qual eu implorava.

Naquele jantar, ainda tive necessidade de ajuda, pois não queria pensar no que eu estava para fazer, tanto medo eu tinha de que a coragem me faltasse!

Quem me teria dito, a mim, Marguerite Gautier, que eu sofreria tanto à simples ideia de um novo amante?

Bebi para esquecer e, quando acordei, no dia seguinte, eu estava na cama do conde.

Eis a verdade completa, amigo. Julgue-me e me perdoe, do mesmo modo com que perdoei todo o mal que você me causou desde aquele dia.

XXVI

O que se seguiu àquela noite fatal, você o sabe tão bem quanto eu, mas o que você não sabe, o que não pode suspeitar, é tudo o que sofri desde a nossa separação.

Eu ficara sabendo que o seu pai o havia levado, mas suspeitava que você não poderia viver muito tempo longe de mim, e, no dia em que lhe encontrei na Champs-Élysées, fiquei tocada, mas não surpresa.

Então teve início aqueles dias dos quais cada um trazia-me um novo insulto da sua parte, insulto que eu recebia quase com alegria, pois além de serem a prova de que você ainda me amava, parecia-me que quanto mais você me perseguisse, mais eu cresceria aos seus olhos no dia em que você soubesse da verdade.

Não se surpreenda com esse martírio alegre, Armand: o amor que você teve por mim abriu o meu coração a nobres entusiasmos.

Entretanto, não fui forte logo no início.

Entre a execução do sacrifício que eu fizera e o seu retorno, um tempo bastante longo passara, durante o qual tive de recorrer a meios físicos para não enlouquecer e para anestesiar-me contra a vida na qual eu tornava a me jogar. Prudence disse-lhe, não é?, que eu comparecia a todas as festas, a todos os bailes, a todas as orgias?

Eu tinha esperanças de matar-me rapidamente, através de excessos, e, creio, essa esperança não tardará a se realizar. Minha saúde inevitavelmente alterou-se cada vez mais, e, no dia em que enviei madame Duvernoy para pedir uma trégua a você, eu estava esgotada de corpo e alma.

Não vou lembrar-lhe, Armand, de que modo você recompensou a última prova de amor que lhe dei e com qual ofensa você expulsou de Paris a mulher que, moribunda, não conseguiu resistir à sua voz quando você pediu-lhe uma noite de amor e que, como uma insensata, acreditou, por um instante, que ela poderia remendar o passado e o presente. Você tinha o direito de fazer o que fez, Armand: nunca ninguém pagou tão caro pelas minhas noites!

Abandonei tudo, então! Olympe substituiu-me junto ao senhor de N... e se encarregou, disseram-me, de contar a ele a razão da minha partida. O conde de G... estava em Londres. É um desses homens que, dando ao amor de moças como eu apenas a importância suficiente para que seja um passatempo agradável, ficam amigos das mulheres que tiveram e não têm raiva, jamais tendo tido ciúmes. É, enfim, um desses grandes senhores que nos abrem apenas um lado do seu coração, mas que nos abrem os dois lados da sua bolsa. Foi nele que pensei de imeditato. Fui ao seu encontro. Recebeu-me maravilhosamente, mas ele era, lá, o amante de uma mulher da sociedade e temia comprometer-se circulando comigo. Apresentou-me ao seus amigos, que me ofereceram um jantar, depois do qual um deles levou-me embora.

O que queria que eu fizesse, meu amigo?

Matar-me? Teria sido sobrecarregar a sua vida, que deve ser feliz, com um remorso inútil. E, depois, para que se matar quando se está prestes a morrer?

Passei ao estado de corpo sem alma, de coisa sem pensamento. Vivi durante algum tempo aquela vida automática e então voltei a Paris e procurei saber de você. Fiquei sabendo, então, que partira em uma longa viagem. Nada mais me prendia. Minha existência voltou a ser aquilo que era dois anos antes de eu conhecê-lo. Tentei reaproximar o duque, mas eu ferira de modo muito rude aquele homem, e os velhos não são pacientes, sem dúvida porque têm consciência de que não são eternos. A doença invadia-me a cada dia, eu estava pálida, estava triste, estava mais magra ainda. Os homens que compram o amor examinam a mercadoria antes de adquiri-la. Havia em Paris mulheres mais elegantes, mais formosas do que eu. Fui um pouco esquecida. Eis o passado, até o dia de ontem.

Agora, estou realmente doente. Escrevi ao duque para pedir-lhe dinheiro, pois não mais o tenho e os credores voltaram a aparecer, trazendo suas notas com uma tenacidade impiedosa. Será que o duque me responderá? E você não está em Paris, Armand! Você me viria ver e suas visitas me consolariam.

20 de dezembro

Faz um tempo horrível. Neva, estou sozinha em casa. Há três dias fui tomada por tal febre que não pude escrever-lhe uma palavra. Nada de novo, meu amigo: a cada dia espero vagamente uma carta sua, mas ela não chega, e não chegará nunca, sem dúvida. Os homens têm força para não perdoar. O duque não me respondeu.

Prudence recomeçou suas idas até o penhor.

Eu não paro de cuspir sangue. Oh, eu lhe causaria pena, se você me visse. É bem feliz por estar sob um céu quente e por não ter mais, como eu, todo um inverno de gelo pesando sobre o peito. Hoje, levantei um pouco e, por trás das cortinas da minha janela, olhei passar essa vida de Paris, com a qual creio ter rompido completamente. Alguns rostos de conhecidos passaram na rua, rápidos, alegres, despreocupados. Nenhum levantou os olhos para a minha janela. Entretanto, alguns jovens vieram saber notícias minhas. Já uma vez estive doente, e você, que não me conhecia, que nada obtivera de mim a não ser uma impertinência no dia em que o vi pela primeira vez, você vinha saber notícias minhas todas as manhãs. Cá estou doente de novo. Passamos seis meses juntos. Tive por você tanto amor quanto o coração da mulher pode conter e dar, e você está longe, e me maldiz, e nenhuma palavra de consolo me chega da sua parte. Mas é apenas o acaso que causa este abandono, tenho certeza disso, pois, se você estivesse em Paris, não deixaria a minha cabeceira e o meu quarto.

25 de dezembro

Meu médico proibiu-me de escrever todos os dias. Realmente, as lembranças só fazem aumentar a minha febre, mas ontem recebi uma carta que me fez bem, mais pelos sentimentos dos quais era a expressão do que pelo socorro material que me trazia. Posso, então, escrever-lhe hoje. A carta era do seu pai, e eis o que nela estava escrito:

"Madame,

Tomei conhecimento há pouco de que a senhora está doente. Se estivesse em Paris, iria eu mesmo saber notícias suas. Se meu filho estivesse junto de mim, o mandaria saber da senhora, mas não posso deixar C..., e Armand está a seiscentas ou setecentas léguas daqui. Permita-me então simplesmente escrever-lhe, madame, o quanto me causa pena essa doença e acredite nos sinceros votos que faço pelo seu pronto reestabelecimento.

Um de meus bons amigos, senhor H..., se apresentará em sua casa. Queira recebê-lo. Foi por mim encarregado de uma entrega cujos resultados aguardo impacientemente.

Queira receber, Madame, as expressões dos meus sentimentos mais sinceros."

É essa a carta que recebi. Seu pai é uma alma nobre, ame-o muito, meu amigo. Pois há poucos homens no mundo tão dignos de serem amados. Esse papel assinado com o nome dele me fez mais benefícios que todas as prescrições do nosso grande médico.

Hoje de manhã, o senhor H... veio. Parecia muito embaraçado pela missão delicada da qual o senhor Duval o encarregara. Vinha bondosamente trazer-me mil escudos da parte de seu pai. A princípio eu quis recusar, mas o senhor H... disse-me que uma recusa ofenderia o senhor Duval, que o havia autorizado a entregar-me primeiramente aquela soma e a fornecer-me tudo o mais do que eu ainda tivesse necessidade. Aceitei esse favor que, da parte de seu pai, não pode ser uma esmola. Se eu estiver morta quando você voltar, mostre ao seu pai o que acabo de escrever sobre ele e diga-lhe que, traçando estas linhas, a pobre moça à qual ele dignou-se a escrever aquela consoladora carta vertia lágrimas de gratidão e rezava a Deus por ele.

4 de janeiro

Acabo de passar por vários dias dolorosos. Eu ignorava que o corpo nos pudesse fazer sofrer assim. Oh, minha vida passada! Hoje estou pagando-a duplamente.

Velaram por mim todas as noites. Eu não conseguia mais respirar. O delírio e a tosse dividiam entre si o resto da minha pobre existência.

Minha sala de jantar está cheia de bombons, de presentes de todos os tipos que meus amigos me trouxeram. Há, entre essas pessoas, aquelas que esperam que eu me torne sua amante mais tarde. Se vissem o que a doença fez de mim, fugiriam apavorados.

Prudence dá de presente aquilo que recebo.

A temperatura está gélida, e o doutor disse-me que eu poderia sair, daqui a alguns dias, se o tempo continuar bom.

8 de janeiro

Saí ontem na minha carruagem. Fazia um tempo magnífico. A Champs-Élysées estava cheia de gente. Dir-se-ia o primeiro sorriso da primavera. Tudo ao meu redor tinha um ar de festa. Jamais suspeitei haver em um raio de sol toda a alegria, a doçura e o consolo que vi hoje.

Encontrei quase todas as pessoas que conheço, sempre felizes, sempre ocupadas com os seus prazeres. Quantas pessoas felizes, que não o sabem! Olympe passou em um carro elegante que o senhor de N... lhe deu. Tentou insultar-me com o olhar. Não sabe quão longe estou de todas essas vaidades. Um gentil rapaz que conheço há tempos perguntou-me se eu não gostaria de ir jantar com ele e com um de seus amigos que muito deseja – dizia ele – me conhecer.

Sorri tristemente e estendi-lhe minha mão ardente de febre.

Nunca vi rosto mais surpreso do que aquele.

Voltei para casa às quatro horas e jantei com bastante apetite.

Aquele passeio me fez bem.

Se eu me curasse!

Como o aspecto da vida e da felicidade dos outros faz desejarem a vida aqueles que, na véspera, na solidão de suas almas e nas sombras de seu quarto de doente, aspiravam pela morte rápida.

10 de janeiro

Aquela esperança de saúde nada mais era do que um sonho. Cá estou, novamente de cama, o corpo coberto de emplastros que me queimam. Que se ofereça esse corpo pelo qual se pagava tão caro outrora, e veja o que darão por ele hoje!

É preciso que tenhamos feito muito mal antes de nascer, ou que gozemos de uma felicidade muito grande depois de nossa morte, para que Deus permita que esta vida tenha todas as torturas da expiação e todas as dores da provação.

12 de janeiro

Continuo com dores.

O conde de N... enviou-me dinheiro ontem. Não aceitei. Não quero nada daquele homem. Ele é a causa de você não estar junto a mim.

Oh, nossos belos dias em Bougival! Onde estão?

Se eu sair com vida deste quarto, será para fazer uma peregrinação à casa em que morávamos juntos, mas só sairei morta.

Quem sabe se vou escrever-lhe amanhã?

25 de janeiro

Lá se vão onze noites que não durmo, que sufoco e que penso que vou morrer a cada instante. O médico ordenou que não me deixassem encostar em uma pena. Julie Duprat, que cuida de mim, ainda me permite escrever-lhe estas poucas linhas. Você não voltará, então, antes de eu morrer? Está realmente tudo acabado entre nós? Parece-me que, se você viesse, eu me curaria. Para que curar-se?

28 de janeiro

Esta manhã, fui acordada por um barulho forte. Julie, que dormia no meu quarto, precipitou-se à sala de jantar. Ouvi vozes de homens contra as quais a dela lutava em vão. Ela voltou aos prantos.

Vinham executar a penhora. Eu disse-lhe para deixá-los fazer aquilo que eles chamam de justiça. O oficial entrou no meu quarto, com o chapéu na cabeça. Abriu as gavetas, listou tudo o que viu e não pareceu perceber que havia uma moribunda na cama que, felizmente, a caridade da lei me permite.

Ele fez o favor de dizer-me, ao partir, que eu podia registrar minha oposição em até nove dias, mas deixou um guarda! Que será de mim, meu Deus! Aquela cena deixou-me ainda mais doente. Prudence queria pedir dinheiro ao amigo do seu pai, eu me opus.

Recebi a sua carta esta manhã. Eu bem estava precisando. Será que minha resposta chegará a tempo? Será que você ainda me verá? Eis um dia feliz, que me faz esquecer todos os que passei nas últimas seis semanas. Parece-me que estou melhor, apesar do sentimento de tristeza sob o qual respondi-lhe.

Afinal, não se pode ser infeliz sempre.

Quando penso que pode acontecer que eu não morra, que você volte, que eu volte a ver a primavera, que você me ame ainda e que nós recomecemos nossa vida do ano passado!

Como sou louca! Mal consigo segurar a pena com a qual escrevo este insensato sonho do meu coração.

Aconteça o que acontecer, eu amava-o muito, Armand, e estaria morta há muito tempo se não tivesse por companhia a lembrança daquele amor e como que uma vaga esperança de ainda voltar a vê-lo junto a mim.

4 de fevereiro

O conde de G... voltou. Sua amante o traiu. Ele está muito triste, amava-a muito. Veio contar-me tudo isso. O pobre rapaz está bem mal de negócios, o que não o impediu de pagar o oficial da penhora e de mandar embora o guarda.

Falei-lhe de você, e ele prometeu-me que vai falar com você de mim. Como eu esquecia, nesses momentos, que eu fora amante dele, e como ele próprio tentava também me fazer esquecê-lo! É uma boa alma.

O duque mandou saber notícias minhas ontem e veio esta manhã. Não sei o que ainda faz esse velho viver. Ficou três horas comigo e não me disse vinte palavras. Duas lágrimas pesadas caíram de seus olhos quando me viu tão pálida. A lembrança da morte de sua filha o fazia chorar, sem dúvida.

Ele a terá visto morrer duas vezes. Suas costas estão curvadas, sua cabeça, caída, seus lábios estão pendentes, seu olhar se extinguiu. A idade e a dor pesam duplamente sobre seu corpo esgotado. Não me fez uma crítica sequer. Dir-se-ia até mesmo que ele gozava secretamente os estragos que a doença fez em mim. Parecia orgulhoso de estar de pé, enquanto que eu, jovem ainda, estava esmagada pelo sofrimento.

O mau tempo voltou. Ninguém vem me ver. Julie cuida de mim o máximo possível. Prudence, a quem já não posso dar tanto dinheiro quanto antes, começa a falar de compromissos como pretexto para se distanciar.

Agora que estou perto de morrer, apesar do que dizem os médicos, pois tenho vários, o que prova que a doença aumenta, quase arrependo-me de ter escutado o seu pai. Se eu soubesse que só iria furtar um ano do seu futuro, não teria resistido ao desejo de passar esse ano com você, e pelo menos eu morreria segurando a mão de um amigo. É verdade, entretanto, que se tivéssemos vivido juntos este único ano, eu não morreria tão cedo.

Que seja feita a vontade de Deus!

5 de fevereiro

Oh! Venha, Armand. Sofro terrivelmente, vou morrer, meu Deus. Eu estava tão triste ontem que quis passar em outro lugar que não em casa a noite que prometia ser longa como a da véspera. O duque veio de manhã. Parece-me que a visão daquele velho esquecido pela morte me faz morrer mais rápido.

Apesar da ardente febre que me queimava, fiz com que me vestissem e com que me levassem ao teatro Vaudeville. Julie aplicou-me ruge, sem o que eu teria a aparência de um cadáver. Fui para aquele camarote no qual lhe fui apresentada pela primeira vez. Durante todo o tempo, tive os olhos fixos no assento que você ocupara naquele dia e que um grosseirão ocupava ontem, rindo sonoramente de todas as coisas tolas pronunciadas pelos atores. Trouxeram-me quase morta para casa. Tossi e cuspi sangue durante toda a noite. Hoje não consigo mais falar, mal mexo os braços. Meu Deus! Meu Deus! Vou morrer. Eu esperava por isso, mas não consigo habituar-me à ideia de sofrer mais do que já sofro e se...

A partir desse ponto as poucas letras que Marguerite tentou traçar estavam ilegíveis, e foi Julie Duprat quem continuou.

18 de fevereiro

Senhor Armand,

Desde o dia em que Marguerite quis ir ao teatro, ela ficou pior. Perdeu completamente a voz, depois o uso dos membros. É impossível dizer o que a nossa pobre amiga sofre. Não estou habituada a este tipo de emoções e tenho calafrios contínuos.

Como eu gostaria que o senhor estivesse junto a nós! Ela delira quase sempre, mas, delirante ou lúcida, é sempre o nome do senhor que ela pronuncia quando consegue dizer alguma palavra.

O médico me disse que ela não aguentaria mais muito tempo. Desde que ela piorou, o velho duque não voltou mais.

Ele disse ao doutor que esse espetáculo fazia-lhe muito mal.

Madame Duvernoy não está se comportando bem. Aquela mulher, que acreditava poder tirar mais dinheiro de Marguerite, às custas de quem vivia quase que completamente, assumiu compromissos que não pode honrar e, vendo que sua vizinha de mais nada lhe serve, sequer vem vê-la. Todo mundo a abandona. O senhor de G..., pressionado por suas dívidas, foi forçado a voltar para Londres. Ao partir, mandou-nos algum dinheiro. Fez tudo o que pôde, mas tornaram a vir executar a penhora, e os credores estão apenas esperando pela morte para realizar o leilão.

Eu quis usar meus últimos recursos para impedir esses confiscos, mas o oficial me disse que era inútil, e que ele ainda tinha outros para executar. Já que ela vai morrer, melhor abandonar tudo do que salvá-lo para a família que ela não quis ver e que nunca a amou. O senhor não pode imaginar a miséria dourada em meio à qual a jovem está morrendo. Ontem não tínhamos dinheiro algum. Talheres, joias, caxemiras, tudo está empenhado. O resto foi vendido ou confiscado. Marguerite ainda tem consciência do que se passa ao seu redor e sofre com o corpo, com o espírito e com o coração. Grossas lágrimas correm sobre suas faces, tão emagrecidas e tão pálidas que o senhor não reconheceria o rosto daquela que o senhor tanto amava, se pudesse vê-la. Ela me fez prometer de escrever-lhe quando ela não mais puder, e escrevo na frente dela. Ela lança os olhos na minha direção, mas não me vê. Seu olhar já está velado pela morte próxima. Porém, ela sorri, e todo o seu pensamento, toda a sua alma está com o senhor, tenho certeza.

A cada vez que abrem a porta, seus olhos iluminam-se, e ela pensa sempre que o senhor vai entrar. Em seguida, quando vê que não é o senhor, seu rosto retoma a expressão dolorosa, se umedece de um suor frio, e as maçãs do rosto tornam-se púrpuras.

19 de fevereiro, meia-noite

Triste dia este de hoje, meu pobre senhor Armand! Esta manhã, Marguerite sufocava, o médico sangrou-a, e a voz voltou um pouco. O doutor aconselhou que ela visse um padre. Ela disse que concordava, e ele mesmo foi buscar um abade em Saint-Roch.

Neste meio tempo, Marguerite me chamou para junto de sua cama, pediu que eu abrisse o armário e então me indicou uma touca, uma camisa coberta de rendas e me disse com uma voz enfraquecida:

"– Vou morrer depois de me confessar. Então, vista-me com estas coisas: é um vaidoso capricho de moribunda".

E então beijou-me, chorando, e acrescentou:

"– Consigo falar, mas sufoco demais quando falo. Estou sufocando! Ar!"

Eu me desfazia em lágrimas, abri a janela e, alguns instantes depois, o padre entrou.

Fui ao seu encontro.

Quando ele soube em casa de quem estava, pareceu temer ser mal-acolhido.

"– Entre sem temor, meu pai" – falei-lhe.

Ficou pouco tempo no quarto da doente e dele saiu, dizendo-me:

"– Viveu como uma pecadora, mas morrerá como uma cristã".

Alguns instantes depois, voltou acompanhado de um coroinha, que trazia um crucifixo, e de um sacristão, que ia à frente deles, soando um sino, para anunciar que Deus estava indo até a moribunda.

Entraram todos os três naquele quarto de dormir que outrora ressoara tantas palavras estranhas e que naquele momento não era nada além de um tabernáculo santo.

Caí de joelhos. Não sei quanto tempo durará a impressão que me produziu aquele espetáculo, mas não creio que algo possa me impressionar tanto, até que eu chegue ao mesmo momento.

O padre ungiu com os óleos santos os pés, as mãos e a testa da moribunda, recitou uma prece curta, e Marguerite encontrou-se pronta para partir para o céu, para onde ela irá sem dúvida, se Deus viu as provações de sua vida e a santidade da sua morte.

Desde então, ela não disse nenhuma palavra e não fez mais nenhum movimento. Vinte vezes eu teria pensado que estava morta, não tivesse ouvido o esforço de sua respiração.

20 de fevereiro, cinco horas da tarde

Tudo está acabado.

Marguerite entrou em agonia naquela noite, perto das duas horas. Jamais algum mártir sofreu tamanhas torturas, a julgar pelos gritos que ela dava. Duas ou três vezes colocou-se ereta sobre a cama, como se quisesse agarrar a sua vida, que subia na direção de Deus.

Duas ou três vezes, também, disse o nome do senhor, e então tudo se calou, ela tornou a cair, esgotada, sobre a cama. Lágrimas silenciosas correram de seus olhos, e ela está morta.

Então, aproximei-me dela, chamei-a e, como ela não respondia, fechei-lhe os olhos e beijei-a na testa.

Pobre querida Marguerite, quisera eu ser uma santa para que esse beijo a recomendasse a Deus.

Em seguida, vesti-a como ela havia pedido que eu fizesse, fui buscar um padre em Saint-Roch, queimei duas velas por ela e orei durante um hora na igreja.

Dei aos pobres o dinheiro que vinha dela.

Não entendo muito de religião, mas penso que o bom Deus reconhecerá que minhas lágrimas eram verdadeiras, minha prece, fervorosa, minha esmola, sincera, e que ele terá piedade dela que, morta jovem e bela, teve apenas a mim para fechar-lhe os olhos e amortalhá-la.

22 de fevereiro

O enterro foi hoje. Muitas amigas de Marguerite vieram à igreja. Algumas choravam sinceramente. Quando o cortejo tomou o caminho de Montmartre, apenas dois homens iam atrás dele, o conde de G..., que voltara de Londres expressamente, e o duque, que caminhava com o apoio de dois empregados.

É na casa dela que lhe escrevo todos esses detalhes, em meio às minhas lágrimas e em frente à lamparina que queima tristemente próxima a um almoço que não toco, como o senhor bem imagina, mas que Nanine mandou fazer para mim, pois faz vinte e quatro horas que não como nada.

Minha vida não poderá guardar por muito tempo estas tristes impressões, pois minha vida não me pertence mais do que a de Marguerite a ela pertencia. É por isso que lhe forneço todos esses detalhes sobre os locais onde os acontecimentos se deram, no temor de que, se um longo tempo se passar entre eles e a sua volta, não os possa dar ao senhor em toda a sua triste exatidão.

XXVII

– Você leu? – perguntou Armand quando terminei a leitura do manuscrito.

– Compreendo o que deve ter sofrido, meu amigo, se tudo o que li é verdade!

– Meu pai me confirmou tudo em uma carta.

Conversamos ainda algum tempo sobre o triste destino que acabara de se cumprir, e voltei à minha casa para descansar um pouco.

Armand, sempre triste, mas um pouco aliviado pelo relato dessa história, restabeleceu-se rapidamente, e fomos juntos visitar Prudence e Julie Duprat.

Prudence acabara de abrir falência. Disse-nos que Marguerite fora a causa. Que, durante a doença, emprestara-lhe muito dinheiro, pelo qual fizera promissórias que não pudera pagar, tendo Marguerite morrido sem tê-lo devolvido e não lhe tendo dado recibo algum com os quais pudesse se apresentar como credora.

Com o auxílio daquela fábula que madame Duvernoy contava a todos para justificar seus maus negócios, tirou uma nota de mil francos de Armand, que não acreditava em nada, mas que quis parecer acreditar, tanto respeito tinha ele por tudo o que chegara perto da sua amada.

A seguir chegamos à casa de Julie Duprat, que nos contou os tristes acontecimentos dos quais fora testemunha, derramando lágrimas sinceras à lembrança de sua amiga.

Enfim, fomos à tumba de Marguerite, sobre a qual os primeiros raios de sol de abril faziam brotar as primeiras folhas.

Restava a Armand um último dever a ser cumprido: encontrar o seu pai. Também quis que eu o acompanhasse.

Chegamos a C..., onde vi o senhor Duval tal qual eu o havia imaginado, a partir da descrição que me fizera o seu filho: grande, digno, benevolente.

Ele acolheu Armand com lágrimas de alegria e apertou-me afetuosamente a mão. Percebi rapidamente que o sentimento paternal era aquele que dominava todos os outros no cobrador de impostos.

A filha dele, chamada Blanche, tinha uma transparência nos olhos e no olhar, aquela serenidade que prova que a alma apenas concebe pensamentos santos e que os lábios só dizem palavras pias. Ela sorria, ao redor de seu irmão, ignorando, a casta jovem, que longe dela uma cortesã sacrificara a sua felicidade à simples evocação de seu nome.

Permaneci um certo tempo entre aquela feliz família, completamente ocupada daquele que lhes trazia a convalescença do seu coração.

Voltei a Paris, onde escrevi esta história tal qual me foi relatada. Ela tem apenas um mérito que lhe será, talvez, contestado: o de ser verdadeira.

Não tiro desta narrativa a conclusão de que todas as moças como Marguerite são capazes de fazer o que ela fez. Longe disso, mas é do meu conhecimento que uma delas experimentou, em sua vida, um amor sério, que sofreu por esse amor e por ele morreu. Contei ao leitor o que soube. Tratava-se de um dever.

Não sou apóstolo do vício, mas ecoarei a nobre infelicidade em todos os lugares em que a ouvir suplicar.

A história de Marguerite é uma exceção, repito. Mas, fosse uma regra, não valeria a pena escrevê-la.

FIM

Coleção **L&PM** POCKET (Lançamentos mais recentes)

698.**Dez (quase) amores** – Claudia Tajes
699.**Poirot sempre espera** – Agatha Christie
701.**Apologia de Sócrates** *precedido de* **Êutifron** e *seguido de* **Críton** – Platão
702.**Wood & Stock** – Angeli
703.**Striptiras (3)** – Laerte
704.**Discurso sobre a origem e os fundamentos da desigualdade entre os homens** – Rousseau
705.**Os duelistas** – Joseph Conrad
706.**Dilbert (2)** – Scott Adams
707.**Viver e escrever** (vol. 1) – Edla van Steen
708.**Viver e escrever** (vol. 2) – Edla van Steen
709.**Viver e escrever** (vol. 3) – Edla van Steen
710.**A teia da aranha** – Agatha Christie
711.**O banquete** – Platão
712.**Os belos e malditos** – F. Scott Fitzgerald
713.**Libelo contra a arte moderna** – Salvador Dalí
714.**Akropolis** – Valerio Massimo Manfredi
715.**Devoradores de mortos** – Michael Crichton
716.**Sob o sol da Toscana** – Frances Mayes
717.**Batom na cueca** – Nani
718.**Vida dura** – Claudia Tajes
719.**Carne trêmula** – Ruth Rendell
720.**Cris, a fera** – David Coimbra
721.**O anticristo** – Nietzsche
722.**Como um romance** – Daniel Pennac
723.**Emboscada no Forte Bragg** – Tom Wolfe
724.**Assédio sexual** – Michael Crichton
725.**O espírito do Zen** – Alan W.Watts
726.**Um bonde chamado desejo** – Tennessee Williams
727.**Como gostais** *seguido de* **Conto de inverno** – Shakespeare
728.**Tratado sobre a tolerância** – Voltaire
729.**Snoopy: Doces ou travessuras? (7)** – Charles Schulz
730.**Cardápios do Anonymus Gourmet** – J.A. Pinheiro Machado
731.**100 receitas com lata** – J.A. Pinheiro Machado
732.**Conhece o Mário?** vol.2 – Santiago
733.**Dilbert (3)** – Scott Adams
734.**História de um louco amor** *seguido de* **Passado amor** – Horacio Quiroga
735(11).**Sexo: muito prazer** – Laura Meyer da Silva
736(12).**Para entender o adolescente** – Dr. Ronald Pagnoncelli
737(13).**Desembarcando a tristeza** – Dr. Fernando Lucchese
738.**Poirot e o mistério da arca espanhola & outras histórias** – Agatha Christie
739.**A última legião** – Valerio Massimo Manfredi
741.**Sol nascente** – Michael Crichton
742.**Duzentos ladrões** – Dalton Trevisan
743.**Os devaneios do caminhante solitário** – Rousseau
744.**Garfield, o rei da preguiça (10)** – Jim Davis
745.**Os magnatas** – Charles R. Morris
746.**Pulp** – Charles Bukowski
747.**Enquanto agonizo** – William Faulkner
748.**Aline: viciada em sexo (3)** – Adão Iturrusgarai
749.**A dama do cachorrinho** – Anton Tchékhov
750.**Tito Andrônico** – Shakespeare
751.**Antologia poética** – Anna Akhmátova
752.**O melhor de Hagar 6** – Dik e Chris Browne
753(12).**Michelangelo** – Nadine Sautel
754.**Dilbert (4)** – Scott Adams
755.**O jardim das cerejeiras** *seguido de* **Tio Vânia** – Tchékhov
756.**Geração Beat** – Claudio Willer
757.**Santos Dumont** – Alcy Cheuiche
758.**Budismo** – Claude B. Levenson
759.**Cleópatra** – Christian-Georges Schwentzel
760.**Revolução Francesa** – Frédéric Bluche, Stéphane Rials e Jean Tulard
761.**A crise de 1929** – Bernard Gazier
762.**Sigmund Freud** – Edson Sousa e Paulo Endo
763.**Império Romano** – Patrick Le Roux
764.**Cruzadas** – Cécile Morrisson
765.**O mistério do Trem Azul** – Agatha Christie
768.**Senso comum** – Thomas Paine
769.**O parque dos dinossauros** – Michael Crichton
770.**Trilogia da paixão** – Goethe
773.**Snoopy: No mundo da lua! (8)** – Charles Schulz
774.**Os Quatro Grandes** – Agatha Christie
775.**Um brinde de cianureto** – Agatha Christie
776.**Súplicas atendidas** – Truman Capote
779.**A viúva imortal** – Millôr Fernandes
780.**Cabala** – Roland Goetschel
781.**Capitalismo** – Claude Jessua
782.**Mitologia grega** – Pierre Grimal
783.**Economia: 100 palavras-chave** – Jean-Paul Betbèze
784.**Marxismo** – Henri Lefebvre
785.**Punição para a inocência** – Agatha Christie
786.**A extravagância do morto** – Agatha Christie
787(13).**Cézanne** – Bernard Fauconnier
788.**A identidade Bourne** – Robert Ludlum
789.**Da tranquilidade da alma** – Sêneca
790.**Um artista da fome** *seguido de* **Na colônia penal e outras histórias** – Kafka
791.**Histórias de fantasmas** – Charles Dickens
796.**O Uraguai** – Basílio da Gama
797.**A mão misteriosa** – Agatha Christie
798.**Testemunha ocular do crime** – Agatha Christie
799.**Crepúsculo dos ídolos** – Friedrich Nietzsche
802.**O grande golpe** – Dashiell Hammett
803.**Humor barra pesada** – Nani
804.**Vinho** – Jean-François Gautier
805.**Egito Antigo** – Sophie Desplancques
806(14).**Baudelaire** – Jean-Baptiste Baronian
807.**Caminho da sabedoria, caminho da paz** – Dalai Lama e Felizitas von Schönborn
808.**Senhor e servo e outras histórias** – Tolstói

809.**Os cadernos de Malte Laurids Brigge** – Rilke
810.**Dilbert (5)** – Scott Adams
811.**Big Sur** – Jack Kerouac
812.**Seguindo a correnteza** – Agatha Christie
813.**O álibi** – Sandra Brown
814.**Montanha-russa** – Martha Medeiros
815.**Coisas da vida** – Martha Medeiros
816.**A cantada infalível** *seguido de* **A mulher do centroavante** – David Coimbra
819.**Snoopy: Pausa para a soneca (9)** – Charles Schulz
820.**De pernas pro ar** – Eduardo Galeano
821.**Tragédias gregas** – Pascal Thiercy
822.**Existencialismo** – Jacques Colette
823.**Nietzsche** – Jean Granier
824.**Amar ou depender?** – Walter Riso
825.**Darmapada: A doutrina budista em versos**
826.**J'Accuse...! – a verdade em marcha** – Zola
827.**Os crimes ABC** – Agatha Christie
828.**Um gato entre os pombos** – Agatha Christie
831.**Dicionário de teatro** – Luiz Paulo Vasconcellos
832.**Cartas extraviadas** – Martha Medeiros
833.**A longa viagem de prazer** – J. J. Morosoli
834.**Receitas fáceis** – J. A. Pinheiro Machado
835.(14).**Mais fatos & mitos** – Dr. Fernando Lucchese
836.(15).**Boa viagem!** – Dr. Fernando Lucchese
837.**Aline: Finalmente nua!!!** (4) – Adão Iturrusgarai
838.**Mônica tem uma novidade!** – Mauricio de Sousa
839.**Cebolinha em apuros!** – Mauricio de Sousa
840.**Sócios no crime** – Agatha Christie
841.**Bocas do tempo** – Eduardo Galeano
842.**Orgulho e preconceito** – Jane Austen
843.**Impressionismo** – Dominique Lobstein
844.**Escrita chinesa** – Viviane Alleton
845.**Paris: uma história** – Yvan Combeau
846(15).**Van Gogh** – David Haziot
848.**Portal do destino** – Agatha Christie
849.**O futuro de uma ilusão** – Freud
850.**O mal-estar na cultura** – Freud
853.**Um crime adormecido** – Agatha Christie
854.**Satori em Paris** – Jack Kerouac
855.**Medo e delírio em Las Vegas** – Hunter Thompson
856.**Um negócio fracassado e outros contos de humor** – Tchékhov
857.**Mônica está de férias!** – Mauricio de Sousa
858.**De quem é esse coelho?** – Mauricio de Sousa
860.**O mistério Sittaford** – Agatha Christie
861.**Manhã transfigurada** – L. A. de Assis Brasil
862.**Alexandre, o Grande** – Pierre Briant
863.**Jesus** – Charles Perrot
864.**Islã** – Paul Balta
865.**Guerra da Secessão** – Farid Ameur
866.**Um rio que vem da Grécia** – Cláudio Moreno
868.**Assassinato na casa do pastor** – Agatha Christie
869.**Manual do líder** – Napoleão Bonaparte
870(16).**Billie Holiday** – Sylvia Fol
871.**Bidu arrasando!** – Mauricio de Sousa
872.**Os Sousa: Desventuras em família** – Mauricio de Sousa
874.**E no final a morte** – Agatha Christie
875.**Guia prático do Português correto – vol. 4** – Cláudio Moreno
876.**Dilbert (6)** – Scott Adams
877(17).**Leonardo da Vinci** – Sophie Chauveau
878.**Bella Toscana** – Frances Mayes
879.**A arte da ficção** – David Lodge
880.**Striptiras (4)** – Laerte
881.**Skrotinhos** – Angeli
882.**Depois do funeral** – Agatha Christie
883.**Radicci 7** – Iotti
884.**Walden** – H. D. Thoreau
885.**Lincoln** – Allen C. Guelzo
886.**Primeira Guerra Mundial** – Michael Howard
887.**A linha de sombra** – Joseph Conrad
888.**O amor é um cão dos diabos** – Bukowski
890.**Despertar: uma vida de Buda** – Jack Kerouac
891(18).**Albert Einstein** – Laurent Seksik
892.**Hell's Angels** – Hunter Thompson
893.**Ausência na primavera** – Agatha Christie
894.**Dilbert (7)** – Scott Adams
895.**Ao sul de lugar nenhum** – Bukowski
896.**Maquiavel** – Quentin Skinner
897.**Sócrates** – C.C.W. Taylor
899.**O Natal de Poirot** – Agatha Christie
900.**As veias abertas da América Latina** – Eduardo Galeano
901.**Snoopy: Sempre alerta! (10)** – Charles Schulz
902.**Chico Bento: Plantando confusão** – Mauricio de Sousa
903.**Penadinho: Quem é morto sempre aparece** – Mauricio de Sousa
904.**A vida sexual da mulher feia** – Claudia Tajes
905.**100 segredos de liquidificador** – José Antonio Pinheiro Machado
906.**Sexo muito prazer 2** – Laura Meyer da Silva
907.**Os nascimentos** – Eduardo Galeano
908.**As caras e as máscaras** – Eduardo Galeano
909.**O século do vento** – Eduardo Galeano
910.**Poirot perde uma cliente** – Agatha Christie
911.**Cérebro** – Michael O'Shea
912.**O escaravelho de ouro e outras histórias** – Edgar Allan Poe
913.**Piadas para sempre (4)** – Visconde da Casa Verde
914.**100 receitas de massas light** – Helena Tonetto
915(19).**Oscar Wilde** – Daniel Salvatore Schiffer
916.**Uma breve história do mundo** – H. G. Wells
917.**A Casa do Penhasco** – Agatha Christie
919.**John M. Keynes** – Bernard Gazier
920(20).**Virginia Woolf** – Alexandra Lemasson
921.**Peter e Wendy** *seguido de* **Peter Pan em Kensington Gardens** – J. M. Barrie
922.**Aline: numas de colegial (5)** – Adão Iturrusgarai
923.**Uma dose mortal** – Agatha Christie
924.**Os trabalhos de Hércules** – Agatha Christie
926.**Kant** – Roger Scruton
927.**A inocência do Padre Brown** – G.K. Chesterton
928.**Casa Velha** – Machado de Assis
929.**Marcas de nascença** – Nancy Huston
930.**Aulete de bolso**

931.**Hora Zero** – Agatha Christie
932.**Morte na Mesopotâmia** – Agatha Christie
934.**Nem te conto, João** – Dalton Trevisan
935.**As aventuras de Huckleberry Finn** – Mark Twain
936(21).**Marilyn Monroe** – Anne Plantagenet
937.**China moderna** – Rana Mitter
938.**Dinossauros** – David Norman
939.**Louca por homem** – Claudia Tajes
940.**Amores de alto risco** – Walter Riso
941.**Jogo de damas** – David Coimbra
942.**Filha é filha** – Agatha Christie
943.**M ou N?** – Agatha Christie
945.**Bidu: diversão em dobro!** – Mauricio de Sousa
946.**Fogo** – Anaïs Nin
947.**Rum: diário de um jornalista bêbado** – Hunter Thompson
948.**Persuasão** – Jane Austen
949.**Lágrimas na chuva** – Sergio Faraco
950.**Mulheres** – Bukowski
951.**Um pressentimento funesto** – Agatha Christie
952.**Cartas na mesa** – Agatha Christie
954.**O lobo do mar** – Jack London
955.**Os gatos** – Patricia Highsmith
956(22).**Jesus** – Christiane Rancé
957.**História da medicina** – William Bynum
958.**O Morro dos Ventos Uivantes** – Emily Brontë
959.**A filosofia na era trágica dos gregos** – Nietzsche
960.**Os treze problemas** – Agatha Christie
961.**A massagista japonesa** – Moacyr Scliar
963.**Humor do miserê** – Nani
964.**Todo o mundo tem dúvida, inclusive você** – Édison de Oliveira
965.**A dama do Bar Nevada** – Sergio Faraco
969.**O psicopata americano** – Bret Easton Ellis
970.**Ensaios de amor** – Alain de Botton
971.**O grande Gatsby** – F. Scott Fitzgerald
972.**Por que não sou cristão** – Bertrand Russell
973.**A Casa Torta** – Agatha Christie
974.**Encontro com a morte** – Agatha Christie
975(23).**Rimbaud** – Jean-Baptiste Baronian
976.**Cartas na rua** – Bukowski
977.**Memória** – Jonathan K. Foster
978.**A abadia de Northanger** – Jane Austen
979.**As pernas de Úrsula** – Claudia Tajes
980.**Retrato inacabado** – Agatha Christie
981.**Solanin (1)** – Inio Asano
982.**Solanin (2)** – Inio Asano
983.**Aventuras de menino** – Mitsuru Adachi
984(16).**Fatos & mitos sobre sua alimentação** – Dr. Fernando Lucchese
985.**Teoria quântica** – John Polkinghorne
986.**O eterno marido** – Fiódor Dostoiévski
987.**Um safado em Dublin** – J. P. Donleavy
988.**Mirinha** – Dalton Trevisan
989.**Akhenaton e Nefertiti** – Carmen Seganfredo e A. S. Franchini
990.**On the Road – o manuscrito original** – Jack Kerouac
991.**Relatividade** – Russell Stannard
992.**Abaixo de zero** – Bret Easton Ellis
993(24).**Andy Warhol** – Mériam Korichi
995.**Os últimos casos de Miss Marple** – Agatha Christie
996.**Nico Demo: Aí vem encrenca** – Mauricio de Sousa
998.**Rousseau** – Robert Wokler
999.**Noite sem fim** – Agatha Christie
1000.**Diários de Andy Warhol (1)** – Editado por Pat Hackett
1001.**Diários de Andy Warhol (2)** – Editado por Pat Hackett
1002.**Cartier-Bresson: o olhar do século** – Pierre Assouline
1003.**As melhores histórias da mitologia: vol. 1** – A.S. Franchini e Carmen Seganfredo
1004.**As melhores histórias da mitologia: vol. 2** – A.S. Franchini e Carmen Seganfredo
1005.**Assassinato no beco** – Agatha Christie
1006.**Convite para um homicídio** – Agatha Christie
1008.**História da vida** – Michael J. Benton
1009.**Jung** – Anthony Stevens
1010.**Arsène Lupin, ladrão de casaca** – Maurice Leblanc
1011.**Dublinenses** – James Joyce
1012.**120 tirinhas da Turma da Mônica** – Mauricio de Sousa
1013.**Antologia poética** – Fernando Pessoa
1014.**A aventura de um cliente ilustre** ***seguido de*** **O último adeus de Sherlock Holmes** – Sir Arthur Conan Doyle
1015.**Cenas de Nova York** – Jack Kerouac
1016.**A corista** – Anton Tchékhov
1017.**O diabo** – Leon Tolstói
1018.**Fábulas chinesas** – Sérgio Capparelli e Márcia Schmaltz
1019.**O gato do Brasil** – Sir Arthur Conan Doyle
1020.**Missa do Galo** – Machado de Assis
1021.**O mistério de Marie Rogêt** – Edgar Allan Poe
1022.**A mulher mais linda da cidade** – Bukowski
1023.**O retrato** – Nicolai Gogol
1024.**O conflito** – Agatha Christie
1025.**Os primeiros casos de Poirot** – Agatha Christie
1027(25).**Beethoven** – Bernard Fauconnier
1028.**Platão** – Julia Annas
1029.**Cleo e Daniel** – Roberto Freire
1030.**Til** – José de Alencar
1031.**Viagens na minha terra** – Almeida Garrett
1032.**Profissões para mulheres e outros artigos feministas** – Virginia Woolf
1033.**Mrs. Dalloway** – Virginia Woolf
1034.**O cão da morte** – Agatha Christie
1035.**Tragédia em três atos** – Agatha Christie
1037.**O fantasma da Ópera** – Gaston Leroux
1038.**Evolução** – Brian e Deborah Charlesworth
1039.**Medida por medida** – Shakespeare
1040.**Razão e sentimento** – Jane Austen
1041.**A obra-prima ignorada** ***seguido de*** **Um episódio durante o Terror** – Balzac
1042.**A fugitiva** – Anaïs Nin
1043.**As grandes histórias da mitologia greco-romana** – A. S. Franchini

1044.**O corno de si mesmo & outras historietas** – Marquês de Sade
1045.**Da felicidade *seguido de* Da vida retirada** – Sêneca
1046.**O horror em Red Hook e outras histórias** – H. P. Lovecraft
1047.**Noite em claro** – Martha Medeiros
1048.**Poemas clássicos chineses** – Li Bai, Du Fu e Wang Wei
1049.**A terceira moça** – Agatha Christie
1050.**Um destino ignorado** – Agatha Christie
1051(26).**Buda** – Sophie Royer
1052.**Guerra Fria** – Robert J. McMahon
1053.**Simons's Cat: as aventuras de um gato travesso e comilão – vol. 1** – Simon Tofield
1054.**Simons's Cat: as aventuras de um gato travesso e comilão – vol. 2** – Simon Tofield
1055.**Só as mulheres e as baratas sobreviverão** – Claudia Tajes
1057.**Pré-história** – Chris Gosden
1058.**Pintou sujeira!** – Mauricio de Sousa
1059.**Contos de Mamãe Gansa** – Charles Perrault
1060.**A interpretação dos sonhos: vol. 1** – Freud
1061.**A interpretação dos sonhos: vol. 2** – Freud
1062.**Frufru Rataplã Dolores** – Dalton Trevisan
1063.**As melhores histórias da mitologia egípcia** – Carmem Seganfredo e A.S. Franchini
1064.**Infância. Adolescência. Juventude** – Tolstói
1065.**As consolações da filosofia** – Alain de Botton
1066.**Diários de Jack Kerouac – 1947-1954**
1067.**Revolução Francesa – vol. 1** – Max Gallo
1068.**Revolução Francesa – vol. 2** – Max Gallo
1069.**O detetive Parker Pyne** – Agatha Christie
1070.**Memórias do esquecimento** – Flávio Tavares
1071.**Drogas** – Leslie Iversen
1072.**Manual de ecologia (vol.2)** – J. Lutzenberger
1073.**Como andar no labirinto** – Affonso Romano de Sant'Anna
1074.**A orquídea e o serial killer** – Juremir Machado da Silva
1075.**Amor nos tempos de fúria** – Lawrence Ferlinghetti
1076.**A aventura do pudim de Natal** – Agatha Christie
1078.**Amores que matam** – Patricia Faur
1079.**Histórias de pescador** – Mauricio de Sousa
1080.**Pedaços de um caderno manchado de vinho** – Bukowski
1081.**A ferro e fogo: tempo de solidão (vol.1)** – Josué Guimarães
1082.**A ferro e fogo: tempo de guerra (vol.2)** – Josué Guimarães
1084(17).**Desembarcando o Alzheimer** – Dr. Fernando Lucchese e Dra. Ana Hartmann
1085.**A maldição do espelho** – Agatha Christie
1086.**Uma breve história da filosofia** – Nigel Warburton
1088.**Heróis da História** – Will Durant
1089.**Concerto campestre** – L. A. de Assis Brasil
1090.**Morte nas nuvens** – Agatha Christie
1092.**Aventura em Bagdá** – Agatha Christie
1093.**O cavalo amarelo** – Agatha Christie
1094.**O método de interpretação dos sonhos** – Freud
1095.**Sonetos de amor e desamor** – Vários
1096.**120 tirinhas do Dilbert** – Scott Adams
1097.**200 fábulas de Esopo**
1098.**O curioso caso de Benjamin Button** – F. Scott Fitzgerald
1099.**Piadas para sempre: uma antologia para morrer de rir** – Visconde da Casa Verde
1100.**Hamlet (Mangá)** – Shakespeare
1101.**A arte da guerra (Mangá)** – Sun Tzu
1104.**As melhores histórias da Bíblia (vol.1)** – A. S. Franchini e Carmen Seganfredo
1105.**As melhores histórias da Bíblia (vol.2)** – A. S. Franchini e Carmen Seganfredo
1106.**Psicologia das massas e análise do eu** – Freud
1107.**Guerra Civil Espanhola** – Helen Graham
1108.**A autoestrada do sul e outras histórias** – Julio Cortázar
1109.**O mistério dos sete relógios** – Agatha Christie
1110.**Peanuts: Ninguém gosta de mim... (amor)** – Charles Schulz
1111.**Cadê o bolo?** – Mauricio de Sousa
1112.**O filósofo ignorante** – Voltaire
1113.**Totem e tabu** – Freud
1114.**Filosofia pré-socrática** – Catherine Osborne
1115.**Desejo de status** – Alain de Botton
1118.**Passageiro para Frankfurt** – Agatha Christie
1120.**Kill All Enemies** – Melvin Burgess
1121.**A morte da sra. McGinty** – Agatha Christie
1122.**Revolução Russa** – S. A. Smith
1123.**Até você, Capitu?** – Dalton Trevisan
1124.**O grande Gatsby (Mangá)** – F. S. Fitzgerald
1125.**Assim falou Zaratustra (Mangá)** – Nietzsche
1126. **Peanuts: É para isso que servem os amigos (amizade)** – Charles Schulz
1127(27).**Nietzsche** – Dorian Astor
1128.**Bidu: Hora do banho** – Mauricio de Sousa
1129.**O melhor do Macanudo Taurino** – Santiago
1130.**Radicci 30 anos** – Iotti
1131.**Show de sabores** – J.A. Pinheiro Machado
1132.**O prazer das palavras** – vol. 3 – Cláudio Moreno
1133.**Morte na praia** – Agatha Christie
1134.**O fardo** – Agatha Christie
1135.**Manifesto do Partido Comunista (Mangá)** – Marx & Engels
1136.**A metamorfose (Mangá)** – Franz Kafka
1137.**Por que você não se casou... ainda** – Tracy McMillan
1138.**Textos autobiográficos** – Bukowski
1139.**A importância de ser prudente** – Oscar Wilde
1140.**Sobre a vontade na natureza** – Arthur Schopenhauer
1141.**Dilbert (8)** – Scott Adams
1142.**Entre dois amores** – Agatha Christie
1143.**Cipreste triste** – Agatha Christie
1144.**Alguém viu uma assombração?** – Mauricio de Sousa
1145.**Mandela** – Elleke Boehmer
1146.**Retrato do artista quando jovem** – James Joyce

1147.**Zadig ou o destino** – Voltaire
1148.**O contrato social (Mangá)** – J.-J. Rousseau
1149.**Garfield fenomenal** – Jim Davis
1150.**A queda da América** – Allen Ginsberg
1151.**Música na noite & outros ensaios** – Aldous Huxley
1152.**Poesias inéditas & Poemas dramáticos** – Fernando Pessoa
1153.**Peanuts: Felicidade é...** – Charles M. Schulz
1154.**Mate-me por favor** – Legs McNeil e Gillian McCain
1155.**Assassinato no Expresso Oriente** – Agatha Christie
1156.**Um punhado de centeio** – Agatha Christie
1157.**A interpretação dos sonhos (Mangá)** – Freud
1158.**Peanuts: Você não entende o sentido da vida** – Charles M. Schulz
1159.**A dinastia Rothschild** – Herbert R. Lottman
1160.**A Mansão Hollow** – Agatha Christie
1161.**Nas montanhas da loucura** – H.P. Lovecraft
1162(28).**Napoleão Bonaparte** – Pascale Fautrier
1163.**Um corpo na biblioteca** – Agatha Christie
1164.**Inovação** – Mark Dodgson e David Gann
1165.**O que toda mulher deve saber sobre os homens: a afetividade masculina** – Walter Riso
1166.**O amor está no ar** – Mauricio de Sousa
1167.**Testemunha de acusação & outras histórias** – Agatha Christie
1168.**Etiqueta de bolso** – Celia Ribeiro
1169.**Poesia reunida (volume 3)** – Affonso Romano de Sant'Anna
1170.**Emma** – Jane Austen
1171.**Que seja em segredo** – Ana Miranda
1172.**Garfield sem apetite** – Jim Davis
1173.**Garfield: Foi mal...** – Jim Davis
1174.**Os irmãos Karamázov (Mangá)** – Dostoiévski
1175.**O Pequeno Príncipe** – Antoine de Saint-Exupéry
1176.**Peanuts: Ninguém mais tem o espírito aventureiro** – Charles M. Schulz
1177.**Assim falou Zaratustra** – Nietzsche
1178.**Morte no Nilo** – Agatha Christie
1179.**Ê, soneca boa** – Mauricio de Sousa
1180.**Garfield a todo o vapor** – Jim Davis
1181.**Em busca do tempo perdido (Mangá)** – Proust
1182.**Cai o pano: o último caso de Poirot** – Agatha Christie
1183.**Livro para colorir e relaxar** – Livro 1
1184.**Para colorir sem parar**
1185.**Os elefantes não esquecem** – Agatha Christie
1186.**Teoria da relatividade** – Albert Einstein
1187.**Compêndio da psicanálise** – Freud
1188.**Visões de Gerard** – Jack Kerouac
1189.**Fim de verão** – Mohiro Kitoh
1190.**Procurando diversão** – Mauricio de Sousa
1191.**E não sobrou nenhum e outras peças** – Agatha Christie
1192.**Ansiedade** – Daniel Freeman & Jason Freeman
1193.**Garfield: pausa para o almoço** – Jim Davis
1194.**Contos do dia e da noite** – Guy de Maupassant
1195.**O melhor de Hagar 7** – Dik Browne
1196(29).**Lou Andreas-Salomé** – Dorian Astor
1197(30).**Pasolini** – René de Ceccatty
1198.**O caso do Hotel Bertram** – Agatha Christie
1199.**Crônicas de motel** – Sam Shepard
1200.**Pequena filosofia da paz interior** – Catherine Rambert
1201.**Os sertões** – Euclides da Cunha
1202.**Treze à mesa** – Agatha Christie
1203.**Bíblia** – John Riches
1204.**Anjos** – David Albert Jones
1205.**As tirinhas do Guri de Uruguaiana 1** – Jair Kobe
1206.**Entre aspas (vol.1)** – Fernando Eichenberg
1207.**Escrita** – Andrew Robinson
1208.**O spleen de Paris: pequenos poemas em prosa** – Charles Baudelaire
1209.**Satíricon** – Petrônio
1210.**O avarento** – Molière
1211.**Queimando na água, afogando-se na chama** – Bukowski
1212.**Miscelânea septuagenária: contos e poemas** – Bukowski
1213.**Que filosofar é aprender a morrer e outros ensaios** – Montaigne
1214.**Da amizade e outros ensaios** – Montaigne
1215.**O medo à espreita e outras histórias** – H.P. Lovecraft
1216.**A obra de arte na era de sua reprodutibilidade técnica** – Walter Benjamin
1217.**Sobre a liberdade** – John Stuart Mill
1218.**O segredo de Chimneys** – Agatha Christie
1219.**Morte na rua Hickory** – Agatha Christie
1220.**Ulisses (Mangá)** – James Joyce
1221.**Ateísmo** – Julian Baggini
1222.**Os melhores contos de Katherine Mansfield** – Katherine Mansfied
1223(31).**Martin Luther King** – Alain Foix
1224.**Millôr Definitivo: uma antologia de *A Bíblia do Caos*** – Millôr Fernandes
1225.**O Clube das Terças-Feiras e outras histórias** – Agatha Christie
1226.**Por que sou tão sábio** – Nietzsche
1227.**Sobre a mentira** – Platão
1228.**Sobre a leitura *seguido do* Depoimento de Céleste Albaret** – Proust
1229.**O homem do terno marrom** – Agatha Christie
1230(32).**Jimi Hendrix** – Franck Médioni
1231.**Amor e amizade e outras histórias** – Jane Austen
1232.**Lady Susan, Os Watson e Sanditon** – Jane Austen
1233.**Uma breve história da ciência** – William Bynum
1234.**Macunaíma: o herói sem nenhum caráter** – Mário de Andrade
1235.**A máquina do tempo** – H.G. Wells

1236.**O homem invisível** – H.G. Wells
1237.**Os 36 estratagemas: manual secreto da arte da guerra** – Anônimo
1238.**A mina de ouro e outras histórias** – Agatha Christie
1239.**Pic** – Jack Kerouac
1240.**O habitante da escuridão e outros contos** – H.P. Lovecraft
1241.**O chamado de Cthulhu e outros contos** – H.P. Lovecraft
1242.**O melhor de Meu reino por um cavalo!** – Edição de Ivan Pinheiro Machado
1243.**A guerra dos mundos** – H.G. Wells
1244.**O caso da criada perfeita e outras histórias** – Agatha Christie
1245.**Morte por afogamento e outras histórias** – Agatha Christie
1246.**Assassinato no Comitê Central** – Manuel Vázquez Montalbán
1247.**O papai é pop** – Marcos Piangers
1248.**O papai é pop 2** – Marcos Piangers
1249.**A mamãe é rock** – Ana Cardoso
1250.**Paris boêmia** – Dan Franck
1251.**Paris libertária** – Dan Franck
1252.**Paris ocupada** – Dan Franck
1253.**Uma anedota infame** – Dostoiévski
1254.**O último dia de um condenado** – Victor Hugo
1255.**Nem só de caviar vive o homem** – J.M. Simmel
1256.**Amanhã é outro dia** – J.M. Simmel
1257.**Mulherzinhas** – Louisa May Alcott
1258.**Reforma Protestante** – Peter Marshall
1259.**História econômica global** – Robert C. Allen
1260(33).**Che Guevara** – Alain Foix
1261.**Câncer** – Nicholas James
1262.**Akhenaton** – Agatha Christie
1263.**Aforismos para a sabedoria de vida** – Arthur Schopenhauer
1264.**Uma história do mundo** – David Coimbra
1265.**Ame e não sofra** – Walter Riso
1266.**Desapegue-se!** – Walter Riso
1267.**Os Sousa: Uma famíla do barulho** – Mauricio de Sousa
1268.**Nico Demo: O rei da travessura** – Mauricio de Sousa
1269.**Testemunha de acusação e outras peças** – Agatha Christie
1270(34).**Dostoiévski** – Virgil Tanase
1271.**O melhor de Hagar 8** – Dik Browne
1272.**O melhor de Hagar 9** – Dik Browne
1273.**O melhor de Hagar 10** – Dik e Chris Browne
1274.**Considerações sobre o governo representativo** – John Stuart Mill
1275.**O homem Moisés e a religião monoteísta** – Freud
1276.**Inibição, sintoma e medo** – Freud
1277.**Além do princípio de prazer** – Freud
1278.**O direito de dizer não!** – Walter Riso
1279.**A arte de ser flexível** – Walter Riso
1280.**Casados e descasados** – August Strindberg
1281.**Da Terra à Lua** – Júlio Verne
1282.**Minhas galerias e meus pintores** – Kahnweiler
1283.**A arte do romance** – Virginia Woolf
1284.**Teatro completo v. 1: As aves da noite *seguido de* O visitante** – Hilda Hilst
1285.**Teatro completo v. 2: O verdugo *seguido de* A morte do patriarca** – Hilda Hilst
1286.**Teatro completo v. 3: O rato no muro *seguido de* Auto da barca de Camiri** – Hilda Hilst
1287.**Teatro completo v. 4: A empresa *seguido de* O novo sistema** – Hilda Hilst
1288.**Sapiens: Uma breve história da humanidade** – Yuval Noah Harari
1289.**Fora de mim** – Martha Medeiros
1290.**Divã** – Martha Medeiros
1291.**Sobre a genealogia da moral: um escrito polêmico** – Nietzsche
1292.**A consciência de Zeno** – Italo Svevo
1293.**Células-tronco** – Jonathan Slack
1294.**O fim do ciúme e outros contos** – Proust
1295.**A jangada** – Júlio Verne
1296.**A ilha do dr. Moreau** – H.G. Wells
1297.**Ninho de fidalgos** – Ivan Turguêniev
1298.**Jane Eyre** – Charlotte Brontë
1299.**Sobre gatos** – Bukowski
1300.**Sobre o amor** – Bukowski
1301.**Escrever para não enlouquecer** – Bukowski
1302.**222 receitas** – J. A. Pinheiro Machado
1303.**Reinações de Narizinho** – Monteiro Lobato
1304.**O Saci** – Monteiro Lobato
1305.**Memórias da Emília** – Monteiro Lobato
1306.**O Picapau Amarelo** – Monteiro Lobato
1307.**A reforma da Natureza** – Monteiro Lobato
1308.**Fábulas *seguido de* Histórias diversas** – Monteiro Lobato
1309.**Aventuras de Hans Staden** – Monteiro Lobato
1310.**Peter Pan** – Monteiro Lobato
1311.**Dom Quixote das crianças** – Monteiro Lobato
1312.**O Minotauro** – Monteiro Lobato
1313.**Um quarto só seu** – Virginia Woolf
1314.**Sonetos** – Shakespeare
1315(35).**Thoreau** – Marie Berthoumieu e Laura El Makki
1316.**Teoria da arte** – Cynthia Freeland
1317.**A arte da prudência** – Baltasar Gracián
1318.**O louco *seguido de* Areia e espuma** – Khalil Gibran
1319.**O profeta *seguido de* O jardim do profeta** – Khalil Gibran
1320.**Jesus, o Filho do Homem** – Khalil Gibran
1321.**A luta** – Norman Mailer
1322.**Sobre o sofrimento do mundo e outros ensaios** – Schopenhauer
1323.**Epidemiologia** – Rodolfo Saracci
1324.**Japão moderno** – Christopher Goto-Jones
1325.**A arte da meditação** – Matthieu Ricard
1326.**O adversário secreto** – Agatha Christie
1327.**Pollyanna** – Eleanor H. Porter

IMPRESSÃO:

PALLOTTI
GRÁFICA

Santa Maria - RS | Fone: (55) 3220.4500
www.graficapallotti.com.br